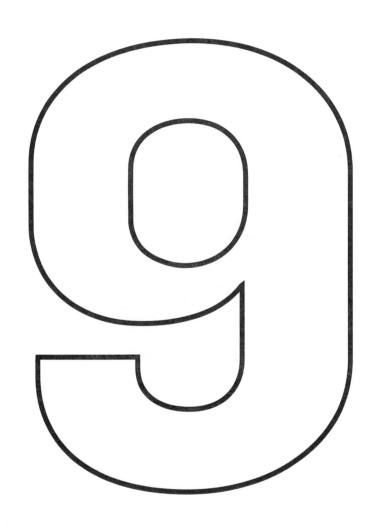

Chez le même éditeur

Et si c'était vrai..., 2000
Où es-tu ?, 2001
Sept jours pour une éternité..., 2003
La Prochaine Fois, 2004
Vous revoir, 2005
Mes amis, mes amours, 2006
Les Enfants de la liberté, 2007
Toutes ces choses qu'on ne s'est pas dites, 2008
Le Premier Jour, 2009
La Première Nuit, 2009
Le Voleur d'ombres, 2010
L'Étrange Voyage de Monsieur Daldry, 2011
Si c'était à refaire, 2012
Un sentiment plus fort que la peur, 2013
Une autre idée du bonheur, 2014
Elle et lui, 2015
L'Horizon à l'envers, 2016
La Dernière des Stanfield, 2017
Une fille comme elle, 2018
Ghost in Love, 2019
C'est arrivé la nuit, 2020

Marc Levy

LE CRÉPUSCULE
DES FAUVES

roman

Dessins de Pauline Lévêque

Robert Laffont | Versilio

© Éditions Robert Laffont, S.A.S., Paris
Versilio, Paris, 2021
ISBN 978-2-221-24358-9
Dépôt légal : mars 2021
Éditions Robert Laffont – 92, avenue de France 75013 Paris
Éditions Versilio – 28, rue Bonaparte 75006 Paris

« La dictature peut s'installer sans bruit. »

George ORWELL.

Les 9

Ekaterina est professeure de droit à la faculté d'Oslo.

Mateo, techno-entrepreneur, a vendu sa première start-up à FriendsNet et dirige une société d'informatique à Rome.

Janice, journaliste, travaille au quotidien Haaretz à Tel-Aviv. Diego tient un restaurant de bistronomie à Madrid.

Cordelia travaille dans une agence de sécurité informatique à Londres.

Maya dirige une agence de voyages de luxe à Paris.

Vitalik est le surnom donné à des jumeaux qui vivent à Kiev, Vital et Malik, férus de politique et trafiquants à leurs heures.

Personne ne sait qui est 9, pas même les membres du Groupe.

Résumé du tome 1,
C'est arrivé la nuit

Ekaterina et Mateo, à Oslo et à Rome

Après avoir déjoué un projet d'attentat à l'université d'Oslo, Ekaterina et Mateo poursuivent la traque de Baron jusqu'à Rome.

Stefan Baron, homme de l'ombre, cherche à manipuler les élections dans les pays où l'ont envoyé les fauves afin de propulser au pouvoir des partis extrémistes.

Mateo et Ekaterina découvrent qu'il entretient des rapports étroits avec un réseau d'hommes puissants et influents.

Parmi lesquels... David Kich, milliardaire ultraconservateur américain, industriel des énergies polluantes ; Ayrton Cash, un autre milliardaire, anglais ; Robert Berdoch, magnat de la presse populiste anglo-saxonne ; Tom Schwarson, dirigeant de BlackColony, le plus gros fonds d'investissement au monde ; Jarvis Borson, le Premier ministre anglais, Darnel Garbage, un politicien corrompu qui a mené la campagne pro-Brexit et enfin, Malaparti et Thorek, dirigeants de partis européens d'extrême droite.

Diego et Cordelia, à Madrid et à Londres

Depuis qu'elle est rentrée de Boston, Cordelia cherche à venger la mort de la fiancée de son frère, Alba, victime de la manipulation des prix de l'insuline pratiquée par des géants pharmaceutiques.

Après avoir dérobé à Heathrow la mallette de Sheldon, directeur financier des laboratoires Talovi, elle découvre des documents compromettants.

De retour à son loft de Camden, elle réchappe à une tentative d'assassinat grâce à l'intervention in extremis *de son frère.*

Janice, à Tel-Aviv

Journaliste au quotidien Haaretz, *Janice enquête sur une série de virements transitant par la JSBC, une banque connue pour blanchir de l'argent sale, située dans le paradis fiscal de Jersey.*

Janice découvre un emblème qui la met sur la piste des PSYOPS, d'anciens militaires spécialisés dans la manipulation des élections grâce à des techniques d'infiltration sur les réseaux sociaux, en particulier celui du géant FriendsNet.

Son amie Noa, qui travaille pour les renseignements israéliens, la met en garde quant aux dangers qu'elle encourt à traquer les fauves. L'une de ses collègues a été assassinée après s'être trop approchée d'eux. Mais Janice poursuit ses travaux. Noa lui adresse une lettre précieuse avant d'être réduite au silence.

Maya, à Paris et à Istanbul

Maya dirige une agence de voyages ; elle a été recrutée il y a quelques années comme courrier par les Renseignements généraux français.

Convoquée à la « tanière », elle y découvre dans une enveloppe la photo d'une enfant et l'ordre de la sauver. Méfiante, Maya suspecte un piège.

Dès son arrivée à Istanbul, Maya se sent épiée. Verdier, un agent consulaire, la prévient que le MIT, la sécurité intérieure turque, est à ses trousses. Bien qu'il lui ait conseillé de quitter immédiatement la Turquie, Maya se rend à son hôtel en compagnie de son amante pour y récupérer son ordinateur.

Un SMS de Vital l'informe d'un danger imminent, elle a un mouchard sur elle.

Vitalik, à Kiev

Alors que Cordelia et Diego se préparent au plus gros hack jamais réalisé par le Groupe, Vitalik reçoit un message codé de 9.

La règle sacro-sainte du Groupe de ne jamais se rencontrer doit être enfreinte sans délai, tous les membres sont convoqués au manoir.

*

Le crépuscule des fauves

Cordelia et Diego quittent l'Angleterre à bord d'un ferry. Ekaterina et Mateo filent vers l'aéroport de Rome pour prendre le premier vol pour Kiev.

Janice obtient une avance sur frais de son rédacteur en chef Efron, et s'envole à son tour.

À Kiev, les lumières du manoir s'allument et, alors que les membres du Groupe 9 font route vers lui, Vitalik comprend que Maya a disparu.

Le crépuscule des fauves est engagé.

*Aux neuf personnes dont je ne peux révéler les noms
et sans qui cette histoire n'aurait jamais vu le jour.*

*À la mémoire d'Olivier Royan
qui m'a inspiré le personnage d'Efron.*

Salle de visioconférence.
L'écran scintille, le haut-parleur grésille.
Connexion établie à 19 h 00 GMT par protocole crypté.
00 h 02 GMT début de retranscription.

— Bonsoir, je suis heureuse de vous retrouver.

— *Vous êtes en lieu sûr ?*

— Pour l'instant. Allons-y, la nuit sera longue et nous n'avons pas pris de repos depuis longtemps.

— *Au moment où nous avons interrompu cette interview, pour des raisons liées à votre sécurité, les membres du Groupe 9 faisaient route vers Kiev.*

— Ce qui s'est produit à Oslo n'était qu'un commencement. L'amorce d'un projet dont l'ampleur nous échappait encore. Nous étions confrontés à des ennemis bien plus résolus que nous ne l'imaginions. Une fois les règles enfreintes, il n'y en avait plus aucune, ni du côté du bien ni du côté du mal. Depuis plusieurs années, notre Groupe 9 avait révélé au grand jour des faits de corruption flagrants et dérangé assez de gens puissants pour que nous soyons condamnés à passer le restant de nos vies en prison si l'on venait à découvrir nos identités. Nous étions hors la loi, un paradoxe en soi, car ce que nous avions accompli aurait dû nous valoir d'être récompensés. Nous étions amis de longue date et pourtant, assis au comptoir d'un bar ou au hasard d'une rencontre dans la rue, nous aurions été incapables de nous reconnaître. En route vers Kiev, chacun appréhendait le moment à venir.

1.

Le cinquième jour, à Kiev

En sortant de l'aéroport, Ekaterina regarda le ciel, étrangement laiteux. Le terminal international lui paraissait plus petit que celui d'Oslo, elle était curieuse de découvrir à quoi ressemblait Kiev. Depuis leur première rencontre sur la jetée face à l'île de Malmö, Mateo et elle ne s'étaient plus quittés. La solitaire ne se reconnaissait plus, troublée de s'être accoutumée si vite à une vie qui lui était étrangère. Au point d'avoir eu, la nuit dernière, l'impression de s'être détachée d'elle-même.

Après avoir fait l'amour, Ekaterina se rhabille toujours, prête à partir. Elle sourit quand c'était bien, éventuellement s'assied sur le rebord du lit pour échanger quelques mots lorsqu'elle entrevoit la possibilité de renouer un soir avec le même partenaire, mais elle n'irait jamais se blottir dans ses bras, encore moins lui caresser le visage. Jamais elle ne se laisserait bercer par son souffle, ou éprouverait du plaisir à l'idée d'ouvrir les yeux au matin à ses côtés.

Cette nouvelle femme aurait dû l'horripiler ; c'était tout le contraire, elle en venait presque à aimer se glisser dans sa peau.

Mateo lui ouvrit la portière du taxi, les yeux rivés sur son portable. Il entra dans une application les codes reçus en descendant de l'avion. Des coordonnées GPS et un horaire, la position correspondait au parvis de l'Opéra.

Il chargea leurs sacs dans le coffre pendant qu'elle s'installait à l'intérieur du véhicule. La galanterie était une qualité dont elle ignorait l'existence il y a peu.

Le taxi rejoignit l'autoroute. Ekaterina regardait défiler les villages, Hora, Tchoubynske, Prolisky, puis la campagne où l'été rayonnait sur la forêt à perte de vue. Mateo lui prit la main. Tous deux ne savaient rien de ce qui les attendait et, quelle que soit la raison qui les avait éloignés de Rome, ils ne dévieraient pas de leur objectif. Baron ne bénéficiait que d'un répit de courte durée. Ils le traqueraient jusqu'au bout, quoi qu'il leur en coûte, et mettraient un terme à sa croisade meurtrière pour fédérer les mouvances ultra-nationalistes.

La banlieue apparut. Ekaterina se pencha pour mieux voir à travers la vitre et sourit.

— Qu'est-ce qu'il y a ? demanda Mateo.

— Rien, sinon que je suis contente d'avoir quitté Oslo ; l'idée de rencontrer les autres m'excite énormément.

— Tu ne serais pas en train de sous-entendre que tu es heureuse ?

*

Après avoir passé le contrôle des frontières, non sans une certaine appréhension, Diego voulut louer une voiture à l'aéroport. Ne sachant pas où ils allaient, ni combien de temps ils resteraient à Kiev, il préférait être libre de ses mouvements. Il introduisit dans son portable les codes reçus par texto. Pour eux, le rendez-vous était fixé à 20 heures sur le parking d'un hôtel en centre-ville.

Pendant que son frère conduisait, Cordelia étudiait sur son ordinateur portable les dossiers récupérés grâce au virus qu'ils avaient implanté.

— Tu es bien songeuse, remarqua Diego.

— Nous n'avons encore accès qu'à la moitié des comptes et le constat est déjà effarant. La fortune de ces cadres supérieurs dépasse l'entendement, et s'y ajoutent les stock-options qu'ils reçoivent en bonus. Ces gens s'enrichissent en faisant croître les bénéfices de leurs employeurs par tous les moyens. C'est déprimant, soupira-t-elle. Même si l'on réussit notre coup, nous serons loin de les avoir ruinés.

— Si on parvient à leur ponctionner 5 millions à chacun, ils accuseront le coup, crois-moi. Reste à savoir combien de temps s'écoulera avant que leurs banques établissent un lien et comprennent ce que nous avons fait.

— Faisons en sorte que cette découverte ait lieu le plus tard possible.

— 250 millions de dollars volatilisés en un jour ne passeront pas inaperçus et j'ai hâte de connaître la deuxième partie de ton plan machiavélique, renchérit Diego.

— Demain matin, la liste sera complète. Si tout se déroule comme prévu, nous aurons le contrôle de leurs téléphones portables et nous pourrons valider les autorisations de virement.

— Avant de transférer des sommes aussi importantes, les banquiers appelleront leurs clients pour authentifier les ordres passés. Et parmi d'autres détails à régler, j'en vois un qui n'a rien d'un détail : comment mettre cet argent à l'abri avant de l'avoir redistribué ?

Cordelia referma son ordinateur et le rangea dans son sac.

— En le convertissant en cryptomonnaie pour le rendre intraçable, c'est là toute la subtilité de mon idée ; même si j'ignore encore comment la mettre en pratique.

Diego gara la voiture et coupa le contact.

— Nous y sommes. Enfin, façon de parler, je doute que ce parking soit notre point de chute.

*

Janice arriva la dernière à Kiev. Elle traversa l'aéroport sac à l'épaule, ralentit le pas pour décrypter le message reçu sur son smartphone, s'interrogeant sur sa destination.

À la sortie du terminal, elle se dirigea vers l'arrêt de la ligne d'autocar qui rejoignait la gare centrale. Elle acheta son billet et s'installa sur la dernière banquette alors que le Sky Bus démarrait.

Elle allongea ses jambes et ferma les yeux. Depuis la mort de son amie Noa, elle n'avait pas réussi à dormir plus de deux heures consécutives, les cauchemars hantaient son sommeil.

Elle rêvait d'un bain, d'un lit, d'une nuit ininterrompue, mais se faisait peu d'illusions sur la soirée qui l'attendait.

Cinquante minutes plus tard, son portable vibra. Janice rouvrit les yeux et reconnut derrière la vitre le bâtiment du ministère de la Défense, la gare n'était plus très loin. Un nouveau message lui recommandait d'emprunter la passerelle qui surplombait les voies. Arrivée rue Symona Petlyury, elle n'aurait qu'à se poster devant l'entrée de la station de métro Vokzalna et attendre.

*

À Kiev, des minivans orange sillonnent la ville. Ni bus ni taxis, les marchroutkas suivent des itinéraires qui changent tous les jours. Les arrêts sont inscrits sur une feuille de papier collée à une vitre. On règle la course en montant et si l'on ne peut atteindre le conducteur, car les marchroutkas sont souvent pleines à craquer, l'argent passe de main en main et la monnaie vous revient de la même façon.

À 20 heures, Diego repéra les phares qui venaient de clignoter à trois reprises sur le parking de l'hôtel Intercontinental. Il échangea un regard avec Cordelia et sortit de sa voiture. Le chauffeur de la marchroutka ouvrit la portière à soufflet et leur demanda leurs prénoms, dans un anglais à peine teinté d'accent slave. Il leur suggéra ensuite d'aller chercher leurs affaires et de verrouiller leur véhicule. Cordelia et Diego embarquèrent et le minivan repartit dans la nuit pour s'arrêter un quart d'heure plus tard devant le bâtiment de l'Opéra national d'Ukraine. Deux personnes qui attendaient au bas du parvis montèrent à bord.

Dès que le minivan redémarra, Cordelia se retourna vers les nouveaux venus, qui s'étaient assis au fond. D'abord hésitante, elle rompit le silence en se présentant. Ekaterina se leva, stupéfaite, et lui tendit la main. Diego et Mateo tombèrent dans les bras l'un de l'autre. Les quatre complices n'en revenaient pas de se rencontrer.

— Vous vous connaissiez, tous les deux, avant d'arriver à Kiev ? demanda Ekaterina à Diego et à Cordelia.

— C'est ma sœur, répondit Diego.

— C'est lui qui est mon frère, reprit Cordelia. Et vous ?

— Nous nous sommes rencontrés il y a quelques jours, à Oslo, expliqua Ekaterina.

— Où sont les autres ? questionna Mateo.

La marchroutka freina devant la station de métro. Janice grimpa à bord, avec l'étrange sensation, les présentations accomplies, d'être arrivée après le début de la fête.

— Il en manque encore quatre à l'appel, combien d'arrêts, selon vous ? demanda Ekaterina.

Le chauffeur la regarda dans son rétroviseur.

— Aucun, dit-il. Et il ne manque que trois d'entre nous pour que le Groupe soit au complet, bonsoir à tous.

— Vitalik ? s'exclama Janice.

— Malik... sa moitié ; vous comprendrez en arrivant. Bienvenue en Ukraine !

La marchroutka fonça vers la banlieue ouest de Kiev.

*

24

La ville s'effaçait derrière eux. En rase campagne, le mini-bus quitta la route et s'engagea sur un chemin de terre qui s'enfonçait dans un bois. La boue éclaboussait le pare-brise ; cahotés dans les ornières, les passagers s'accrochaient aux banquettes. Au franchissement d'un petit pont, Ekaterina s'agrippa au bras de Mateo pour ne pas se cogner à la vitre. Cordelia fit une moue qui en disait long sur ce qu'elle pensait. Diego lui signifia d'un regard appuyé qu'elle ferait mieux de s'occuper de ses affaires.

— Nous y sommes presque, annonça Malik, au grand soulagement de Janice qui se sentait nauséeuse.

À la forêt succéda une clairière, au chemin de terre une piste en gravier, à la noirceur de la nuit les lumières d'un manoir illuminé au fond d'un verger, révélant ses volumes généreux sous la clarté de la lune.

La bâtisse en pierre s'élevait sur trois niveaux, coiffée d'un toit d'ardoises où pointaient six souches de cheminée. Les grandes fenêtres des deux étages principaux étaient toutes éclairées.

La marchroutka s'arrêta devant le perron. Malik coupa le moteur.

En haut des marches, deux vasques en pierre tachées de parmélie encadraient une lourde porte oblongue.

*

En entrant, Ekaterina admira le sol en damier où se reflétaient les éclats du lustre suspendu au centre de l'escalier d'honneur. Janice remarqua le rail à crémaillère qui grimpait le long du mur vers les étages.

— Suivez-moi, dit Malik.

— Qui es-tu ? demanda Janice avant de s'aventurer d'avantage.

— Un ami dont tu sollicitais l'aide hier.

— Vitalik ne parle pas si bien l'anglais, objecta-t-elle.

Le parquet craqua dans la pièce attenante, une porte s'ouvrit sur le hall et le second maître des lieux, copie conforme du premier, fit une entrée très remarquée sur son fauteuil roulant qu'il actionnait à tour de bras énergiques.

— Enfin, te voilà ma très chère Metelyk ! s'exclama Vital en avançant vers Janice.

— Comment as-tu deviné ? questionna-t-elle, le visage radieux.

— Tu ressembles à nos conversations. Quant à toi, poursuivit-il en désignant Ekaterina, ton air nordique me révèle qui tu es ; et lui, dit-il en se tournant vers Diego, il a le regard fier et vigoureux d'un Espagnol, la belle femme à ses côtés serait donc Cordelia ?

— Merci du compliment mais je pourrais aussi être Maya, argua-t-elle.

— Non, ça, je saurais et puis avec cet accent, tu viens de te trahir. Donc, ne reste plus que Mateo. Déduction arithmétique, car je ne t'imaginais pas du tout comme ça.

— Figure-toi que moi non plus ! répondit Mateo du tac au tac.

S'ensuivit un silence. Vital partit dans un franc éclat de rire.

— Avouez-le, aucun de vous n'avait deviné l'artifice. Vitalik, l'homme qui compte double. L'un sur ses jambes, l'autre sur des roues... La vie l'a voulu ainsi.

Chacun observait les deux frères. Sinon par leur élocution, ils étaient impossibles à distinguer.

Janice se pencha vers Vital pour le serrer dans ses bras.

— Arrête, ma Metelyk, tu vas créer une folle jalousie. Vitalik c'est nous deux, rappela-t-il en pointant son frère. Moi retenu prisonnier ici derrière un écran à cause d'un accident, lui toujours en vadrouille.

De l'autre côté du hall, une femme se tenant droite dans son tablier bleu d'un autre temps les toisait d'un regard dur que personne n'aurait osé soutenir.

— Le dîner est servi, annonça joyeusement Vital.

Le couvert était dressé dans la salle à manger sur une longue table en acajou, éclairée par six bougeoirs. Mateo compta huit chaises et une place réservée au fauteuil roulant de leur hôte.

— Maya n'est pas encore là, souffla-t-il à l'oreille d'Ekaterina.

— Qui est le neuvième ? chuchota-t-elle.

Malik invita ses convives à prendre place où bon leur semblait. La gouvernante réapparut pour servir les hors-d'œuvre. Kholodets, golubtsis, pirojkis, préambules d'un repas de fête.

Les conversations étaient animées. Ekaterina sympathisa immédiatement avec Diego, elle lui parla d'Oslo et raconta à une assemblée attentive les circonstances dans lesquelles avait été déjoué l'attentat, vantant au passage le courage dont Mateo avait fait preuve. Il la contredit aussitôt pour affirmer

27

que c'était elle qui avait fait preuve d'un aplomb remarquable. Échange de compliments qui n'échappa pas à Cordelia.

Janice s'inquiéta de l'absence de Maya. Vital la rassura, elle arriverait demain, ou le jour suivant, Maya tardait toujours à répondre.

La gouvernante ramassa les assiettes et revint peu après servir une liqueur de cerise pour accompagner le gâteau.

Vital proposa que l'on trinque à la santé d'Ilga pour la féliciter d'avoir préparé ce magnifique festin, Cordelia remplit un verre que la gouvernante refusa avant de se retirer.

Le repas touchant à sa fin, Diego se leva, priant sa sœur de faire de même. Son attitude soudainement solennelle la surprit. Il commença par remercier ses amis d'avoir répondu si vite à leur appel relayé par leurs hôtes. Malik voulut intervenir, mais Vital, d'un signe discret, l'incita à se taire.

Puis Diego proposa de détailler le plan que Cordelia et lui avaient mis au point après une nuit de sommeil réparatrice. Mais il promit que ce serait le hack le plus important entrepris par le Groupe 9, l'un des plus inventifs aussi.

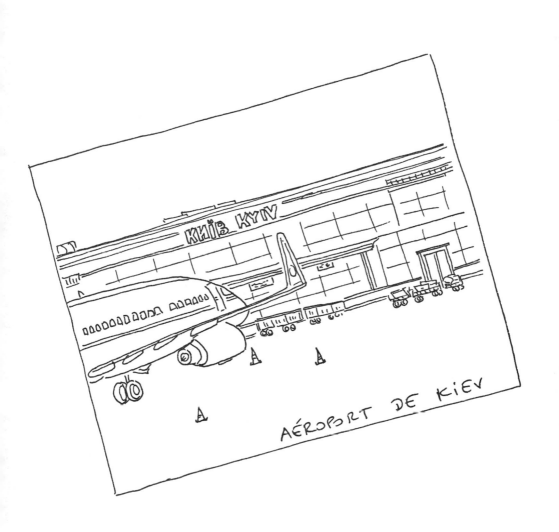

2.

Le sixième jour, au manoir

En été, le château a des allures de décor idyllique. Ses murs scintillent dans la lumière tiède du petit jour dès que les premiers rayons du soleil viennent frapper la façade. Derrière la bâtisse s'étendent des champs touffus que se disputent l'orge sauvage, les pissenlits et bouillons-blancs, et puis, au loin, les eaux calmes du Dniepr, jusqu'à la ligne d'horizon. Mais à l'automne, alors que le chant des alouettes s'étouffe, le ciel et la pierre virent au gris. Le vent s'engouffre sous les encadrements décrépits des fenêtres et siffle dans les pièces où les flambées dans les cheminées peinent à maintenir une température supportable. Quand vient l'hiver, les branches squelettiques des pommiers ploient sous le poids de la neige et le manoir se perd au bout du monde.

*

De la fenêtre de sa chambre, Ekaterina contemplait le jardin et ses ormes immobiles. Le temps semblait suspendu. Elle se rendit dans la salle de bains. Même la baignoire sur pieds appartenait à une autre époque. Dans son habit de jour, le manoir lui parut moins somptueux, il avait l'allure d'un vieux noble désargenté dont les années avaient effacé la splendeur. Le miroir au-dessus de la vasque était si piqué qu'elle peinait à y trouver son reflet. Elle entendit des craquements dans la cage d'escalier ; puis une porte grinça et elle perçut les sons étouffés d'une conversation. Cordelia et Diego probablement. Elle retourna dans la chambre pour réveiller Mateo qui dormait encore profondément. Elle s'assit près de lui et lui tapota l'épaule.

Il ouvrit les yeux et la regarda.

— Tu as l'air ivre de sommeil, dit-elle. Nous sommes à Kiev, dans un vieux château. Je reconnais que c'est assez improbable mais le conte s'arrête là. Les autres sont déjà descendus et comme ils ne savent pas que nous dormons dans la même chambre, soyons discrets.

Mateo se redressa, la retint par la taille et lui demanda si elle avait bien dormi.

Des mots anodins qui ne l'étaient en rien pour une femme qui avait toujours vécu seule.

— Tu devrais te lever, répondit-elle sobrement.

Il l'attira vers lui, mais Ekaterina résista, le fixant longuement, et Mateo pensa n'avoir jamais connu quelqu'un d'aussi résolu à ne pas capituler.

— Avec combien de femmes as-tu couché ? demanda-t-elle.

Il ne répondit pas.

32

— Dix ? Vingt ?

Mateo l'examinait, attentif et silencieux.

— Trente ?

Il leva les yeux au ciel.

— Bon, tu sais quoi, restons-en là, de toute façon c'est déjà beaucoup trop, dit-elle en libérant sa main.

Elle se leva et se dirigea vers la porte.

— La réponse à ta question n'a aucune importance, puisque c'est la première fois, lâcha Mateo.

Ekaterina se retourna et se mordit la lèvre.

— Quelle première fois ?

— Avec la femme que j'aime.

Ekaterina le regarda avec les yeux d'une femme qui contemple le vide au bord de l'abîme.

— Habille-toi, murmura-t-elle avant de s'en aller.

Au pied du grand escalier, Malik la tira de ses pensées en la conviant à se rendre dans la pièce voisine. La température extérieure était déjà douce, mais les fenêtres du petit salon restaient fermées, une obsession de Vital. Ilga était passée par là, laissant derrière elle des boissons chaudes et un panier de viennoiseries sur la table basse. Janice, les traits ensommeillés, se tenait à l'écart, une tasse de café à la main ; son regard reprit vie dès que Vital entra. Il plaça son fauteuil entre le canapé et les bergères.

— La nuit fut bonne ? demanda-t-il à la cantonade.

— J'ai une question, intervint Mateo qui venait de se joindre au Groupe. Quels sont les moyens techniques dont nous disposons pour faire le « hack du siècle » depuis cette vieille demeure ?

Vital pivota vers lui.

— Vous le découvrirez quand nous serons montés au donjon.

— Un donjon, dans un château du xixᵉ ? s'étonna Ekaterina.

— C'est le nom que nous avons donné à la salle informatique aménagée sous les combles, expliqua Malik. Il n'y a pas de fenêtre et les murs sont isolés. Aucun risque d'interférence du monde extérieur.

— Mais beaucoup moins convivial, enchaîna Vital ; alors il est mieux de débriefer ici. Accordons-nous d'abord sur la marche à suivre et nous vous emmènerons ensuite à vos claviers.

Cordelia remercia d'abord ses amis d'avoir enfreint la règle et de s'être réunis pour les aider. Leur projet ne consistait pas seulement à venger la fiancée de son frère, mais à faire un exemple. Alba avait perdu la vie à cause de ceux qui s'enrichissaient en faisant grimper les prix des traitements médicamenteux. Les preuves que Cordelia avait obtenues étaient si accablantes qu'on avait tenté de l'assassiner pour les récupérer. Penny Rose, une amie que l'on avait confondue avec elle, n'avait pas échappé au truand dépêché par un dirigeant des laboratoires Talovi.

Diego enchaîna et détailla leur plan, racontant ce que sa sœur et lui avaient déjà accompli en piratant le congrès de pharmacologie dont les portes avaient ouvert l'avant-veille.

Janice les félicita pour ce coup réussi en si peu de temps, Vital et Malik écoutaient avec la plus grande attention.

— Combien de ces criminels en col blanc avez-vous pu formellement identifier ? demanda Ekaterina.

— Une cinquantaine, répondit Diego.

— Et leur fortune est répartie dans combien d'institutions financières ?

— Pour l'instant, nous en avons répertorié cinq.

Malik se leva et arpenta le petit salon.

— Ces gens se connaissent, fréquentent les mêmes clubs, échangent des mails… Si vous voulez les plumer pour dédommager leurs victimes, il faudra frapper plus haut et hacker aussi leurs banquiers.

— Pénétrer dans la salle des coffres est une chose, en ressortir avec le butin sans se faire prendre en est une autre, fit remarquer Janice.

Vital repoussa son fauteuil en arrière.

— Notre père disait : « La réussite d'un grand projet se résume en trois lettres : ABC ! » s'exclama-t-il. Il faut être audacieux, brillant et courageux pour accomplir quelque chose de remarquable.

— C'est bien joli ce ton professoral, mais ça ne résout pas notre problème, rétorqua Mateo.

— Je dois réfléchir seul, grogna Vital. Allez vous promener dans le parc, quand nous passerons à l'action vous ne verrez plus que la lumière de vos écrans.

Janice ne se le fit pas répéter, elle attrapa son sac en quête de son paquet de cigarettes Noblesse. Malik ouvrit les portes du petit salon et invita tout le monde à sortir.

Le Groupe se dispersa dans le verger. Janice avança jusqu'au muret en pierre qui surplombait la berge du fleuve. Soulagée d'avoir enfin mis la main sur son briquet, elle alluma sa cigarette et exhala une longue bouffée.

— Ça va ? demanda Ekaterina en la rejoignant.

— Je n'ai rien contre ce hack, si nous réussissons je serai la première à en être fière, mais j'ai du mal à croire que les jumeaux nous aient réunis pour ça. Ils ne nous auraient pas fait courir un tel risque parce qu'un truand s'en est pris à Cordelia. Tu as reçu le même message que moi, l'urgence paraissait autrement plus grave. Deux jours, dit-elle et je fiche le camp d'ici. Je n'en ai pas fini avec Baron et sa clique !

— Nous non plus, répliqua froidement Ekaterina.

— Moi aussi j'ai perdu une amie, en vous aidant. Si je n'avais pas mêlé Noa à cette histoire, il ne lui serait rien arrivé.

Stupéfaite, Ekaterina se tourna vers elle.

— Pourquoi n'avoir rien dit tout à l'heure ?

— Peut-être parce que je n'arrive toujours pas à me faire à l'idée d'être responsable de sa mort. Le projet d'attentat à Oslo n'était pas un acte isolé. Le parti de Vickersen est soutenu par des puissances financières étrangères. Et ce n'est pas tout. Avant elle, une collègue de Noa a aussi été réduite au silence. Elle enquêtait sur des transactions illicites menées par un certain Schwarson, et je ne serais pas surprise qu'il appartienne au même réseau. Noa m'avait parlé de lui afin de me protéger. Je ne l'ai pas écoutée et l'ai précipitée dans les bras de ses meurtriers.

36

Ekaterina accusa le coup, elle prit la cigarette des mains de Janice et tira une taffe.

— Ne dis rien à Mateo, pas pour l'instant, chuchota-t-elle. Je n'ose imaginer sa réaction quand il apprendra que tu as impliqué une personne étrangère au Groupe dans nos affaires... Je te promets que nous finirons par percer leurs secrets et nous les ferons condamner, quoi qu'il en coûte. Dans quelles circonstances ton amie a...

Janice fixa Mateo qui consultait ses messages à quelques mètres d'elles.

— Vous êtes ensemble ?

— Je n'en sais rien, c'est encore trop tôt, répondit Ekaterina.

— Trop tôt pour quoi ? soupira Janice avant de s'éloigner.

Ekaterina la laissa partir et rejoignit Mateo.

— Nous aurions dû rester à Rome et continuer de traquer Baron, lui dit-elle.

— Peut-être, mais maintenant que nous sommes tous là, accordons-nous quelques jours pour aider Cordelia et Diego.

— Nous ne sommes pas tous là. Il en manque deux. Que fait Maya ?

— Je l'ignore et cela me préoccupe autant que toi, assura-t-il.

— Cordelia et Mateo, Janice, les jumeaux, nous... qui est le neuvième ? enchaîna Ekaterina.

— Je l'ignore aussi, mais j'apprécie beaucoup ce « nous »..., même si tu penses qu'il est encore trop tôt.

*

Diego s'était isolé pour téléphoner à Flores, mais sa petite amie n'avait pas décroché. Il appela ensuite le chef de son restaurant à Madrid.

Cordelia prétendit avoir elle aussi des appels à passer. En descendant vers la rive, elle repéra Malik, adossé à un saule.

— Je te dérange ? lui demanda-t-elle.

— Non, tu as besoin de quelque chose ?

— D'un brin de conversation avec quelqu'un d'autre que mon frère.

— Je peux comprendre cela.

— Vous avez toujours vécu ici ?

— Avec Ilga qui veille sur nous depuis longtemps.

— Tu me racontes ?

— Que veux-tu que je te raconte ?

— Ce qui est arrivé à Vital ; pourquoi vous habitez dans ce manoir, reclus avec une vieille servante ; ce que vous faites quand vous ne hackez pas... Ou ce qui te passera par la tête.

Cordelia le fixait avec insistance, mais le regard de Malik s'enfuit en direction du manoir.

— Depuis hier, tu nous observes. C'est dans ta nature d'être aussi curieuse ? Je ne considère pas cela comme un défaut, au contraire. Mais dis-moi d'abord ce que tu as vu, cela m'intéresse.

— Une compréhension immédiate entre vous, peut-être du fait de la gémellité. Je partage ça avec Diego, même si nous vivons maintenant loin l'un de l'autre. Je le devine avant qu'il parle.

— Et lui ?

— Il est souvent perdu dans ses pensées... et puis c'est un homme.

Malik hocha la tête. Cordelia lui trouva l'allure d'un acteur des années 1950, il avait la fossette au menton de Cary Grant et les yeux tristes de James Stewart. Malik l'invita à poursuivre leur conversation en marchant le long du fleuve.

— Le manoir appartenait à nos parents. Ilga y était déjà employée quand ils l'ont acheté. Notre père faisait des affaires et un peu de politique. Tu connais l'expression « se tuer au travail » ? Ce sont probablement ses engagements politiques qui ont causé leur mort, ou bien le métier de journaliste qu'exerçait ma mère. Dans notre pays, il est très difficile de savoir pourquoi on vous assassine. Affairisme, corruption, luttes de pouvoir, parfois c'est juste pour un lopin de terre, quelques acres de bois... Enfin, le résultat est le même et sans appel. Pour mes parents, ce furent trois rafales de fusils automatiques, tirées par deux hommes cachés dans des buissons alors que leur voiture était immobilisée à un passage à niveau. Ils revenaient du marché. Que puis-je te raconter d'autre ? Que ce jour-là, j'étais resté avec Ilga à la maison, que Vital était à l'arrière de la voiture ? Il a été touché à l'estomac, aux poumons et à la colonne vertébrale. Un miraculé, selon les médecins. Mais ne le lui dis jamais, rien ne l'exaspère davantage. L'enquête n'a pas abouti. Nous avons hérité de ce domaine, Ilga a soudoyé qui de droit pour obtenir notre garde et que nous puissions demeurer tous les trois ici. À l'adolescence, Vital est devenu féru d'informatique. D'abord, de jeux vidéo : il passait ses journées dans des univers où il pouvait courir, escalader, plonger... Son avatar faisait tout ce qui lui était désormais impossible. Je m'y suis mis pour qu'il ne soit pas seul. Et puis un jour, nous avons compris que les pouvoirs que nous développions dans ces espaces virtuels pouvaient s'exercer dans le monde réel. La fameuse interconnexion des matrices. Ne pas apprendre à coder à l'âge que nous avions aurait été aussi stupide que de renoncer à savoir lire ou écrire. Et nous avons appris très vite, sans grand mérite, car nous n'avions pas beaucoup de distractions ici, surtout en hiver. L'enjeu était d'autant plus important pour Vital. Coupé du monde sur son fauteuil, c'était le monde qui allait venir à lui. Nous sommes les fruits de nos parents, deux hackeurs qui font des affaires, un peu de politique et, d'une certaine façon, mènent des enquêtes, comme des journalistes d'investigation.

Cordelia fronça les sourcils.

— Quoi ? Qu'est-ce que j'ai dit ? s'inquiéta Malik.

— C'est ce ton détaché avec lequel tu as raconté cette tragédie, je n'arrive pas à savoir si tu dis vrai ou si tu cherches à m'embobiner.

La diplomatie n'était pas son fort, mais Cordelia avait enfin réussi à capter l'attention de Malik.

Ses mains puissantes se posèrent sur les joues de Cordelia avec une douceur qui la surprit ; leurs visages se rapprochèrent, leurs lèvres se frôlèrent, avant que leurs langues se mêlent. Malik avait la peau boisée, fraîche et délicieuse. Après s'être embrassés, ils se contemplèrent, aussi surpris l'un que l'autre.

— Nous devrions rejoindre mon frère, suggéra Malik.

À cent mètres, Diego, qui n'avait rien perdu de la scène, repartit vers le manoir.

Cordelia arriva la première sur le perron, elle s'arrêta et se retourna vers Malik avant d'entrer.

— Tu disais la vérité tout à l'heure ?

Malik poussa la porte sans lui répondre.

Leurs pas résonnèrent dans le hall. Ils étaient les derniers à rejoindre le Groupe au salon.

Vital agita une feuille de papier pour sonner le rappel avant de la remettre à son jumeau. Il préférait que ce soit lui qui expose son plan, ainsi Janice n'aurait pas l'occasion de le reprendre sur son vocabulaire.

LE MANOIR

3.

La veille, à Istanbul

Au moment même où le mot « mouchard » était apparu sur son écran de téléphone, la sonnette annonçant l'arrivée de l'ascenseur avait tinté. Maya avait bondi pour s'abriter derrière un pilier du parking.

Elle s'attendait à voir surgir des hommes du MIT, la sécurité intérieure turque, mais c'est Eylem qui sortit de la cabine, un sac à l'épaule, apparemment troublée qu'elle ne soit plus dans sa voiture.

Elle l'appela à plusieurs reprises et avança dans la travée centrale avant de repartir vers son véhicule. Depuis sa planque, Maya l'aperçut en train de taper un texto ; son portable restant muet, elle en conclut qu'il ne lui était pas destiné, constat qui renforça son pressentiment. Maya attendit qu'Eylem soit au volant et qu'elle ait démarré le moteur. Elle se faufila derrière l'Audi et ouvrit brusquement la portière. Eylem sursauta en hurlant.

— Tu es malade de me faire une peur pareille ! Qu'est-ce que tu fabriquais, j'étais inquiète !

— Pas au point de m'attendre, apparemment, répondit Maya en s'asseyant sur le fauteuil passager.

Elle attrapa le sac d'Eylem sur la banquette arrière et s'empara de son smartphone.

— Donne-moi ton code !

— Qu'est-ce qui te prend ?

Maya saisit violemment sa main, la forçant à poser son pouce sur le lecteur d'empreintes au bas de l'écran.

— À qui écrivais-tu ?

— Rends-moi mon téléphone !

Maya s'empressa de lire le dernier texto envoyé.

— À qui était destiné ce message ?

Les joues d'Eylem s'empourprèrent.

— Ce n'est pas ce que tu crois…

Avant qu'elle n'ait eu le temps de se justifier, Maya l'agrippa à la gorge.

— Réponds ou je serre plus fort.

Eylem peinait à respirer, elle chercha à se débattre, mais le combat était inégal, Maya la dominait.

— Tu m'étrangles !

— C'est un peu le but. Pour qui tu travailles ?

— Ils m'ont obligée, gémit-elle.

Maya relâcha son emprise et lui envoya une gifle magistrale. Secouée, Eylem inspira à pleins poumons et se frictionna la joue entre deux quintes de toux.

Maya regardait le portable, songeuse.

— On nous écoute en ce moment ?

— Non, répondit Eylem, baissant les yeux sur son sac posé aux pieds de Maya.

Elle lui demanda la permission de le reprendre, en sortit un étui à lunettes et désigna le fermoir. Le mécanisme était situé dans le poussoir. Il suffisait d'ouvrir l'étui pour activer le micro ou de le refermer pour le mettre en veille. Simple et ingénieux. Voilà qui répondait à l'étonnement de Vital quant au fonctionnement aléatoire du mouchard. Il n'était pas défectueux comme il l'avait supposé, mais conçu pour agir sur commande. Maya posa son index sur les lèvres d'Eylem, lui faisant comprendre qu'elle avait intérêt à se taire. Elle enclencha le micro, rouvrit la portière côté passager et la fit aussitôt claquer, comme si elle venait d'entrer dans la voiture.

— Désolée, j'avais besoin de me dégourdir les jambes. Tu as pu récupérer mes affaires ? demanda-t-elle d'un ton dégagé pour mieux duper ceux qui les épiaient.

— Oui, répondit Eylem, la voix étouffée.

— Alors, allons-y, enchaîna Maya en abaissant la vitre.

La voiture sortit bientôt de la rampe de parking pour déboucher sur la rue Mesrutiyet. Eylem prit la première à droite et s'engagea sur le grand boulevard Refik Saydam. Maya attendit le premier feu rouge et jeta l'étui à lunettes à l'arrière d'un pick-up qui passait à leur hauteur.

— Tu n'as rien d'autre sur toi ?

— Non, je te le jure.

— Que vaut la parole d'une menteuse ? Malin, le coup du micro qui s'activait chaque fois que tu prenais tes lunettes. Chez Nicole pour lire le menu ; au Café Pierre Loti où tu tenais tellement à passer la commande ; tu les rangeais dans leur étui juste avant d'éteindre à l'hôtel pour que l'on n'entende pas nos ébats, et les mettais pour conduire. Géolocalisation permanente, mais écoute à la demande. J'espère que ce pick-up se rend à l'autre bout d'Istanbul, ça nous donnera un peu de temps. Pourquoi ne m'ont-ils pas piégée directement ?

— Parce qu'ils savent que tu es habile et ils jugeaient la manœuvre trop dangereuse.

— Qui ça « ils » ?

— Tu le sais pertinemment.

— Pourquoi les services de renseignement turcs s'intéressent-ils à moi ?

— Je ne suis pas dans leurs petits papiers. Je devais simplement leur permettre d'écouter tout ce que tu disais, y compris en mon absence.

— Je vois. Quand tu étais dans la salle de bains, l'étui à lunettes était sur la table de nuit, au cas où je passerais un appel.

— Mais tu es sortie de la chambre… Je n'ai pas eu le choix, Maya, je te le promets.

— On a toujours le choix.

— Pas ici, pas lorsqu'on est une femme qui aime les femmes. D'ailleurs, lesbienne ou pas, lorsque les hommes en costume noir débarquent chez vous et menacent de vous envoyer en prison si vous ne collaborez pas avec eux, le choix s'impose très vite. Depuis la tentative de coup d'État, seuls ceux qui soutiennent le régime s'en sortent, les opposants croupissent en cellule. Il leur suffisait de m'accuser d'atteinte à la morale publique, ils avaient des photos, tu comprends ? supplia Eylem, les yeux noyés de larmes.

48

— Ce que je comprends, c'est que vous avez renoncé à la démocratie, mais ça, c'est votre problème, pas le mien. Qu'est-ce qu'ils t'ont donné comme raison ?

— Aucune, ils n'ont pas pour habitude de se justifier. Ils ordonnent, tu obéis. Je devais rester près de toi, les informer de tes faits et gestes, leur dire qui tu rencontrais.

— Mais enfin, pourquoi ? insista Maya en haussant le ton.

— Je te le répète, je l'ignore.

— Je ne te crois pas !

— La seule chose que je sais, c'est que la photo dans ton sac les a mis sur les dents.

— Comment ont-ils eu accès à mon sac ?

Eylem resta silencieuse.

— Je vois...

— J'avais reçu l'ordre de photographier ce qu'il contenait.

— Donc, lorsque tu m'interrogeais innocemment sur l'identité de cette enfant, c'était un mensonge de plus. Tu n'as pas pu agir pendant que je dormais, j'ai le sommeil bien trop léger, je t'aurais entendue te lever.

— Quand tu es partie faire je ne sais quoi pendant que je prenais un bain, tu as laissé ton sac dans la chambre. J'ai fait ce qu'ils m'ont demandé, puis ils m'ont texté de ne plus te perdre de vue une seconde et d'essayer de te tirer les vers du nez au sujet de cette gamine. Tout à l'heure, j'étais en route vers le cocktail à l'Institut français. Ils m'avaient remis un carton d'invitation, je devais te faire une scène de jalousie pour justifier ma présence, et leur révéler avec qui tu avais rendez-vous. Je n'en ai pas eu le temps, tu m'as demandé de te retrouver au plus vite.

Maya resta songeuse, remontant le fil du temps depuis son arrivée à Istanbul.

— À quel moment les hommes du MIT sont-ils venus te voir ?

— Peu après ton premier appel depuis ta chambre d'hôtel. Tu refuseras de voir la situation sous cet angle, mais en réalité c'est toi qui m'as jetée dans la gueule du loup.

— Que s'est-il passé après que j'ai quitté ce cocktail ?

— J'ai dû les informer que tu me retrouverais dans le café près du pont… Oui, ils planquaient là-bas.

Maya se tourna vers la lunette arrière.

— Ne t'inquiète pas, reprit Eylem, s'ils nous suivaient encore, ils se tiendraient à bonne distance. Et puis ils doivent être en train de poursuivre le pick-up dans lequel tu as jeté mes lunettes. Laisse-moi me racheter, dis-moi où tu veux aller et je t'y dépose. Je trouverai une excuse pour justifier que nous nous soyons séparées sans que j'aie pu les en avertir. Je prétendrai m'être fait voler mon sac…

— Arrête-toi au prochain feu, ordonna Maya.

Eylem observa le carrefour désert.

— Et ensuite ?

— Tu descends et tu te démerdes pour rentrer chez toi.

Eylem rangea la voiture le long du trottoir et se tint immobile, mains sur le volant.

— Maya, je t'assure que…

— Tais-toi, je ne sais pas ce qui me retient de te coller la raclée que tu mérites.

— Que voulais-tu que je fasse ? Croupir en prison pour t'avoir été fidèle ?

— Ce n'est pas pour les autres qu'on fait preuve de courage, mais pour soi-même. Seulement, le courage demande d'avoir des convictions.

— Ce quartier est dangereux pour une femme seule, je t'en prie, dépose-moi au moins à une station de taxis.

— C'est ta compagnie qui est dangereuse. Prends tes affaires, nos routes se séparent ici.

PERA
PALACE
HOTEL

4.

Le sixième jour, au manoir

Le Groupe s'était reformé autour de Malik. Mains dans les poches, il expliqua le plan concocté par son frère. Chacun aurait sa partition et le concert se jouerait dans des délais très serrés.

— Nous attaquerons sur deux fronts, annonça-t-il. D'abord en faisant intrusion dans les boîtes mail des banquiers de nos cinquante cibles ; aussitôt après en prenant le contrôle des portables de nos cibles elles-mêmes, mais pas comme vous l'aviez prévu ; nous allons faire preuve de plus d'originalité. Nous avons quelques heures devant nous pour obtenir les identités de leurs collègues et de leurs proches, leurs agendas et leurs correspondances nous renseigneront. Ensuite, nous chercherons leurs hobbies, leurs passions plus ou moins secrètes. Le golf, les armes à feu, les voitures, les filles nues... Vous avez compris l'idée. L'important étant de pouvoir les classer par centres d'intérêt.

Ekaterina écoutait Malik, admirative. Elle n'avait pas encore compris où il voulait en venir mais les deux frères faisaient preuve d'une méthode certaine. Mateo, moins patient, intervint pour obtenir des éclaircissements.

— Tu peux nous dire à quoi cela servira ?

— À initier la première phase du hack en leur envoyant simplement des petites vidéos depuis des adresses mail qu'ils connaissent afin qu'ils ne se méfient de rien et en faisant en sorte qu'ils s'empressent de les visionner.

— *Comment de simples contenus vidéo pouvaient-ils contribuer au hack ?*

— Songez à tous les clips qui circulent à longueur de journée sur la Toile. Des animaux qui font des pitreries, les prouesses plus ou moins heureuses de cascadeurs amateurs, ou les accidents spectaculaires auxquels personne ne résiste. Qui n'en regarde pas de nos jours ? Un voyeurisme inoffensif, jusqu'au moment où quelqu'un insère des lignes de codes dans ces vidéos. Le lecteur d'un smartphone n'est rien d'autre qu'une application conçue pour décoder des données et recomposer des images selon un ordre défini. Si elle reçoit des instructions particulières, ses gènes mutent, ses fonctions évoluent. Elle peut être reprogrammée, devenir intelligente et capable d'agir sur commande. Les amateurs de films X ont été les premiers à se faire piéger par ce procédé. Des hackeurs malveillants activent la caméra de leur smartphone ou tablette pour les filmer à leur insu puis les rançonnent contre la promesse de ne pas diffuser à leurs contacts ces moments intimes. Ce n'est là qu'un exemple parmi d'autres, et je vous rassure, ce n'est pas celui qui nous concernait. La technique développée par Vital était bien plus élaborée et elle allait permettre aux membres du Groupe de contrôler les appareils de nos cibles depuis le donjon comme s'ils les avaient en main. Ils pourraient alors lire en temps réel les demandes d'authentification envoyées par les banques au moment d'instruire les virements et y répondre comme s'ils étaient les clients. De quoi déjouer l'une après l'autre les barrières de sécurité des institutions bancaires. Cerise sur le gâteau, les portables restant en possession de leur propriétaire, la géolocalisation confirmerait qu'ils se trouvaient en des lieux conformes à leurs habitudes.

— *Sans que personne ne remarque quoi que ce soit ?*

— Non, puisque le programme de Vital n'activerait pas les écrans, le Groupe pouvait opérer à distance sans risquer d'être repéré.

— *Et si l'une de leurs cibles utilisait son smartphone pendant le hack ?*

— Ils le verraient et patienteraient en attendant qu'elle soit occupée à autre chose. Mais il restait un problème à régler avant que l'équipe s'enferme dans le donjon, un problème de taille.

— *Où transférer les 250 millions de dollars qu'ils allaient voler ?*

— Exactement.

— J'ai une idée, intervint Janice.

Tous les visages se tournèrent vers elle.

— Ce n'est plus un secret d'État puisque Mateo et Ekaterina sont au courant, mais lorsque j'ai enquêté sur Ayrton Cash, je suis entrée dans les serveurs d'une banque à Jersey. Et, comme Mateo et Ekaterina le savent également, j'ai conservé un accès à une porte dérobée. Quel meilleur endroit qu'une institution financière opaque située dans un paradis fiscal pour planquer le butin, en attendant de le redistribuer aux victimes ?

— Ça tient le chemin, concéda Vital.

— La route, rectifia Janice.

Il lui fit une grimace inédite.

— À propos, vous avez une idée de la façon dont nous allons reverser cette somme ? enchaîna Ekaterina.

— Tu es bien silencieuse, murmura Diego à l'oreille de sa sœur.

Elle le regarda avec le détachement d'une enfant insolente et se rapprocha de Malik avant d'exposer aux autres le fruit du travail qu'elle avait entrepris depuis la mort d'Alba.

— Au cours des trois années de mon enquête, j'ai hacké les systèmes informatiques de centaines d'hôpitaux. À défaut d'y trouver les preuves formelles des agissements criminels de nos cibles, j'ai collecté une quantité impressionnante de données sur les patients admis aux urgences en coma diabétique. Les rapports des médecins légistes m'ont permis d'identifier ceux qui n'avaient pas survécu, à force d'avoir trop dilué leur dose d'insuline ou parce qu'ils n'avaient pas eu les moyens de se la procurer. Une base de données sinistre qui recense près de dix mille cas, cela fait froid dans le dos. Et, le cynisme n'ayant pas de limite, ce sont leurs familles qui ont dû supporter les frais médicaux engagés aux urgences. Des dépenses astronomiques venues s'ajouter au coût des obsèques. Des parents endeuillés se sont retrouvés ruinés du jour au lendemain, victimes collatérales de ceux et celles qui manipulent les prix. Nous ne leur rendrons pas leurs proches, mais nous pouvons au moins les libérer de leurs dettes.

Malik et Vital enrageaient. Ils étaient bien placés pour connaître le coût des soins médicaux, Vital avait enchaîné les opérations de chirurgie réparatrice.

— Très bien, continua Mateo. Répartissons-nous les tâches. Cordelia et Diego recenseront les comptes bancaires des bénéficiaires de notre opération. Ekaterina et moi implanterons les vidéos encodées par Vital et Malik. Quant à Janice, elle nous ouvrira les portes de la banque de Jersey, grâce à laquelle nous ferons transiter l'argent avant de le redistribuer.

— C'est bien la première fois que j'entends dire « grâce à » concernant la JSBC, ironisa Janice.

Malik indiqua que le moment de passer à l'action était venu.

— C'est décidément plus fort que toi, lâcha Ekaterina à Mateo en se levant.

— Qu'est-ce qui est plus fort que moi ?

— De vouloir endosser le rôle du chef, répondit-elle.

— J'ai plutôt l'impression que ce sont les jumeaux qui mènent la danse.

— Allons découvrir ce fameux donjon, je suis si excitée que j'en oublierais presque Baron et sa clique !

— Tu es sérieuse ?

— Absolument pas.

Au pied du grand escalier dans le hall, Vital recula son fauteuil pour le plaquer à la crémaillère qui grimpait vers les étages. La manœuvre accomplie, il sortit une télécommande de sa poche et s'éleva lentement vers le donjon.

— Je vous l'ai dit, vous n'êtes pas au bout de vos étonnements.

— De vos surprises, rectifia Janice.

— Et est-ce qu'on dit bien : « Tu vas m'emmerder longtemps ? » cria-t-il depuis le premier étage.

LE SALON DU MANOIR

5.

Istanbul

Penchée à la portière, Eylem avait demandé une dernière fois pardon, mais Maya avait redémarré sans un mot. Elle roulait depuis une demi-heure, son portable posé sur le siège passager. Vitalik lui avait communiqué l'adresse d'un point de chute où l'attendrait un contact qui pourrait lui faire passer la frontière. Le rendez-vous était fixé au lendemain à 11 heures, elle n'allait pas passer la nuit à tourner sur le boulevard qui ceinturait Istanbul. Elle avait assez de liquide pour s'offrir un plein d'essence, mais pas suffisamment pour une nuit d'hôtel et il était bien trop dangereux d'utiliser sa carte de crédit. Les agents du MIT ne tarderaient plus à comprendre le tour qu'elle leur avait joué, à moins qu'Eylem ne se soit déjà chargée de les prévenir. Les services de renseignement turcs n'allaient pas se contenter de la suivre, ils la traqueraient. Rassurée que son smartphone ne soit pas plombé, elle ouvrit l'application GPS et consulta la carte de la région. Une fois en Bulgarie, elle rejoindrait la capitale et prendrait le premier vol pour Paris. Maya aimait conduire de nuit, Sofia n'était qu'à six heures de route. Restait à faire un choix crucial, continuer sur la voie rapide ou utiliser les chemins de traverse. Les postes-frontières principaux devaient déjà être avisés qu'elle était recherchée ; d'un autre côté, sur une petite route les phares d'une voiture se détacheraient dangereusement dans la nuit. Elle alluma la radio, sélectionna une fréquence qui diffusait de la musique alternative et appuya sur l'accélérateur. Le moteur de la voiture d'Eylem était puissant et elle comptait bien le mettre à l'épreuve.

Il n'y avait pas grand monde sur la E80, Maya regarda l'aiguille du compteur et se résolut à lever le pied, mieux valait ne pas se faire arrêter. Elle se cala dix kilomètres au-dessus de la vitesse autorisée et continua de réfléchir à l'itinéraire à emprunter une fois arrivée à proximité d'Edirne. À mi-chemin, elle se rappela une information lue quelques années plus tôt et qui allait bouleverser ses plans. En 2015, le gouvernement bulgare avait fait ériger par l'armée une barrière métallique de trois mètres de haut sur la totalité de sa frontière avec la Turquie. L'affaire avait fait un peu de bruit dans la presse et à Bruxelles, le mur ayant été dressé sans autorisation et contre l'avis de l'Union européenne. Un murmure diplomatique qui n'avait effrayé personne et s'était limité à des indignations de couloir. Pourtant, barbelés, caméras infrarouges, chemins de ronde et surveillance permanente visaient clairement à constituer un mur anti-réfugiés en dépit des règles. Maya se souvint aussi des critiques d'Eylem au Café Pierre Loti, lorsque, après avoir vu la photo de la petite fille, elle avait dénoncé l'apathie de l'Europe devant le drame d'un peuple martyrisé par le tyran al-Assad. Maya fuyait la Turquie avec un goût amer. Istanbul devait être sa dernière mission pour les Renseignements généraux et finir sur un échec n'avait rien de glorieux. Mais plus que son amour-propre, c'était le sort de cette enfant qui la préoccupait et le fait de ne rien savoir ou presque à son sujet. Elle envisagea un court instant de faire demi-tour, et renonça ; elle avait appris du Groupe 9 à savoir renoncer à temps.

Elle s'arrêta à une station-service. Mais avant de faire un plein d'essence, elle allait s'offrir un café dont elle avait grand besoin et profiterait de cette pause pour réfléchir à un nouvel itinéraire.

Pas âme qui vive dans la cafétéria. Le seul bruit était le ronronnement lancinant d'une rangée de distributeurs de boissons, sandwichs et friandises. Elle trouva de la monnaie au fond de son sac et attendit que le gobelet se remplisse d'un liquide noirâtre et fumant. Devant une table haute, elle étudia à nouveau la carte sur son smartphone. Elle pouvait rouler vers le sud et tenter de passer en Grèce. Le risque de se faire arrêter n'en serait pas moins grand. Sauf, pensa-t-elle, si elle arrivait à se mêler à la cohorte des réfugiés massés à la frontière. Une pensée d'un cynisme terrifiant, considérant la mission qui l'avait menée en Turquie. Mais les images des violences commises par les forces de police grecques à l'encontre des populations qui fuyaient la guerre en Syrie défilèrent sous ses yeux et elle écarta cette idée.

Elle avalait sa dernière gorgée de café quand elle entendit dans son dos s'ouvrir les portes coulissantes de la cafétéria.

— Touriste ? demanda l'homme qui venait d'entrer.

Maya feignit de ne pas avoir compris qu'il s'adressait à elle.

— Touriste ? répéta l'homme en s'accoudant à ses côtés.

Un lourdingue, elle avait bien besoin de ça. L'homme était trapu, le visage carré avec un nez de travers et des yeux sans aucune expression. Elle aperçut derrière la vitrine son comparse qui tournait curieusement autour de l'Audi en reluquant les jantes.

— Vous parlez l'anglais ? demanda-t-elle sur un ton qui ne trahissait aucune peur.

L'homme fit non de la tête.

— Alors tant pis, répondit Maya en attrapant son sac.

Elle le salua poliment de la main et se dirigea vers la sortie, sans presser le pas.

— Café ? proposa l'homme en se rapprochant d'elle.

Maya afficha un large sourire, et désigna la pendule murale, lui faisant comprendre qu'elle souhaitait poursuivre sa route. Les cafétérias automatisées le long des autoroutes peuvent se transformer en coupe-gorge. Pourquoi s'y était-elle attardée ? La réponse lui parut évidente : elle ne savait pas où aller sans se mettre en danger. L'homme posa la main sur son épaule, goguenard, insistant pour lui offrir ce café dont elle n'avait nulle envie.

— Non, je vous remercie, dit-elle un peu plus fermement.

— Français ? questionna l'homme.

— Belge, mentit Maya.

— Ah… Belgique, jolie.

66

— Vous parlez français ? demanda-t-elle.

— Un peu, dit-il avec un accent terrible. Voiture très petite… Belgique… très loin ! Avion plus rapide, s'esclaffa-t-il, semblant ravi de sa plaisanterie.

— J'ai le vertige ! répondit Maya avec un sourire feint, tout en continuant d'avancer vers la porte.

Dès qu'elle fut dehors, le comparse releva la tête et jeta sa cigarette. Elle devait agir vite si elle voulait se tirer de ce guêpier. Elle sentit la présence du premier homme dans son dos et se retourna brusquement, prête à se défendre.

— Qu'est-ce que tu veux ? lâcha-t-elle. Je n'ai pas d'argent.

Il la toisa avec dédain et cria à son compère : « *Kiçini kaldir !* »

Ce qui signifiait littéralement : « Lève ton cul ! » Ce dernier obéit et s'approcha.

— Pas café… alors papiers ! intima l'homme avec la voix d'un flic sûr de son autorité.

À condition qu'il en soit bien un, à quel genre de policier avait-elle affaire ? s'inquiéta Maya. Elle le regarda droit dans les yeux et redevint plus aimable.

— OK, café, mais c'est vous qui payez.

— Papiers ! répéta fermement l'homme, qui avait perdu toute envie de jouer au séducteur.

Maya sortit son passeport de son sac et le lui présenta. L'homme regarda la photo, ne relevant pas le récent mensonge de Maya quant à sa nationalité. Le subalterne l'observait avec un air carnassier à vous donner des envies de meurtre.

Une Mercedes noire surgit soudain et se rangea devant les pompes à essence. Deux couples étaient à son bord. Le conducteur sortit et repéra l'inquiétant manège autour de Maya. Il demanda en turc si tout allait bien et comme elle ne répondit pas, il vint courageusement à sa rencontre. Les passagers de la Mercedes descendirent à leur tour, silencieux et attentifs. Devant ces quatre témoins, Maya se vit restituer son passeport ; le policier, les traits serrés, lui indiqua d'un geste hautain qu'elle pouvait s'en aller.

— Merci, dit-elle en passant à la hauteur du jeune homme qui lui avait porté secours.

Elle remonta sans tarder dans l'Audi et démarra sur les chapeaux de roues.

Le cœur tambourinant, enrageant de ne pas s'être rappelé plus tôt l'existence de ce mur frontalier, Maya devait désormais prendre une décision et s'y tenir. Repartir vers Istanbul pour y retrouver le contact de Vitalik, quitte à attendre jusqu'au lendemain dans cette voiture, était probablement ce qu'il y avait de plus sage… Sinon, tenter de passer en Grèce, mais pour cela, il fallait franchir la Maritza. Un grand pont l'enjambait en amont d'Edirne, un autre, plus petit, apparaissait sur la carte au sud de la ville. Une route menait au poste de contrôle de Pazarkule. C'est là qu'elle tenterait sa chance, et, si elle le découvrait trop bien gardé, elle ferait demi-tour. Maintenant qu'elle avait un plan, elle retrouva un peu de calme.

Une heure encore et elle serait tirée d'affaire. Elle quitta l'autoroute et entra dans Edirne. Les maisons rose et blanc se dressaient au-dessus des ruelles étroites. De jour, ces quartiers devaient vibrer dans le désordre d'une vie bruyante où les cris des enfants, des marchands, le tumulte de la circulation se mêlaient aux chants du muezzin. De nuit, tout était désert. Elle dépassa les étals vides qui bordaient le grand bazar. Au loin, les quatre immenses minarets de la mosquée Selimiye se détachaient dans la noirceur du ciel. Maya filait vers le sud et les lumières d'Edirne disparurent bientôt dans le lointain.

Le pont franchi, elle contourna la petite bourgade de Karaağaç et se retrouva en rase campagne. Elle monta le son de la radio et fredonna pour se donner du courage.

Deux phares apparurent dans son rétroviseur et l'éblouirent.

— *Maya tentait de rejoindre Paris… Elle n'avait pas reçu l'appel que Vital et Malik avaient adressé à tous les membres du Groupe ?*

— Non, puisqu'ils pensaient qu'elle rallierait leur contact à Istanbul et ils comptaient sur ce dernier pour la conduire jusqu'à Kiev. Et puis, craignant qu'elle soit sur écoute, Malik ne voulait pas courir le risque que le message soit intercepté.

LA STATION-SERVICE

6.

Le sixième jour, au donjon

Un observateur étranger aurait trouvé ce concert peu ordinaire. Les membres du Groupe 9, autour d'une table ronde et devant leurs terminaux, pianotaient sur leurs claviers avec une virtuosité joyeuse, attelés à la tâche qui leur avait été confiée. Les lignes de codes défilaient sur les écrans, les hacks s'enchaînaient.

Ilga fit une apparition aux alentours de 13 heures, elle distribua des sandwichs, déposa des bouteilles d'eau, deux thermos de café sur la table, et se retira sans un mot.

À 15 heures Vital fit un tour complet du donjon, s'arrêtant devant chaque écran afin de s'assurer que la phase 1 était achevée.

— Dès que nous enverrons les vidéos, dit Malik, chacun devra surveiller ses cibles et reporter leur activité sur l'écran central. La phase 3 ne débutera que lorsque nous aurons épinglé tout le monde.

Il était 16 heures passées. Cinquante clips piégés furent postés simultanément comme prévu. Le premier à tomber dans le piège fut le directeur général d'une succursale de Talovi à Londres, le deuxième mordit à l'hameçon dans le taxi qui le conduisait à son bureau situé au Luxembourg, le quatrième en salle de conférences dans les locaux d'une filiale italienne… De demi-heure en demi-heure, la liste s'étoffait sur l'écran central. Ekaterina était curieuse de savoir comment des cadres aussi grassement rémunérés trouvaient le temps de se distraire pendant leurs horaires de travail.

— La plupart d'entre eux doivent s'ennuyer sec en réunion, suggéra Cordelia.

— Si tu voyais ce que le directeur financier genevois est en train de regarder, tu douterais qu'il s'ennuie… J'espère au moins qu'il n'est pas en réunion, s'amusa Janice.

À 21 heures, l'objectif de la phase 2 fut atteint. Tous les smartphones étaient à la merci du Groupe. L'équipe s'accorda une pause bien méritée pour dîner. Plus que de nourriture, Ekaterina ressentit un besoin urgent de prendre l'air. Elle demanda une cigarette à Janice et alla la fumer dans le verger. Cordelia rêvait d'une douche, Diego regagna sa chambre pour appeler son restaurant. Alors que chacun quittait le donjon, Janice poussa le fauteuil de Vital vers le rail en haut des escaliers.

— Où m'emmènes-tu, Metelyk ?

— Au salon, pour discuter en tête à tête avant de passer à table.

— Tu as des secrets à me confier ? questionna-t-il en arrivant au rez-de-chaussée.

— C'est plutôt le contraire, j'aimerais avoir la primeur de ce que tu nous caches.

Vital se contorsionna pour lui faire face et afficha un air perplexe.

— Laquelle me recommandes-tu ? lui demanda-t-elle en regardant les deux carafes sur la desserte.

— Tout dépend du voyage que tu cherches. Pour l'ivresse, la liqueur de vodka distillée par Ilga cogne fort. Si tu veux régaler ton palais, la bouteille de bourbon à gauche est préférable, c'est Malik qui l'achète, en contrebande bien sûr, mais c'est un très grand cru, plus âgé que nous deux réunis.

Janice servit deux verres et en tendit un à son ami.

— Je ne bois pas, c'est contradicté par les médicaments.

— Quels médicaments ?

— Pour les douleurs. Mes jambes ne fonctionnent plus, mais tous les circuits n'ont pas été coupés. Parfois, j'aimerais mieux que ce soit le cas. Si tu me disais ce que tu veux ?

— Je t'ai observé dans le donjon. Tu n'as cessé de travailler dans ton coin, je suis curieuse de savoir ce que tu faisais et quels risques nous encourons.

— Justement, je travaillais à les limiter. Cordelia et Diego sont bien gentils, mais on ne vole pas 250 millions de dollars sans attirer l'attention, et encore moins sans se faire des ennemis.

— Je doute fort que les gens auxquels nous allons reverser cet argent aillent s'en plaindre publiquement.

— Mais, Metelyk, ce ne sont pas les heureux gagnants de notre loto qui vont faire du tapage, c'est nous ! On ne va pas laisser passer inaperçu un hack aussi colossal ! Où serait la morale de cette histoire ?

— Enfin, Vital, c'est n'importe quoi ! Tu le disais toi-même. Nous nous attaquons aux dirigeants d'organisations puissantes. Nous avons tout intérêt à nous faire très discrets.

— Tu me méjuges, il ne s'agit pas d'aller clariner nos exploits dans la communauté des hackeurs, ils savent déjà que nous sommes les meilleurs. Ce n'est pas pour assouvir une vengeance que nous mettons autant d'énergie et de moyens dans ce hack. Enfin, sans manquer de respect à Cordelia ou à la pauvre fiancée de Diego, disons que ce n'est pas uniquement pour les venger. 250 millions de dollars… Aux yeux des autorités, cette opération fera de nous de grands criminels, pas de retour en arrière possible. Mais, et c'est aussi important que de dédommager les victimes, les responsables de ces multinationales doivent nous craindre plus que nous ne les craignons, et avec eux tous ceux et celles qui se croient intouchables.

Janice reposa son verre, fixant Vital, médusée.

— Qu'est-ce qui t'arrive ? Je ne t'ai jamais entendu t'exprimer aussi bien.

— Bon, j'avoue. J'ai appris par cœur le discours de Malik. Je veux convaincre les autres de publier un communiqué. Mais jusque-là, ils doivent rester concentrés sur la mission. Alors botus et mouche cousue !

— Pourquoi Maya n'est pas avec nous ?

— Que veux-tu que j'en sache ?

— J'ai compté deux chaises vides autour de la table, au dîner d'hier soir, comme au donjon, qui d'autre manque à l'appel ?

— Metelyk, la curiosité te dévore. C'est ton métier qui veut ça, je supète.

— Suppute !

— Si tu préfères.

— Qui nous a réunis ici ? insista Janice.

— Mon frère et moi, tu le sais parfaitement.

— Uniquement pour ce hack ?

— Tu as souvent volé 250 millions de dollars en une nuit ? Moi, c'est la première fois. Assez gigantesque comme raison de se retrouver, non ?

— Tu me jures que tu ne me caches rien ?

— Metelyk, je me promène sur des pneus, que veux-tu que je te cache ?

— Pardon, mais je ne vois pas le rapport.

— Normal, il n'y en a aucun. Finis ton verre et allons dîner, j'ai grand appétit.

— À quoi travaillais-tu pendant que nous étions là-haut ?

— Tu l'apprendras à table avec les autres, je n'aime pas radotifier.

— Radoter !

— Qu'est-ce que tu peux me faire chier avec tes corrections, Metelyk ! râla Vital.

— C'est uniquement par amour, affirma-t-elle avec le sourire qu'elle empruntait quand elle disait une connerie. Et puis grâce à moi tu finiras par t'exprimer aussi bien que ton frère, plus besoin d'apprendre ton texte.

— Qui te dit que j'en ai envie ?

Janice haussa les épaules et se dirigea vers la porte.

— Attends ! demanda Vital. Je peux te poser une question… féminine ?

Janice fit demi-tour, reprit son verre et s'accroupit devant lui.

— Je t'écoute.

— C'est délicat.

— Forcément, puisque c'est féminin.

— Tu crois que Cordelia est solitaire ?

— Tu veux dire célibataire ?

Vital avait baissé les yeux sur les repose-pieds de son fauteuil, et cela ne lui ressemblait pas. Janice découvrit alors un jeune homme qui n'avait pas autant vieilli que le corps dans lequel il essayait de survivre. Elle comprit que son monde était plus grand que le sien, fait de rêves et d'espoirs, de solitude et de courage.

— Je vais me renseigner, répondit-elle en lui posant un baiser sur la joue.

— *L'idée de rendre le hack public était-elle de Malik ou de Vital ?*

— J'ai rédigé le discours de Malik. Mais les deux frères y ont adhéré sans réserve. L'opération menée depuis le donjon allait marquer une étape dans l'histoire du Groupe. Il était devenu important de nous faire connaître au-delà de la communauté des hackeurs. Les fauves devaient s'interroger sur le véritable sens de nos actions, il fallait qu'ils entendent...

— *Entendent quoi ?*

— Le son du canon, plus modestement d'une salve annonçant le début du combat que nous allions mener contre eux.

— *Pourquoi les mettre sur leurs gardes au lieu d'agir dans l'ombre comme vous l'aviez tous fait jusque-là ?*

— Les fauves se servent du chaos comme arme. Baron a déclaré un jour que la seule chose qui pourrait sauver le vieux monde était une destruction du nouveau monde par lui-même. Il était plus que temps de semer aussi le désordre dans leur organisation.

— *À quelles fins ?*

— Les obliger à communiquer entre eux, puis à se réunir.

— *Comment alliez-vous obtenir ce résultat ?*

— Par la peur. Quoi de plus effrayant qu'un ennemi insaisissable ?

∽

Le sixième soir, au manoir

Assis sur un banc, à l'arrière du manoir, Mateo conversait avec Diego, l'interrogeant sur ce qui l'avait amené à devenir un hackeur.

— Une passion pour le cinéma américain, avait expliqué Diego. Mon premier gros coup a consisté à pirater un studio californien. Je m'offrais en avant-première des films qui n'étaient pas encore distribués en Espagne. Mais je trouvais frustrant de ne pouvoir ni partager ce privilège ni raconter que je les avais vus. Et puis j'ai rencontré une femme qui a changé ma vie et fait de moi qui je suis…

Et Diego raconta à Mateo sa rencontre avec Alba. À la fin de son récit, il voulut à son tour interroger Mateo, mais depuis le perron, Ilga agitait la cloche du dîner.

Cordelia, qui avait rejoint Ekaterina dans le verger, profitait de cette courte pause pour répondre, non sans retard, à un mail de son patron. Il lui demandait les rapports des analyses sécuritaires de la semaine et ne faisait aucune mention d'un appel ou d'une intervention de la police sur son lieu de travail. Sheldon avait bien renoncé à emprunter la voie légale pour récupérer les documents compromettants qu'elle lui avait volés. Ce dont Cordelia n'avait jamais douté – rares sont les trafiquants de drogue qui vont porter plainte au commissariat quand ils se font dérober leur came. Elle avait pris ce salaud de vitesse, Alba et Penny Rose seraient bientôt vengées. Question de principe, elle veillerait personnellement à ce que le compte de Sheldon soit entièrement ratissé. Malik s'approcha d'elle.

— Ilga n'est pas une cuisinière patiente, mais si tu as envie de faire quelques pas, je peux nous trouver une excuse.

Elle le regarda, avec cet air pénétré qu'elle adoptait poliment quand elle n'avait strictement rien à faire de ce qu'on venait de lui dire.

— Tu es un bel homme, c'est indiscutable, lâcha-t-elle. Mais je n'ai aucune envie de coucher avec qui que ce soit en ce moment.

Et sur ces mots qui amusèrent Malik, elle retourna vers le manoir.

— *Quel était votre état d'esprit avant de réaliser ce « hack du siècle » ?*

— La tension était palpable à la table du dîner, et les conversations réduites au minimum. Tous songeaient à ce moment de la nuit où le hack aurait atteint le point de non-retour ; chacun ressentait un mélange d'excitation, de fierté et de peur avant de passer à l'action. Car personne ne pouvait estimer les risques auxquels nous nous exposions, ni présager les conséquences de notre opération. Mais la peur disparut dès que le Groupe regagna le donjon. Le montant des avoirs de nos cibles figurait déjà dans une colonne à côté de leurs noms. Vital laissa à son frère le soin d'exposer la troisième phase du plan. Simple en apparence, elle demandait néanmoins une programmation parfaite. Si chacun agissait calmement, si personne ne commettait d'erreur, si tout se déroulait comme prévu, 250 millions de dollars seraient bientôt prélevés dans cinq grandes banques pour réapparaître sur un compte secret à la JSBC.

— Cela fait beaucoup de « si », souffla Janice. On sera vernis… « si » on y arrive.

Ekaterina leva la main pour prendre la parole.

— Attendez une minute ! Aucun de vous n'a de doute sur le bien-fondé de ce hack ?

Parmi les visages qui se tournèrent vers elle, celui de Cordelia n'était pas des plus amicaux.

— Nous allons ruiner ces gens, sommes-nous certains qu'ils sont tous coupables de ce dont Cordelia les accuse ?

— Nous ne nous sommes jamais érigés en tribunal, répondit Janice.

— Précisément, insista Ekaterina. Jusqu'à ce jour, chacun de nous a agi de sa propre initiative, parfois aidé par les autres, mais toujours guidé par ses convictions, renchérit-elle.

— Cinq ans d'enquête, la mort d'Alba et celle de Penny Rose ne suffisent pas à te convaincre ? s'insurgea Cordelia. Qu'on ait tenté de me tuer, cela n'est pas assez pour justifier notre action ? Alors quel est le sens de notre Groupe ? s'emporta-t-elle.

Un silence pesa sur l'assemblée.

— Ekaterina a raison de soulever cette question. Je n'en ai pas eu le cran, et je le regrette, intervint Mateo. C'est la première fois que nous opérons tous ensemble…

— Presque tous, rappela Diego. Quoi qu'il en soit, il est normal d'en discuter. Pour moi, les preuves accumulées sont suffisantes. Mais si quelqu'un n'est pas d'accord, nous devons prendre en compte son avis.

Janice toussota pour parler à son tour, avec un sourire plein de tristesse.

— Je n'aurais jamais pensé affirmer cela un jour, mais en ce qui me concerne, le temps des questionnements est révolu. J'ai perdu récemment une amie chère, assassinée parce qu'elle aussi enquêtait sur des faits de corruption. Les scandales se succèdent, au point que plus personne ne s'en indigne… ou si peu, au regard d'actes commis en toute impunité. Je ne veux plus tergiverser, mais agir.

Ekaterina évita de croiser le regard de Mateo.

— Tu as impliqué dans nos affaires une personne étrangère au Groupe ? demanda-t-il.

— Très délicat, cette façon de me présenter tes condoléances. Dois-je te rappeler que c'était pour te rendre service ? Je suis reporter, et je n'ai pas de comptes à te rendre sur mes méthodes d'investigation, encore moins sur mes sources !

Des deux mains, Vital frappa violemment la table.

— Assez ! Quand vous aurez fini de vous chamailler, on pourra commencer ?

*

L'attaque débuta à 23 heures. Les ordres de virement furent envoyés depuis les smartphones des cibles. Chacun guettait l'arrivée des codes de vérification adressés automatiquement par les serveurs bancaires.

À 23 h 10, la liste était complète.

À 23 h 15, l'équipe prit le contrôle des portables des banquiers. Ils authentifièrent les ordres de transferts les uns après les autres, déjouant le troisième et dernier niveau de sécurité.

Janice comptait les « si ». Il ne restait plus qu'à lancer la procédure de transfert des fonds.

À 23 h 30, Malik donna le top.

Tous les regards se dirigèrent vers l'écran mural. Chacun retenait son souffle.

Les avoirs des cibles décroissaient à une vitesse vertigineuse tandis que le compteur où s'affichait la somme cumulée du hack ne cessait de grimper.

10… 20… 50… 100… 150… 200…, les chiffres tournaient à toute vitesse, 220… 230… 240… 250 millions.

Des soupirs de soulagement et une salve d'applaudissements fusèrent dans le donjon lorsque la somme finale de 298 millions de dollars, raflés en quelques minutes, s'afficha. Bien plus élevée que prévu.

— Nous n'avons accompli que la moitié du chemin ! rappela Malik. Dès que les banques comprendront ce qui leur est arrivé, elles feront tout pour récupérer cet argent. Il faut le mettre à l'abri. Le laisser sur un compte unique, même à Jersey, risque de nous exposer. La JSBC abrite les fortunes des plus grandes crapules du moment et ses dirigeants pourraient facilement se laisser convaincre de trahir le secret bancaire pour nous mettre le grappin dessus.

— Qu'est-ce que tu proposes ? demanda Mateo.

— D'effacer toute trace de ces millions en les investissant immédiatement en cryptomonnaie, comme le suggérait Cordelia.

— Tu crois que les gens que nous voulons aider vont rembourser leurs dettes en cryptomonnaie ? La plupart d'entre eux ne doivent même pas savoir ce que c'est, s'alarma Ekaterina.

— Nous leur adresserons le mode d'emploi pour reconvertir la cryptomonnaie en argent liquide. Ce n'est pas plus compliqué que de se servir d'une carte de crédit.

— Tu penses sérieusement qu'on peut acheter pour près de 300 millions de dollars de cybermonnaie depuis un compte fraîchement ouvert sans éveiller de soupçons ? ironisa Cordelia. Autant prendre le premier avion pour Jersey et aller directement piquer le fric !

La sortie de Cordelia arracha un sourire à Ekaterina. Malik lui jeta un regard exaspéré avant de poursuivre.

— Hier, Janice nous a demandé si nous pouvions ouvrir une autre porte dans les serveurs de la JSBC. Nous avons réussi à placer un rootkit[1] au cœur de leurs installations informatiques, autant dire que cela nous donne une marge de manœuvre importante, à condition de ne pas nous exposer. La découverte de ce virus serait lourde de conséquences, c'est pour cela...

— Ton frère et toi avez implanté un rootkit dans les serveurs de la JSBC... en une journée à peine, vraiment ? ironisa à nouveau Cordelia.

— L'heure n'est pas à la vantardise, rétorqua Malik, mais oui, il nous donne accès aux plus hauts niveaux d'accréditation et est équipé de sa propre sécurité. Qu'un utilisateur s'en approche trop et il s'autodétruit. Évidemment, si cela devait arriver, nous perdrions tous nos privilèges, ce qui serait franchement regrettable. Il était donc essentiel de procéder avec méthode.

---

1. Malware qui agit sur un ordinateur avant le lancement de son système d'exploitation, permettant d'en prendre le contrôle absolu sans être détecté.

— Était ? demanda Janice.

— Vital et moi avons profité de l'après-midi pour altérer les programmes de la JSBC. Pour commencer, nous avons relevé le plafond des ordres soumis à vérification. Les achats de monnaies électroniques ne passant par aucune banque centrale, personne ne pourra remonter à la source, encore moins retrouver le magot que nous aurons redistribué. Vous apprendrez comment dans un instant, à condition bien sûr que Cordelia n'ait pas d'autre question...

Elle répondit d'un doigt d'honneur avant de capituler.

— Cette nuit, poursuivit Malik, nous allons acheter du Bitcoin, de l'Ethereum, du Ripple, du Litecoin, tout ce que vous voudrez, par tranches de 30 000 dollars, soit juste au-dessous du plafond de sécurité que nous avons reprogrammé. Et nous les transférerons chaque fois vers des portefeuilles digitaux.

— Je ne suis pas un génie des mathématiques, mais ça fait beaucoup de portefeuilles, fit remarquer Janice.

— Environ dix mille, autant que de victimes à dédommager, expliqua Malik.

— Attends, Metelyk, intervint Vital, tu vas voir, c'est maginifique.

Excité comme une puce, il se mit à pianoter sur son clavier. La page d'accueil du site internet d'une société spécialisée dans la sécurisation des avoirs en cryptomonnaies s'afficha sur le grand écran mural.

— Ledger ! Ce sont les meilleurs... et des amis, annonça fièrement Vital. Une fois à l'abri de leur technologie, l'argent sera plus en sécurité que tout l'or de Fort Knok !

— Knox... pas Knok, rectifia Janice.

Vital ne releva pas, et détailla la marche à suivre. L'opération devrait être terminée avant que les banques se réveillent. La nuit était déjà très avancée et chacun se remit au travail.

*

À 23 h 30, un programme de l'IRS[1] identifia une série de mouvements financiers à destination de Jersey. Une liste les répertoriant fut automatiquement transmise au service concerné de l'inspection fédérale des impôts américains.

*

À 1 h 57 du matin, Sheldon se leva discrètement, veillant à ne pas réveiller sa femme qui dormait à ses côtés. Après être passé par la salle de bains, et pris d'une petite faim, il fit un détour par la cuisine. En chemin, il jeta un coup d'œil à son téléphone portable et fronça les sourcils, étonné de n'avoir reçu aucun message depuis 22 heures. D'ordinaire, les courriels des collaborateurs étrangers s'accumulaient tout au long de la nuit dans sa boîte mail. Il pensa à une panne de réseau. Fatigué et rassasié, il retourna se coucher sans se poser davantage de questions.

*

---

1. Internal Revenue Service. Agence du gouvernement fédéral des États-Unis rattachée au Trésor et responsable du budget et des impôts.

À 6 heures du matin, un gestionnaire de fortune arriverait à son bureau dans une tour de la City. Londres s'éveillerait dans la pâleur rosée du jour.

Une tasse de thé en main, il s'installerait devant son écran et s'étonnerait à son tour. Deux de ses clients auraient vidé leur compte et transféré leurs avoirs vers une destination inconnue. C'est lui qui lancerait le signal d'alarme, créant une panique qui, au cours de la journée, s'emparerait de cinq établissements financiers et terrasserait cinquante criminels en col blanc.

— *Pourquoi Vital et Malik avaient-ils choisi d'utiliser des portefeuilles électroniques dans le cadre du hack ?*

— Convertir l'argent en cryptomonnaie était le seul moyen d'effacer toute trace de la finalité de leur opération. Un White Hat de haut niveau – et les banques allaient en employer plus d'un pour retrouver les sommes dérobées – aurait fini par remonter jusqu'au compte de la JSBC. Mais aucun hackeur au monde n'aurait pu tracer les fonds que nous allions reverser aux familles des victimes du scandale de l'insuline.

— *Par quel prodige ?*

— Nos moyens de paiement se sont dématérialisés depuis longtemps. Hormis les billets que vous retirez à un distributeur, votre argent se trouve sur un compte bancaire et non à l'intérieur d'un coffre-fort ou dans un bas de laine sous votre matelas. Vous en jouissez par le biais d'une carte de débit, de crédit, ou par des virements. Des moyens transactionnels relativement peu sécurisés comme vous avez pu le constater. Mais désormais, nous réglons aussi nos achats courants avec nos téléphones portables. D'une certaine manière, ce sont des portefeuilles digitaux. Il suffit de les approcher d'un lecteur pour que le paiement s'opère sans contact via un échange d'informations numériques. Le commerçant est réglé et votre compte débité. Mais pour des raisons de sécurité chaque transaction est répertoriée par deux banques, la vôtre et celle de votre créancier. Les opérations sont centralisées et donc identifiées. Avec les cryptomonnaies, l'argent ne transite par aucune banque, puisqu'il n'est nulle part, ou plutôt puisqu'il est partout, sous la forme de séries de lignes de codes, fragmentées et disséminées dans des millions d'ordinateurs à travers le monde, et de ce fait bien plus complexe à tracer.

— *Comment peut-on se servir d'une monnaie qui ne se trouve nulle part et partout à la fois ?*

— Grâce à une clé de chiffrage cryptée qui reconstitue et authentifie tous les fragments. Une clé que seul le propriétaire possède. Le problème n'est plus de sécuriser votre argent, puisque personne ne peut le saisir, mais de protéger la clé cryptée qui permet d'y accéder. C'est là qu'interviennent des sociétés comme celle de Mateo, ou celle évoquée par Vital et Malik. La clé cryptée est stockée à l'intérieur d'un petit appareil physique qui ressemble à une clé USB, mais d'un modèle particulièrement sophistiqué. À chaque fois que vous achetez ou revendez des cryptomonnaies, ou que vous faites des achats en utilisant ce mode de règlement, vous utilisez ce portefeuille électronique, exactement comme vous le feriez avec votre téléphone portable. Avec un niveau de sûreté incomparable. L'argent est transféré d'une personne à une autre, sans jamais passer par un intermédiaire. La transaction est quasiment anonyme.

— *Comme avec de l'argent liquide...*

— Non, plutôt comme avec de l'or extrait d'une mine. La monnaie papier est émise par des banques centrales et les billets sont numérotés, la monnaie électronique est émise de pair à pair, elle est validée par le fruit d'un travail et ne peut être contrefaite, sa quantité est plafonnée. Les transactions sont infalsifiables.

— *Et si l'on vous dérobe votre portefeuille digital, ou si vous le perdez ?*

— Justement, contrairement à un porte-monnaie traditionnel, il ne contient qu'un code crypté, et il est sans valeur pour celui qui ne détient pas la clé qui le déverrouille.

— *Le Groupe allait envoyer dix mille clés cryptées par voie postale ?*

— Par mail. L'argent allait être stocké dans un coffre électronique virtuel, un Vault dans le jargon. Plus encore que sur le niveau de sécurité atteint, le génie de notre hack reposait sur l'usage de la cryptomonnaie pour dédommager les victimes collatérales du scandale de l'insuline. Chacune d'entre elles allait recevoir 30 000 dollars sous cette forme anonyme, avec bien entendu la clé de chiffrage lui permettant de les convertir quand elle le voudrait en monnaie courante. Et cet argent n'ayant transité par aucune banque, personne ne pourrait en identifier la provenance. Pour reprendre votre image de la voie postale, imaginez qu'un facteur ait glissé dans leur boîte aux lettres une enveloppe contenant 30 000 dollars en coupures usagées... avec un petit mot de félicitations, non signé.

7.

Près de la frontière gréco-turque

Un œil sur la route, l'autre sur le rétroviseur, Maya crut reconnaître le visage de l'homme de la station-service derrière le pare-brise de la voiture qui lui collait au train. Il ne cherchait pas seulement à la doubler, mais aussi à la coincer. Elle savait tenir un volant et n'allait pas le laisser réussir sa manœuvre. À la sortie d'un virage, elle tira un coup sec sur le frein à main, faisant glisser l'Audi de travers, et contre-braqua aussitôt. Le « drift » surprit ses poursuivants, qui manquèrent de s'envoyer dans le décor. Mais le conducteur se récupéra de justesse.

La frontière n'était qu'à cinq kilomètres au plus. Le moteur de l'Audi rugissait sous les assauts des reprises, la route sinueuse interdisait à la berline de passer en force. Maya était décidée à ne pas s'arrêter au poste de contrôle, espérant que les douaniers ne fassent pas feu sur son véhicule. Une fois en Grèce, elle se rendrait aux autorités. D'ici là, pas question de s'avouer vaincue. Un autre coup d'œil sur le GPS : une longue ligne droite se profilait. L'Audi pouvait grimper à près de 200 km/heure, mais impossible d'identifier le modèle qui s'accrochait à son pare-chocs ni d'estimer sa puissance. C'est à ce moment que le moteur toussota. La jauge d'essence était au taquet. Prendre un café avant de refaire le plein avait été une erreur lourde de conséquences. Maya donna un coup de volant pour chasser ce qui pouvait rester de carburant au fond du réservoir, un acte de désespoir sans effet. Alors elle tenta le tout pour le tout.

Elle éteignit les phares, vira sèchement et s'accrocha au volant. L'Audi bondit sur le talus du bas-côté avant de retomber sur ses roues dans un champ.

Le conducteur à ses trousses n'avait rien vu venir. Il pila et glissa en ligne droite sur l'asphalte. Il lui fallut deux cents mètres pour s'arrêter, pendant que l'Audi s'éloignait, fauchant les hautes herbes. Le moteur hoqueta et s'étouffa, la poursuite en voiture s'arrêtait là. Maya ouvrit la portière et s'enfuit, courant à perdre haleine, sans avoir la moindre idée d'où elle allait.

Elle enchaînait les foulées, tête baissée. Les blés sifflaient à ses oreilles, griffaient ses jambes. Soudain, le pied happé dans un renfoncement boueux, elle ressentit une douleur fulgurante à la cheville et s'effondra face contre terre. Elle se retourna, se mordant les lèvres pour ne pas crier.

Deux faisceaux zigzaguaient au sommet des épis, deux lampes torches qui se rapprochaient. Maya se releva et aperçut au bout de la travée ce qui lui semblait être la lisière d'un sous-bois. Elle se mit à genoux, tel un coureur figé dans les starting-blocks, puis continua son échappée en claudiquant. Les assaillants n'étaient plus qu'à une centaine de mètres. Son cœur battait bien trop fort, la brûlure à sa cheville devenait insoutenable, des étincelles de feu crépitaient dans ses yeux. Tenir bon, encore un peu…

Ce fut là sa dernière pensée. Elle sentit le sol se dérober, la terre tourner de travers, et les épis lui fouetter la joue. Sa tête rebondit lentement dans la poussière. Allongée sur le dos, le souffle court, elle distingua le scintillement des étoiles. Le visage d'une petite fille lui apparut, un visage d'ange qui souriait tristement. Elle ne savait pas vraiment pourquoi, mais elle eut une pensée pour Albert, le voiturier qui garait son Austin dans le parking de l'Alma, peut-être parce qu'à bord de sa Cooper, elle aurait atteint la frontière grecque, peut-être aussi parce que seule, épuisée et perdue en terre étrangère, Paris lui manquait comme jamais. À bout de forces, elle se laissa aller.

Deux mains la saisirent par les épaules, Maya fut traînée en arrière et perdit connaissance.

Le septième jour, au manoir

De tous, Janice était la plus rompue aux nuits blanches. Mais elle avait beaucoup tiré sur la corde au cours des derniers jours. Vers 4 heures du matin, elle posa la tête sur son pupitre et s'endormit. Depuis minuit, le donjon s'était transformé en salle de trading. Ekaterina, Mateo, Diego, Cordelia, Vital et Malik continuaient inlassablement de convertir des enveloppes de 30 000 dollars en monnaies électroniques qu'ils transféraient du compte de la JSBC vers des portefeuilles digitaux.

À 5 heures, Mateo s'étira et se frotta les yeux ; Ekaterina fit glisser sa chaise vers son poste de travail et l'observa avec un petit sourire en coin.

— Cette société à laquelle nous achetons tous ces portefeuilles électroniques est concurrente de la tienne, non ?

— C'est mieux ainsi. Je n'aurais jamais accepté de tirer profit de ce hack, et si j'avais offert nos services, cela aurait pu éveiller des soupçons. Les équipes de Ledger n'auront rien à se reprocher, les trente mille clés sécurisées leur auront été achetées.

— Ta rigueur me fascine. Bon, je me remets au travail, répondit Ekaterina en repoussant sa chaise vers son écran.

À 6 heures du matin, Vital demanda à Cordelia de faire apparaître sur l'écran central le listing des familles qui allaient être dédommagées. Malik s'approcha de Janice et posa une main sur son épaule. Elle releva la tête, percluse de sommeil, au point de se demander un instant où elle se trouvait.

— Tu ne voudrais pas rater le meilleur, souffla-t-il. Tiens le coup encore une heure.

— Où en sommes-nous ? demanda-t-elle en bâillant.

— Au moment de redistribuer le butin aux victimes. Je connais une poignée de salauds qui vont passer une sale journée, se réjouit Cordelia.

— Et d'autres pour lesquels ce sera Hanoukka avant l'heure, enchaîna Janice en s'étirant. Comment allons-nous leur faire savoir qu'ils ont hérité d'autant d'argent ?

— Par un mail les informant de la bonne nouvelle, avec en pièce jointe le mode d'emploi pour le convertir et l'utiliser, répondit Malik.

— Et s'ils suspectent une manigance de hackeurs cherchant à s'en prendre à leur compte en banque ?

— Remarque, ils n'auraient pas tout à fait tort, mais cette fois pour une bonne cause. Ils s'interrogeront peut-être, jusqu'à ce que l'information soit relayée par les médias, intervint Vital.

— Quels médias ? demanda Mateo d'une voix blanche.

— Nous y viendrons bientôt, répondit-il. Vous êtes prêts ?

— De quoi parles-tu ? insista Mateo.

Malik pointa du doigt l'écran central.

— Dans un instant, près de 300 millions de dollars seront restitués aux victimes du scandale de l'insuline. Je crois bien qu'il s'agit là d'une première dans l'histoire des hacks.

— À moins que d'autres l'aient fait avant nous en ayant eu l'intelligence de ne pas s'en vanter, poursuivit Mateo.

— Il ne reste plus qu'à instruire le transfert en appuyant sur ce clavier, poursuivit Vital imperturbable. Je crois qu'il appartient à Cordelia de le faire.

— Non, dit-elle en fixant Diego. C'est à mon frère que doit revenir ce plaisir.

Diego contourna la table et embrassa sa sœur sur le front.

— Nous n'allons pas changer nos habitudes si près du but. Viens, nous le ferons ensemble.

Tous deux se tenaient solennellement devant l'écran, comme si c'était un autel.

— J'ai tenu ma promesse, murmura Cordelia en posant son index sur la touche « Enter ».

— 298 millions de dollars s'envolèrent aussitôt. Ce n'était que la toute première bataille, mais le Groupe 9 venait de déclarer la guerre aux fauves.

8.

Le septième jour, au manoir

L'exaltation qui les avait tenus en éveil toute la nuit s'était dissipée. En témoignait le calme qui régnait à la table du petit déjeuner. Un moment de dégrisement. Il en était souvent ainsi après un hack. À la joie d'avoir triomphé succédait un sentiment de vide.

Cordelia répondit aux regards appuyés de Malik d'un sourire amical. Mateo, lui, consultait ses messages.

Janice, dans un râle qui semblait contenir tous les soupirs du monde, avala sa troisième tasse de café, mais elle avait la mine si défaite que Vital eut pitié d'elle et lui suggéra d'aller se coucher.

Ekaterina la retrouva une heure plus tard, allongée sur un banc dans le jardin. Elle s'installa près d'elle. La froideur de la pierre contrastait avec les rayons de soleil qui leur réchauffaient le visage. Ekaterina mit ses lunettes noires,

Janice gardait les yeux fermés mais fit savoir qu'elle ne dormait pas.

— Tu veux quelque chose ? grogna-t-elle.

— Te remercier pour ce que tu as fait.

— Remerciements acceptés. C'est tout ?

— Non, te dire aussi que je me sens aussi responsable que toi de la mort de ton amie Noa. Si nous ne t'avions pas sollicitée, elle serait toujours en vie.

Janice fit un effort visible pour se relever ; elle observa Ekaterina, confisqua ses lunettes de soleil, qu'elle posa sur son nez avant de fixer le saule dont l'ombre se projetait à ses pieds.

— Un menuisier a mal arrimé sa sacoche à l'arrière de son vélo, dit-elle. Il pédale sur une route où un camion trop chargé a creusé une ornière. La sacoche se décroche du porte-bagages. Le menuisier s'arrête, ramasse son matériel et ne voit pas qu'il a perdu des clous. Une heure plus tard, une voiture passe, un pneu éclate, le conducteur perd le contrôle et fonce dans un champ. Une vache panique, s'enfuit et écrase dans sa course le fermier qui meurt sur le coup. Qui est le coupable ?

— Je ne sais pas, la vache ? supposa Ekaterina.

— Un concours de circonstances, répondit Janice. Tu n'es en rien responsable de la mort de Noa. N'essaie pas de soulager ma conscience. Je retrouverai ses assassins, j'en fais mon affaire.

— Si tu as besoin d'un coup de main, tu peux compter sur moi.

— Que penses-tu de l'envie de Vital de révéler à la presse ce que nous avons fait ?

104

— Que ce n'est pas judicieux.

— Même pour faire passer un message ?

— Quel message ?

— Que nous n'en resterons pas là.

— Pourquoi mettre en garde nos adversaires ? Pour leur donner plus de raisons de nous traquer ? La justice est toujours de leur côté. Quand ils sont pris la main dans le sac, on la leur tapote gentiment, mais si l'un de nous se fait attraper, il passera le reste de sa vie en prison. Les grandes entreprises ont peur de nous parce que nous exposons au grand jour leurs agissements illégaux. C'est ce que nous venons de faire, je suis certaine que le message a été entendu. Sur quoi enquêtait ton amie, pour qu'on la réduise au silence ?

— Plutôt sur qui. Un dénommé Schwarson, l'un des hommes les plus riches au monde. Il dirige un fonds d'investissement qui brasse plus d'argent que bien des pays. La majorité des États sont endettés jusqu'au cou, Schwarson est leur créancier. Les peuples doivent se serrer la ceinture pour rembourser cette fameuse dette qui pèse sur eux et les générations à venir, pendant que les grands fonds d'investissement s'enrichissent à outrance grâce aux taux d'intérêt qu'ils pratiquent, aux avantages fiscaux qui leur sont accordés, à eux et aux multinationales. Ajoute à cela la spéculation à outrance, c'est une spirale infernale.

— Tu as des preuves de l'implication de ce Schwarson dans l'assassinat de ton amie ?

— Des preuves directes, non, mais il y a longtemps que je ne crois plus aux coïncidences. BlackColony est au cœur de la nébuleuse financière sur laquelle enquêtait la collègue de Noa.

Celle qui a disparu avant elle, et disparu est le mot juste, pas de corps, donc pas de crime. Finalement, je veux bien que Mateo et toi m'aidiez. Mon rédacteur en chef m'a appris une règle en or : pour trouver les coupables, il faut suivre l'argent. Dans le cas qui nous concerne, celui qui a servi à financer le projet d'attentat à Oslo. Il faut chercher quel profit, autre que le résultat de l'élection, pouvaient tirer de cette attaque ceux qui gravitent autour d'Oxford Teknika. Débusquer ce que financent ces transferts de fonds incessants.

— Je n'ai rien contre l'idée de m'attaquer à l'Everest mais j'aimerais avant pouvoir étudier la voie par laquelle nous allons l'escalader.

Janice regarda Ekaterina avec un petit air amusé.

— Quoi, qu'est-ce que j'ai dit ?

— Fais attention, tu commences à parler comme Mateo, répondit Janice avant de se rallonger sur le banc. Le secret, en amour, c'est de ne pas laisser l'un déteindre sur l'autre, et c'est une célibataire endurcie qui te prodigue ces bonnes paroles. Je vous rejoindrai plus tard, je vais essayer de dormir un peu.

*

Cordelia était remontée dans sa chambre. Allongée sur son lit, elle envisageait son avenir, se demandant ce qu'elle allait faire de sa vie. Elle n'était plus certaine de vouloir continuer à travailler au sein de l'agence de sécurité informatique qui l'employait, doutait de pouvoir retourner vivre dans son appartement après ce qui s'y était passé, et même de son envie de rester à Londres. On frappa à sa porte, Diego entra sans qu'elle ait eu le temps de l'y inviter.

— Comment te sens-tu ? demanda-t-il.

— Et toi ?

Diego haussa les épaules, dépité. Rien ne lui rendrait Alba. Cordelia lui fit signe de venir s'asseoir près d'elle.

— Pense aux banquiers en train d'appeler leurs clients pour leur demander pourquoi ils ont vidé leur compte, et à l'incompréhension totale des clients. Et maintenant, imagine la panique générale.

Elle avait réussi à arracher un sourire à son frère.

— Un tel sang-froid me surprend. Je suppose que leur opération n'est pas restée sans conséquences. D'ordinaire, après avoir fait un braquage, les voleurs se font le plus discrets possible, or tout semble indiquer que les membres du Groupe se comportaient comme si rien ne s'était passé. À moins que ce ne soit de l'inconscience ?

— En aucun cas. Bien sûr que leur action allait avoir des conséquences. Cordelia, plus consciente que les autres des représailles à venir, ne cherchait pas seulement à distraire son frère, mais à se vider l'esprit. À midi, chacune des banques concernées par l'attaque constata les sommes volées à ses clients. Les services informatiques tentèrent par tous les moyens de trouver l'origine du hack, où s'était volatilisé l'argent et comment les hackeurs avaient réussi leur coup sans être détectés. Des décisions devaient être prises sans tarder, toutes très délicates. Mettre les serveurs en berne pour prévenir une deuxième attaque impliquerait de fournir des explications, révéler l'existence d'une faille majeure dans leur système et perdre la confiance d'une clientèle qui ne tolère aucun raté. Des têtes allaient tomber. L'opération menée par le Groupe ne visait pas seulement ceux qui avaient participé au scandale de l'insuline. L'hacktivisme consiste à dénoncer les actes de ceux qui abusent de leur puissance mais aussi à leur rappeler que leur supériorité n'est pas absolue. Être confronté à cette réalité est pour eux une humiliation insupportable. Raison pour laquelle Vital souhaitait ardemment informer la presse.

— *Sur votre recommandation !*

— Vous avez bonne mémoire. Les presque 300 millions volatilisés dans la nuit ne mettaient pas ces institutions en péril, mais pour cinq banques majeures devoir reconnaître s'être fait hacker de la sorte allait être un embarras considérable. C'est pourquoi elles tardèrent à communiquer entre elles, et ainsi à comprendre toute l'ampleur de l'opération. Si elles avaient coordonné leurs ressources, leurs services de sécurité informatiques auraient gagné un temps précieux pour remonter jusqu'au compte où les millions avaient résidé avant d'être redistribués, et pu trouver parmi les lignes de codes des signatures propres au Groupe 9. Mais par peur de révéler leurs faiblesses elles n'en firent rien. L'une de ces banques, pourtant, diligenta une enquête qu'elle confia à Jack Dermott, un ancien employé de la NSA. Avant de chercher à comprendre comment les hackeurs avaient réussi à contourner tous les niveaux de sécurité, Dermott se demanda pourquoi ils ne s'en étaient pris qu'à un nombre restreint de comptes alors qu'ils s'étaient donné autant de mal pour entrer dans la place. Ils auraient pu emporter un butin bien plus important. Dermott chercha un lien entre les victimes, il étudia leurs profils et finit par trouver le point commun. Toutes travaillaient pour des géants pharmaceutiques. La banque qui avait fait appel à ses services ne devait donc pas être la seule à avoir subi cette attaque. Il appela une dizaine de confrères et découvrit que ce n'étaient pas 50 mais près de 300 millions de dollars qui avaient disparu, tous provenant de comptes appartenant à des responsables de laboratoires pharmaceutiques. Bien qu'ayant pris certaines initiatives sans y avoir été autorisé, il informa ses employeurs de sa découverte.

Pendant que Cordelia discutait avec son frère, que Mateo et Ekaterina faisaient l'amour reclus dans leur chambre, que Janice s'était enfin endormie sur son banc, et que Vital et Malik, enfermés dans le donjon, s'inquiétaient du silence de Maya, un conseil extraordinaire se tint par visioconférence entre les directeurs généraux des cinq grandes banques concernées. Conseil au terme duquel, et après moult tergiversations, la décision fut prise d'aviser d'autres grands dirigeants de ce qui s'était produit au cours de la nuit. Cette fois, ceux des consortiums pharmaceutiques indirectement ciblés par l'attaque. À la question légitimement posée : « Quelqu'un avait-il des raisons particulières de vous en vouloir ? », la réaction d'indignation fut unanime. L'industrie pharmaceutique travaillant pour le bien-être et la santé de l'humanité, seuls des terroristes pouvaient s'en prendre à elle. C'est toujours ainsi que les puissants qualifient les hackeurs qui percent leurs secrets et dévoilent leurs manœuvres, exigeant de la justice des peines exemplaires. Une réponse dont le cynisme fit sourire Dermott. Ancien de la NSA, il s'amusait que ses patrons mobilisent une énergie sans pareille pour réduire au silence ceux qui, en les espionnant, avaient révélé au grand jour que la NSA espionnait la planète entière.

LA SALLE À MANGER DU MANOIR

9.

Le septième jour, au manoir

Il avait été proposé de se réunir avant le soir pour décider à la majorité de rendre le hack public ou non.

En attendant, le donjon avait l'allure d'un tripot clandestin. Vital s'y était cloîtré et avait interdit à Ilga d'y remettre de l'ordre. Canettes de soda, mégots de cigarettes, restes de sandwichs, bouteilles vides, et un air atrocement vicié... En entrant, Malik eut un haut-le-cœur. Devant son terminal, Vital affichait la mine des mauvais jours. Ne pouvant ouvrir des fenêtres qui n'existaient pas, Malik poussa la climatisation au maximum.

— Toujours aucune nouvelle ? demanda-t-il.

— Son silence commence à me faire peur. Elle aurait dû passer la frontière et m'appeler depuis longtemps.

Malik empoigna le fauteuil et le poussa vers la porte.

— Alors ça ne sert à rien de rester ici, tout le monde t'attend. Quand comptes-tu leur dire la vérité ?

— Juste après le vote.

Les jumeaux n'avaient encore rien dit sur la nature du véritable message qui les avait conduits à convoquer le Groupe en urgence. Vital, nourrissant l'espoir que Maya finirait par les rejoindre, avait convaincu son frère de repousser la révélation au lendemain du hack.

La réunion se tenait dans une pièce attenante au salon. Le bureau de leur père était resté longtemps un sanctuaire. Mais les premiers hacks de Vital et les trafics de Malik avaient permis de moderniser la vie au manoir. Le fameux bureau devint une salle de projection, rien n'y manquait, sinon le temps d'en profiter.

Vital, devant l'écran, faisait face à ses camarades qui prenaient leurs aises dans les fauteuils. Observant Janice qui ne prêtait aucune attention et consultait ses messages, Ekaterina se réjouit de ne pas être cette fois celle qui devait faire cours à une assemblée turbulente.

Mateo se leva et expliqua pourquoi il s'opposait à rendre publique l'opération.

— Si l'un de nous est un jour interrogé, notre communiqué aura valeur d'aveu, dit-il.

— Vu notre historique et au point où nous en sommes, rétorqua Janice sans relever les yeux de son smartphone, cela ne changerait pas grand-chose.

— Raison de plus pour être discret, insista Mateo. Pourquoi aller se vanter et nous exposer bêtement ? Parmi tous les gens que nous avons aidés, il y en aura plus d'un à parler de ce cadeau tombé du ciel. Je ne donne pas une semaine avant que les réseaux sociaux s'enflamment.

— Oubliez ce communiqué, intervint Vital. Nous avons un problème bien plus grave à régler.

Il demanda à son frère de poursuivre à sa place, non parce qu'il craignait que Janice le reprenne, mais parce qu'il n'avait pas le cœur à parler.

— Nous avons reçu un autre message que celui de Diego et Cordelia, expliqua Malik.

— Une alarme qui a nous a poussés à vous rassembler ici, enchaîna Vital.

— Quel genre d'alarme ? s'inquiéta Diego.

— Durant toutes ces années où nous avons œuvré ensemble, vous nous avez demandé de l'aide pour mener vos hacks. Certains régulièrement, d'autres de façon plus sporadique. Mais aucun de vous ne s'est interrogé sur les nôtres. Probablement parce que Vital et moi n'avons jamais travaillé qu'ensemble. N'y voyez aucun manque de confiance à votre égard, mais comme vous avez pu le constater, nous sommes plutôt bien équipés ici et, contrairement à vous, nous n'avons pas d'autre activité professionnelle, ce qui nous a laissé le loisir de mener nos opérations. Mais la plupart du temps nous les avons partagées avec vous dès qu'elles étaient réussies.

— Et quand elles échouaient ? demanda Cordelia.

— Là n'est pas la question. Si nous avons tardé à vous informer, c'est uniquement parce que nous attendions pour cela l'arrivée de Maya qui aurait dû nous retrouver.

— Vous avez été en contact avec elle ? demanda Mateo.

— Oui, confia Vital, Maya se sentait surveillée. Elle voulait que l'on s'en assure et que l'on trouve qui l'espionnait.

— Vous l'avez découvert ? interrogea Diego.

— Non, mais j'ai la certitude qu'on avait placé un mouchoir sur elle, répondit Vital.

— Un quoi ? demanda Cordelia.

— Un mouchard, lâcha Janice qui parlait couramment le Vital.

— Où était Maya la dernière fois que vous lui avez parlé ? questionna Diego.

— À Istanbul.

— Elle m'a aussi contacté il y a quelques jours, ses propos étaient incompréhensibles, expliqua Mateo en prenant le petit carnet qu'il gardait toujours sur lui.

— Parle pour toi ! rétorqua Ekaterina.

Mateo feuilleta les pages, cherchant la retranscription du texte qu'il avait reçu, mais Ekaterina le prit de vitesse.

— Elle annonçait qu'elle partait en déplacement professionnel, mais son message comportait une anomalie, comme si elle cherchait à nous alerter. Elle disait avoir reçu un cadeau de son compagnon, un cadeau si précieux qu'elle le pensait destiné à une maîtresse.

— Tu parles d'un texte codé ! ironisa Cordelia.

— Nous sommes bien d'accord, marmonna Mateo.

— Maya n'a jamais eu que des femmes dans sa vie, précisa Ekaterina, ignorant Mateo. Alors pourquoi évoquait-elle un homme ? Et la nature de ce voyage d'affaires reste un mystère.

— Vous êtes à côté de la plaque, dit Janice avec une certaine désinvolture. Le code, c'est le mot « maîtresse ». Qui dit maîtresse dit trahison, CQFD, conclut-elle en allumant sa cigarette.

Ekaterina et Mateo se regardèrent, se demandant tous deux comment cette évidence leur avait échappé.

— Bon, résumons-nous : Maya vous indique s'être lancée dans une opération apparemment commanditée par un tiers, un homme qui aurait pu jouer double jeu. Ce n'est pas très rassurant. Vous savez ce qu'elle est allée faire à Istanbul ? demanda Janice en s'adressant à Vital et Malik.

Nouveau silence.

— Il vous est venu à l'idée que ce message puisse ne pas être de Maya ? lâcha Diego.

Le silence se fit encore plus pesant.

— Quelqu'un ici se souvient de Jabert ? reprit Diego.

— *Qui est Jabert ?*

— Jabert était une star dans notre milieu. Un jeune homme intelligent, charismatique et un lanceur d'alerte particulièrement actif. Si brillant qu'il avait fédéré une communauté d'admirateurs. Le FBI l'a arrêté un matin à son domicile, il avait fait trop parler de lui. À chaque gros coup, s'inspirant des méthodes d'Anonymous, il publiait une vidéo expliquant ses motivations avant de rendre publiques les informations auxquelles il avait eu accès. Espionner un gouvernement vous expose à passer le restant de votre vie derrière des barreaux, surtout quand vous apportez les preuves que les équipes de la NSA écoutent la terre entière en dépit des lois... Les agences

117

gouvernementales veulent affirmer leur autorité à tout prix, elles ne reculent devant rien pour qu'on ne les questionne pas.

— *Les questionne sur quoi ?*

— Sur les raisons, par exemple, pour lesquelles on laisse quelques individus accumuler des richesses considérables en développant et déployant des technologies de surveillance de masse, dont ils se servent dans la plus grande illégalité. Alors que pour le citoyen lambda le moindre écart est condamné. C'est la peur qui nous tient en laisse. Les puissants s'autorisent tout, mais si vous dénoncez leurs actes, ou dénoncez ceux qui les servent en en tirant profit, la sanction est sans pitié. Les grands consortiums nous promettent un monde plus juste alors qu'ils dévoient les institutions, les corrompent et ne paient que peu ou pas d'impôts. La fortune de Sucker, le big boss de FriendsNet, s'élève cette année à 95 milliards de dollars, somme indécente amassée en volant les données personnelles de deux milliards de personnes. Sous prétexte de nous rapprocher, son entreprise divise, relaie un flot incessant de fausses informations et œuvre pour que nous ne puissions plus discerner le vrai du faux. Créer une réalité parallèle pour manipuler les populations, fomenter des coups d'État, provoquer des génocides : l'aliénation des esprits qu'avait imaginée Orwell, Sucker et sa garde rapprochée l'ont créée. Leur réseau attise toutes les haines, propage les théories complotistes, nous fait douter de tout, de nos libertés, de la justice, y compris de nous-mêmes, et ce dans un seul but : nous rendre dépendants. Derrière leurs mensonges répétés, leurs excuses hypocrites, agissent des mains de fer, décidées à mener leur projet jusqu'au bout et prêtes à broyer ceux qui auront eu l'impudence de vouloir les dénoncer. L'an dernier, lorsque vous avez publié un article révélant que FriendsNet avait vendu les données privées de quatre-vingts millions d'utilisateurs à une entreprise, sachant sciemment que ces centaines de milliers d'informations permettraient de cibler les individus à des fins de manipulation politique, le géant californien, loin de reconnaître les faits et de chercher à s'en justifier, n'a-t-il pas tenté de vous faire taire ? FriendsNet n'a-t-il pas menacé de vous attaquer en justice et de vous faire condamner à des réparations exorbitantes qui vous auraient ruinée ainsi que votre journal ?

— *C'est exact. Est-ce pour cette raison que vous avez choisi de vous confier à moi ?*

— Non, mais parce que vous avez un point en commun avec notre Groupe : admettre la peur, refuser qu'elle vous tétanise, et s'en servir au contraire pour vous dépasser. Vous l'avez prouvé en publiant ce que vous aviez découvert, malgré les risques encourus.

— *Revenons à Jabert, comment a-t-il réussi à hacker la NSA ?*

— Qu'importe la façon, son exploit avait ceci de particulier qu'il l'ait accompli sans chercher à s'en cacher. Il a rendu publique une quantité de documents attestant de l'incroyable niveau d'intrusion de la NSA dans nos vies privées. La quasi-totalité de la population américaine, journalistes, politiciens, penseurs, influenceurs, enseignants découvrirent qu'ils étaient sur écoute, et l'agence ne se limitait pas à espionner ses citoyens, mais le monde entier, y compris les dirigeants des démocraties. Jabert a entre autres révélé que la NSA avait infiltré les portables des présidents, ministres, chanceliers, diplomates et élus européens. Espionner ses ennemis est une chose, mais trahir la confiance de ses alliés... Vous imaginez les répercussions diplomatiques ?

— *Qu'est-il arrivé à Jabert ?*

— Justement... C'est à cause de cela que Diego s'inquiétait de l'authenticité du message de Maya. Car le sort réservé à Jabert a marqué les esprits de tous les hackeurs et traumatisé notre milieu. Ce qui était sans nul doute l'un des buts recherchés par le FBI. Arrêté à son domicile et interrogé sans ménagement, Jabert fut menacé d'une peine de prison à perpétuité sans recours ni possibilité de libération anticipée. Quiconque se voit accusé de haute trahison ou de terrorisme perd *de facto* tout droit à un jugement équitable. En décrétant l'état d'urgence, on peut balayer bien des principes démocratiques ; entendez par là, dans la bouche de ceux qui en abusent, l'urgence pour ceux qui nous gouvernent de resserrer la vis. Jabert allait passer le restant de sa vie dans un cachot de six mètres carrés, en isolement complet. Pas de visites, pas de télévision ni de lecture, une demi-heure de sortie par jour dans une courette emmurée. La perspective de vivre jusqu'à mourir fou dans une cage vous donne à réfléchir.

— *Mais Jabert n'était pas un terroriste, ses proches et les membres de sa communauté auraient réagi pour prouver son innocence !*

— Les agents du gouvernement pouvaient implanter tout ce qu'ils voulaient dans le matériel saisi à son domicile. Des plans de fabrication d'explosifs, des échanges de mails avec des puissances étrangères. Terrorisme, ou haute trahison, même la

Cour suprême n'aurait rien pu faire devant de telles preuves, certes fabriquées de toutes pièces, néanmoins accablantes. Le rapport de forces n'est pas à notre avantage, je vous l'accorde. Mateo n'est pas d'une nature aussi inquiète pour rien. Il sait de quoi la soif de pouvoir et de domination rend les hommes capables, il en a payé le prix dans son enfance.

— *Où Jabert est-il incarcéré ?*

— Nulle part. Il a craqué et accepté le deal du FBI. Avant de faire intrusion chez lui, les agents avaient coupé les relais des réseaux cellulaires de son quartier et les liaisons internet, Jabert n'avait pas été en mesure d'informer quiconque de son interpellation. Ce qui lui a sauvé la peau. Le marché était simple : il poursuivait ses activités comme si rien ne s'était passé, mais sous la surveillance constante de ses nouveaux employeurs qui allaient s'installer chez lui. En vingt-quatre heures, le domicile de Jabert devint une antenne du FBI. Il avait pour mission de recruter les meilleurs hackeurs du moment. En trois mois, le FBI en apprit plus sur les techniques de ceux qui avaient eu le malheur de faire confiance à Jabert qu'au cours de dix années de traque.

— *Comment a-t-il pu duper son monde ?*

— En embrassant des causes qui enflammaient et fédéraient les hacktivistes. Autrement dit, tout ce qui touche à la corruption du système. Un coup fameux fit grimper sa popularité au sein de la communauté, lorsqu'il rendit public le montant des subsides versés par le gouvernement à deux milliardaires proches du pouvoir.

— *Et les agents du FBI l'ont laissé faire ?*

— Ils l'ont encouragé. Grâce à la pseudo-liberté du mercenaire qu'ils avaient asservi, ils menaient tranquillement leurs enquêtes, sans craindre d'être accusés de biais politiques.

— *Pourquoi le gouvernement versait-il des subsides à ces milliardaires ?*

— C'est une autre histoire, mais, dans ces cas-là, la raison invoquée est toujours d'ordre économique, le véritable motif est de consolider les cercles du pouvoir en reversant l'argent des contribuables à des gens immensément riches et ce en toute légalité. Une entreprise annonce vouloir créer un nouveau site d'activité et réfléchir à l'endroit où s'implanter, faisant miroiter les emplois et richesses à venir. Pays, régions, villes, voient leurs responsables surenchérir : abattement de taxes, donation de terrains, financement de la création du site, tout cela bien sûr ponctionné sur les budgets alloués aux services publics. Ladite entreprise se voit offrir un micro-paradis fiscal, les terrains, les investissements en matériel et constructions qui lui sont attribués valorisent d'autant ses actifs.

— *Que gagnent les gouvernances à dépenser ainsi les deniers publics ?*

— Des voix dans les urnes pour avoir contribué à créer des emplois, mais surtout une alliance qui viendra consolider un jour leur pouvoir. Les actionnaires qui ont bénéficié de leurs faveurs ne seront pas ingrats et aideront à leur tour les élus.

— *En leur versant des pots-de-vin ?*

— Plus finement que cela, en contribuant au financement de leurs campagnes électorales. « B to B » et « win-win » en jargon économique.

— *Vous avez des exemples ?*

— Une giga-entreprise a annoncé l'an dernier hésiter entre quatre États où installer son deuxième siège social américain. Parmi les lieux retenus : Manhattan. L'État et la Ville proposèrent de lui verser 4 milliards de dollars d'aides. Cette entreprise réalise 81 milliards de chiffre d'affaires annuel, son dirigeant est l'homme le plus riche du monde. Les infrastructures de New York sont agonisantes, son métro exsangue, ses écoles sous-équipées, son réseau électrique à bout de souffle, ses canalisations d'eau à la limite de la salubrité, tout cela par défaut d'entretien en raison des déficits budgétaires chroniques dont la ville souffre, mais son maire et son gouverneur trouveront sans problème 4 milliards pour que la giga-entreprise vienne s'installer dans une mégapole déjà surpeuplée. Le raisonnement est aussi incongru que si vous demandiez un logement gratuit et entièrement équipé à votre municipalité contre la promesse de dépenser votre argent chez les commerçants du quartier. Bon, il y aurait sûrement des commerçants pour penser que ce n'est pas une si mauvaise idée. Qu'importe, tout cela est de notoriété publique. Jabert se distingua en publiant les mails qui témoignaient des échanges de bons services entre des hommes d'affaires et des politiciens. À chaque hack, il mobilisait un peu plus ses troupes, sans que celles-ci suspectent la main du FBI posée sur son épaule. La farce dura six mois, le temps pour le gouvernement d'accumuler des preuves confondantes des agissements des hackeurs. La rafle eut lieu un matin, un coup de filet inédit jusque-là. Seize des plus grands lanceurs d'alerte furent arrêtés chez eux à l'aube, parmi lesquels deux journalistes et un professeur d'économie. Si Jabert est libre, eux ont écopé de peines allant de dix à quarante-cinq ans de prison. De quoi en calmer plus d'un et semer une véritable panique dans notre milieu. À qui accorder sa confiance après la trahison de Jabert ? Vous comprenez mieux pourquoi nous sommes si prudents et ne travaillons qu'entre nous.

— *Jabert n'a jamais eu d'ennuis ?*

— Si vous vous inquiétez de savoir si quelqu'un lui a réglé son compte, la réponse est non ; les hackeurs ne sont pas des enfants de chœur mais leurs combats se mènent derrière des écrans, pas par la violence. La revanche viendra en son temps, même si Jabert vit désormais sous une nouvelle identité.

— *Diego craignait que Maya ait pu devenir un Jabert ?*

— La formulation est intéressante. Mais selon vous, devenir un Jabert serait synonyme d'être un traître ou d'être tombé dans un piège ?

POSTE FRONTIÈRE

10.

Près de la frontière gréco-turque

Maya fut soulevée de terre. Un homme l'empoigna par les aisselles, un autre par les pieds. Le chemin sur lequel ils l'entraînèrent devait être escarpé, Maya se sentait comme sur une mer tourmentée, emportée vers le large de la façon la plus inconfortable qui soit. Elle entrouvrit les yeux pour ne distinguer que des ombres et voulut se débattre mais l'étau se referma sur sa poitrine, le moindre de ses mouvements était aussitôt réprimé par les bras qui l'enserraient. À force de gesticuler, elle raviva la douleur dans sa jambe. Elle gémit ; une main ferme se posa sur sa bouche pour étouffer son cri. Puis le ciel étoilé s'estompa derrière la cime des arbres et elle perdit à nouveau connaissance alors qu'elle s'enfonçait dans une forêt.

Quand elle recouvra ses esprits, le champ où elle avait tré-buché lui parut très lointain, elle n'avait plus aucune notion du temps. Elle sentait juste sa poitrine se soulever, preuve qu'elle était encore en vie.

La marche devint plus régulière, ceux qui la portaient ne pressaient plus le pas, ils savaient où ils allaient. Maya s'abandonna à son sort, ce fut pour elle l'effort le plus surhumain de sa vie. Elle n'avait pas moins peur de mourir que de disparaître à jamais. Combien de jours s'écouleraient avant que quelqu'un à Paris ne s'étonne de son absence ? Verdier, au consulat d'Istanbul, s'inquiéterait-il qu'elle ne lui ait pas écrit ? Son vieux copain à Kiev qu'elle ne l'ait pas appelé ? Ce serait en vain, personne ne la retrouverait ici. L'idée que sa dépouille soit dépecée au fond d'un bois par des charognards la terrifia ; pire encore, qu'on l'y enterre vivante. Son souffle s'accéléra, sa jambe la brûlait, fait d'autant plus troublant que son pied droit était glacé.

Le voyage se déroulait dans une étrange lenteur, elle s'enfonça encore dans les ténèbres.

Au milieu d'une sente abrupte, ses porteurs perdirent l'équilibre. Les gestes brusques qu'ils firent pour se rattraper sortirent Maya de sa torpeur. La nuit n'avait rien cédé au jour. Elle se demanda où on la conduisait et pourquoi elle souffrait autant.

Soudain, elle aperçut des tentes de fortune, des cabanes dispersées faites de cartons et de branchages, et au milieu de ces taudis une baraque en tôle ondulée avec en guise de porte une couverture grise rapiécée.

Les hommes s'y dirigèrent pour la déposer sur une bâche en plastique étendue au sol et tachée de sang sec.

Un sinistre linceul, songea-t-elle avant que ses paupières se referment.

Le septième jour, au manoir

Vital tapa des deux poings sur la table, dans un accès de rage que son frère ne lui avait jamais connu.

— Tu ne sais rien ! hurla-t-il à Diego. Maya n'est pas Jabert, ta comparaison est une offense indigne.

Tout le monde, y compris Malik, fut stupéfait, à l'exception de Cordelia, dont les yeux pétillaient.

— Braillard mais viril, dit-elle. Pour autant, cela ne sert à rien de nous dresser les uns contre les autres, ajouta-t-elle en lançant un regard distant à son frère avant de se retourner vers Vital. Si tu nous révélais cette mystérieuse raison qui nous a réunis ici, cela détendrait peut-être un peu l'atmosphère.

Mais Vital, toujours hors de lui, fit reculer son fauteuil et quitta la pièce.

Devant le désarroi général, Malik haussa les épaules.

— Il reviendra quand il sera calmé. Bon, en attendant, je vais prendre le relais.

— Non, objecta Cordelia, je vais le chercher.

Elle se précipita dans le salon qu'elle trouva vide et s'approcha de la fenêtre pour scruter le jardin, sans plus de résultat. Elle traversa la bibliothèque, impressionnée par le nombre d'ouvrages déployés sur les étagères, passa par un vestibule et déboucha dans le grand hall. Vital calait son fauteuil contre la crémaillère, prêt à grimper au donjon. Elle lui ôta la télécommande des mains, et poussa son fauteuil jusqu'au perron.

Vital fronça les sourcils et lui opposa un mutisme obstiné. Cordelia s'assit sur les marches, aspirant une grande bouffée d'air, comme si de rien n'était.

— Tu es amoureux de Maya ? lâcha-t-elle.

— C'est idiot ce que tu dis.

— Je sais, mon idiotie fait tout mon charme. Mais tu n'as pas répondu à ma question.

— Tu es amoureuse de ton frère ?

— Imbécile.

— Nous sommes quittes. Maya est mon amie, tu ne peux pas comprendre. Pourquoi tu fais ça ? demanda Vital.

— Qu'est-ce que j'ai encore fait ? soupira-t-elle.

— Mener cette existence clandestine alors que tu pourrais t'amuser. Tu es jolie, intelligente et libre comme l'air.

— Mon grand-père était républicain sous Franco, il était aussi mon dieu vivant. Son sang coule dans mes veines, je crois que ceci explique cela. C'est ce que je me raconte depuis toujours. Il me disait : « Ceux qui vivent, ce sont ceux qui luttent », et j'ai un instinct de vie très développé, dit-elle.

— Tu es une drôle de femme, maugréa Vital.

— Et toi, qu'est-ce qui te motive ?

Vital regarda son fauteuil.

— Tu n'imagines pas à quel point on sous-estime les vertus de l'ennui, lui dit-il.

Cordelia resta un instant songeuse.

— Tu n'as pas du tout la tête d'un homme qui s'ennuie, Vital. Encore moins celle d'un gamin boudeur qu'on tire par la main. J'ai faim, je vais demander à Ilga si elle n'a pas quelque chose à manger, et quand je reviendrai dans la salle, c'est à moi que l'on fera le reproche d'avoir fait attendre tout le monde puisque tu seras retourné parmi eux.

— J'y réfléchirais à deux fois si j'étais toi.

— À quoi donc ?

— À entrer dans la cuisine d'Ilga sans y avoir été conviée, mais je t'aurai prévenue. Passe par la salle à manger, la porte au fond donne sur un couloir, au bout tu trouveras ce que tu cherches.

— Je vais donc aller affronter le dragon ! répondit Cordelia en disparaissant.

Près de la frontière gréco-turque

Un visage dont elle ne put lire l'âge se pencha sur le sien. L'homme portait une barbe poivre et sel effilée à la pointe du menton. Ses yeux étaient cerclés de petites lunettes rondes, une cicatrice au front, et des joues creuses. Sans dire un mot, il lui prit le poignet, tâta son pouls et reposa son bras. Puis il avança la main vers sa poitrine, la passa dans son dos, appuya sur son ventre et parcourut ses jambes. Ses gestes, précis, n'étaient en rien indélicats. Il sortit un couteau de sa poche et entailla le bas du pantalon de Maya le long de la couture. La mine sombre, il se retourna et appela. Maya essaya de se redresser mais l'homme l'obligea à rester allongée.

Un jeune garçon apparut peu de temps après ; son regard vif, criant d'intelligence, contenait toute la beauté des virilités non écloses. L'homme lui donna un ordre qu'elle ne saisit pas et le jeune garçon repartit sans tarder.

— Vous me comprenez ? demanda l'homme dans un anglais qui s'accordait parfaitement avec son vieil imperméable beige troué, dernier vestige de sa dignité.

— Oui, répondit, Maya.

— Vous êtes française ? s'étonna son interlocuteur.

Maya hocha la tête.

— Et vous, vous parlez ma langue ? demanda-t-elle en grimaçant.

— Le français, l'anglais, un peu d'allemand aussi. Mais ce ne sont pas mes qualités linguistiques qui vous apporteront le réconfort dont vous avez besoin.

— Qui êtes-vous ? Où suis-je ?

— Je m'appelle Joram.

Maya déclina son prénom.

— Je répondrai plus tard à vos questions et vous aux miennes, dit l'homme. Pour l'instant préservez vos forces. Nous n'avons pas grand-chose, ici, je ferai en sorte que cela dure le moins longtemps possible, mais je dois d'abord nettoyer votre plaie. La douleur sera vive, prévint-il alors que le jeune garçon lui tendait un flacon. Serrez les dents.

Il arrosa la plaie avec le peu d'alcool dont il disposait avant de tenter d'extraire l'éclat de bois qui s'était enfoncé en profondeur derrière le tendon d'Achille de Maya. Le pied était si froid que Joram redoutait que l'aiguillon ait traversé l'artère dorsale. Il le retira, millimètre par millimètre, craignant à chaque instant de voir jaillir une effusion de sang qu'il aurait été incapable d'arrêter, alors il prit son temps.

Ni la chaleur, ni les mouches qui virevoltaient tout autour, ni les injures de Maya ne vinrent à bout de sa patience.

— Vous avez eu de la chance, soupira-t-il en pansant la plaie.

— Vous appelez ça de la chance ? hoqueta Maya en observant le chiffon souillé qui servait de bandage. Mais merci quand même.

— Bien, je sens un pouls à la cheville, votre pied reprend des couleurs, c'est bon signe. Ce bout de bois, dit-il en lui montrant l'aiguillon ensanglanté, aurait pu causer des dégâts irréparables. Je vais vous laisser vous reposer maintenant.

Sur ces mots, Joram souleva la couverture qui masquait l'ouverture entre les tôles. Maya vit que le jour ne s'était pas encore levé. La couverture retomba lentement.

Le garçon était resté près d'elle, il s'assit en tailleur, adossé à la paroi près de la sortie de la cabane. Maya se força à lui sourire.

— Où sommes-nous ? demanda-t-elle.

Il posa son doigt sur ses lèvres et ferma les yeux. Un instant plus tard, Maya perçut le souffle du dormeur.

Le septième jour, au manoir

En entrant dans la salle, Cordelia regagna directement sa place.

— Désolée, s'excusa-t-elle d'un ton qui démontrait le contraire. Je mourais de faim. (Elle lécha un reste de confiture sur ses doigts, fixant insolemment Vital pour lui montrer qu'elle avait su convaincre Ilga.) Où en étions-nous ? Ah oui, nous allions enfin apprendre la nature de ce message quand mon frère a fait preuve d'une grande délicatesse. Si les esprits sont apaisés, poursuivons.

Malik arpenta le devant de la scène tel un vieux professeur.

— La corruption aux plus hauts sommets des États, les économies souterraines, la montée des extrémismes, la xénophobie pour projet politique, tout cela est interconnecté, dit-il. Des hommes et des femmes vouent leur carrière à détourner le bien public. Les règles du jeu ont changé en leur faveur, les criminels agissent en pleine lumière, main dans la main avec les pouvoirs qu'ils soutiennent. Une armée de vampires qui œuvrent en toute impunité. Les oligarques ont formé une alliance pour régner sur le monde. Ils n'ont aucun respect de la vie humaine, aucune considération pour le futur qui n'est à leurs yeux qu'une marchandise. Année après année, notre génération a vu son avenir dépecé. Savoir qu'un danger imminent se profile est effrayant. Se battre comme nous l'avons fait pour prévenir cette menace, protéger nos libertés si durement acquises, et malgré tout ne pas être entendus a failli nous rendre fous de désespoir mon frère et moi, jusqu'à nous faire sentir inutiles alors que nous assistions, impuissants, à ce qui se passait dans notre pays. Le souffle de la haine, la division, la guerre à nos frontières, et face à cela l'indignation pour seule réaction. Ceux qui nous asservissent se frottent les mains. Nous sommes nés en Ukraine, un pays plongé dans les ténèbres. Argent sale, assassinats, disparitions, élections truquées ou déclarées truquées quand elles remettent en cause le pouvoir en place. Si vous saviez le nombre de scandales que nous avons rendus publics, révoltés que personne ne nous croie. Nous nous trompions, la vérité c'est que personne ne voulait changer quoi que ce soit. C'est une chose d'entendre, une autre de se préoccuper et une troisième que d'agir à temps. Le temps est désormais compté. « Le crépuscule des fauves est engagé » : voilà le message que Vital et moi avons reçu, et chacun de vous sait ce qu'il signifie. Nous devons comprendre leur projet et les empêcher d'arriver à leurs fins. Notre combat contre les dirigeants des laboratoires pharmaceutiques va bien au-delà de la revanche souhaitée par Diego et Cordelia. Nos ennemis ignorent qui nous sommes mais désormais, ils savent que nous existons et que nous pouvons les frapper.

— Pourquoi êtes-vous les seuls à avoir reçu le message ? intervint Mateo en s'adressant à Vital. Qui l'a envoyé ?

— Maya ? suggéra Janice.

— Non, répondit Vital. Maya est en danger, elle m'a demandé mon aide et c'est à moi de la retrouver.

— Et si les inquiétudes de Diego étaient justifiées et que quelqu'un ait infiltré le Groupe ? Ce pourrait être un piège pour nous forcer à sortir de nos tanières.

— C'est justement pour prévenir ce doute qu'il n'a été adressé qu'ici. Seuls ceux à qui nous avons accordé un accès au donjon peuvent communiquer avec nous.

— Aucune forteresse n'est imprenable, nous sommes bien placés pour le savoir, rétorqua Diego.

— Le donjon ne peut pas être localisé. Cinquante serveurs répartis dans autant de villes nous séparent du reste du monde. Pour espérer atteindre le cœur de notre installation, il faudrait s'engager dans un labyrinthe dont les chemins se reprogramment chaque jour, affirma Malik.

— On se fout de ces détails, maugréa Vital, le message était formulé d'une façon que nous seuls pouvions interpréter, conclut-il.

— Puisque ce n'est ni Maya ni aucun de nous, alors qui vous l'a envoyé ? demanda Janice.

— La personne qui nous a tous choisis, qui nous a réunis et qui la première a compris l'ampleur de ce qui se tramait.

Ekaterina observa attentivement Mateo qui, contrairement aux autres, n'avait montré aucune réaction quand Vital avait fait cette révélation. Elle se remémora ses paroles sur la jetée de Ljan, quand il lui avait confié avoir été un temps le fédérateur du Groupe, précisant bien qu'il n'en était pas pour autant l'instigateur. Mais cet instigateur pouvait très bien faire partie de l'assemblée. Dans ce cas, et à condition que Mateo ne lui ait pas menti, ne restaient que six possibilités.

Leurs regards se croisèrent, elle s'étonna de n'y voir aucune complicité, comme si Mateo avait soudain endossé la peau d'un autre homme.

— Puisque le donjon est un lieu si sûr, allons nous y installer avant de poursuivre cette conversation. Nous avons beaucoup de choses à partager si nous voulons travailler vraiment en équipe et mettre un plan d'action au point pour contrer les fauves.

Sur ce, Mateo sortit de la salle sans se retourner.

LE CAMP DE JORAM

11.

Près de la frontière gréco-turque

Joram entra dans la pièce, indiqua au jeune garçon qu'il pouvait se retirer, puis s'approcha de Maya et posa la main sur son épaule pour la réveiller.

— Comment vous sentez-vous ?

— Vidée, répondit-elle en ouvrant les yeux.

— Vous n'avez pas mangé depuis longtemps, il faut vous alimenter et boire beaucoup d'eau. Je vous ai apporté des biscuits.

— Où suis-je ?

— Au milieu de nulle part. Le grand air vous fera du bien, mais je préférerais que vous ne mettiez pas votre pied à l'épreuve, pendant au moins une journée. Appuyez-vous sur mon épaule, je vais vous aider à vous relever.

Il la souleva par les bras et lui donna la force dont elle avait besoin pour se mettre debout. La tête lui tourna, Joram attendit patiemment qu'elle trouve son équilibre. Puis il repoussa la couverture grise et l'emmena dehors.

Dans la pâleur d'un jour tamisé par les frondaisons, Maya découvrit un baraquement de tôles, d'abris en carton, de huttes constituées de brindilles, de tentes en tissus rapiécés. Au milieu d'un semblant de clairière, un groupe d'enfants de tous âges jouaient au football avec une boîte de conserve.

— Un campement de fortune perdu dans une forêt qui borde la frontière grecque, soupira Joram. La plupart de ceux qui sont ici reprennent des forces après un long voyage, en attendant de poursuivre leur périple. Bien qu'ils soient venus d'horizons différents, leurs histoires se ressemblent, mais je devine que la vôtre est très différente... et j'aimerais savoir pourquoi vous vous êtes retrouvée au milieu de ce champ.

— Une sortie de route idiote, expliqua-t-elle.

Joram l'entraîna vers une souche d'arbre et l'aida à s'y asseoir.

— Pourquoi ne pas me dire la vérité ? Qui étaient ces hommes lancés à vos trousses ? C'est un miracle que vous leur ayez échappé.

— Je n'en sais rien, ils m'ont prise en chasse à la sortie d'un village. J'ai eu peur, j'ai accéléré et...

— Je comprends, interrompit Joram. Je ne veux pas me mêler de ce qui ne me regarde pas, mais je dois savoir si votre présence nous met en danger. Les autorités turques n'ignorent pas que nous sommes là, elles ferment les yeux et nous tolèrent car nous avons appris à nous faire discrets. Nous ne sortons de ces bois que pour aller nous ravitailler. Chaque nuit, une poignée d'hommes traversent le champ où l'on vous a retrouvée, ils marchent jusqu'au village et reviennent avec la nourriture et les vêtements que des personnes bienveillantes laissent à notre intention. Les colis contiennent parfois de quoi nous laver, quelques médicaments, des couches pour les bébés, de vieux jouets pour les enfants et ce dont les femmes ont besoin. Nous avons beaucoup de chance que des âmes charitables pensent à nous, les invisibles. Comment nommer autrement une population de fantômes que personne ne veut voir ?

— D'où arrivez-vous ? questionna Maya.

Joram pointa le doigt dans la direction du sud-est.

— Comme beaucoup, de Syrie. Je suis pédiatre ; enfin, je l'étais. Qu'auriez-vous fait si l'on pilonnait vos villes, bombardait vos écoles, brûlait vos maisons ? Vous auriez accepté de voir vos enfants mourir brûlés ou gazés ? Non, vous auriez fui et cherché refuge ailleurs. Nous sommes victimes d'un tyran et de ceux qui soutiennent son régime, et pourtant nous sommes perçus comme des envahisseurs. Regardez les visages de ces hommes et femmes à bout de forces, regardez les corps de ces gamins qui souffrent de multiples carences, constatez ce qui reste de nos familles. Tous ont perdu un père, une mère, un ou plusieurs enfants, morts sous les décombres, asphyxiés dans les caves où ils se réfugiaient, engloutis par la mer sur leurs radeaux misérables, morts de froid ou de faim sur les routes. Regardez-les, ces envahisseurs qui font si peur à ceux qui dressent des murs, étendent des milliers de kilomètres de barbelés et pointent leurs fusils sur des civils apeurés. Mais une Française n'a aucune raison de se trouver parmi nous. Les hommes qui vous pourchassaient en ont-ils de venir vous chercher ici ? Il faut me dire la vérité.

Maya observa les enfants qui jouaient, leur admirable vivacité contrastait avec leurs piètres mines. Assis au pied d'un arbre, le jeune garçon qui avait veillé sur elle ne la quittait pas des yeux.

— La vérité, soupira-t-elle, c'est qu'il vaudrait mieux que je m'en aille, mais je ne sais ni où aller ni comment.

— Eh bien voilà au moins une chose que nous partageons. Si ce n'est pas indiscret, pourquoi sont-ils à vos trousses ?

— C'est une longue histoire, dont je n'ai pas encore compris toute la dimension. Je ne crois pas pour autant être l'ennemi public numéro un des autorités turques, si cela peut vous rassurer.

— Ce soir ce serait trop tôt pour votre blessure mais dès la nuit prochaine, des hommes pourront vous conduire jusqu'à l'entrée du village. Il y a bien quelqu'un que vous pourriez appeler ?

— Je suppose, à condition qu'il y ait une cabine dans ce village.

Maya fouilla les poches de son pantalon, elle n'avait pas un sou sur elle.

Joram passa les doigts dans sa chaussette et saisit un billet froissé.

— C'est tout ce que j'ai, dit-il en le tendant à Maya. À l'épicerie, ils vendent des cartes téléphoniques.

Elle repoussa sa main.

— Merci, mais non. Vous en avez déjà fait beaucoup.

Il n'insista pas.

— Je vais trouver une tente où vous pourrez vous reposer, ma cabane sert de dispensaire et mon cabinet est toujours bondé, dit-il avec humour. Vous partirez donc demain à

144

la tombée du jour. En cette saison les commerces et cafés restent ouverts tard le soir. Mon fils vous apportera de quoi faire un brin de toilette et il faudra penser à recoudre le bas de votre pantalon. Dans cet état, vous attireriez trop l'attention.

— Mon sac, mon portable, toutes mes affaires sont restées dans la voiture, expliqua Maya.

— C'est drôle, dit Joram, il m'arrive encore de penser à la mienne, souvenir d'une autre vie où je rendais visite à mes jeunes patients. L'odeur de cuir qui s'en dégageait quand elle était restée trop longtemps au soleil me revient parfois. Et dire que je pestais quand je ne trouvais pas où me garer. Comme les tourments d'alors me manquent. Dieu que j'aimerais serrer un volant, écouter la radio en conduisant vitre ouverte et râler parce qu'il fait trop chaud... À votre place j'éviterais de retraverser ce champ. Si vous y tenez absolument, demain en marchant vers le village, libre à vous de ne pas suivre mon conseil. Je dois vous laisser, j'ai beaucoup à faire.

— Puis-je vous aider ?

— Vous êtes infirmière ?

— Agent de voyages, répondit humblement Maya.

— Alors, dans ce cas, trouvez-moi cent billets d'avion pour Paris, répondit Joram en s'en allant.

Maya le regarda s'éloigner vers sa cabane, jamais elle ne s'était sentie aussi impuissante.

Le septième jour, au manoir

Ilga était passée par là, les tables étaient nettoyées, les chaises replacées devant les écrans, l'air légèrement parfumé et un plateau de boissons trônait sur une console. Vital alluma l'écran central. Ekaterina résuma tout ce que Mateo et elle avaient appris en tentant de déjouer le projet d'attentat à l'université d'Oslo, invitant ses amis à s'intéresser au rôle qu'avait certainement joué Baron.

— Quel est son objectif, quelles sont ses véritables motivations ? demanda-t-elle. Enrichissement personnel, poursuite d'une idéologie ou est-ce qu'il agit en simple mercenaire contre paiement ?

Janice exposa tout ce qu'elle avait découvert, ou presque. L'intervention des PSYOPS pour manipuler les élections, ses soupçons sur leur intervention dans le vote du Brexit qui avait isolé l'Angleterre de ses alliés européens.

— Reste à savoir qui aurait fait appel à eux et dans quel but ? conclut-elle.

Mateo raconta avoir été, lors d'une soirée officielle à Londres, témoin d'une rencontre entre Jarvis Borson, le nouveau Premier ministre anglais, un ancien général américain membre des PSYOPS tout juste promu ambassadeur, deux magnats de la presse populiste sympathisante des mouvances nationalistes et suprémacistes, un milliardaire américain ultra-conservateur et Stefan Baron.

— Ce qui nous ramène à ces virements opaques transitant par Jersey, aux prêts étranges entre des sociétés américaines et russes et à une série de transferts de fonds vers la German Bank. Au centre de cette nébuleuse financière se trouve Oxford Teknika, prétendue société de marketing, au siège fictif établi dans le centre de Londres.

— Robert Berdoch, Libidof et Kich sont à la tête d'empires médiatiques. Schwarson dirige le plus gros fonds d'investissement au monde avec près de 150 milliards d'actifs. Ayrton Cash, un autre milliardaire, a dépensé sans compter pour isoler son pays du reste de l'Europe, motivé uniquement par les profits colossaux qu'il tirerait du Brexit. Jarvis Borson, Darnel Garbage, Malaparti, Thorek, feu Vickersen, autant de politiciens et dirigeants populistes entretenant des rapports étroits avec Baron. Côté banques, la JSBC et la German Bank, et enfin les PSYOPS, composés d'anciens militaires, professionnels de la manipulation, reconvertis dans le civil. Pour mieux comprendre comment se présentent les choses, j'ai fait un croquis. Si tu veux bien l'afficher sur l'écran central ? demanda Ekaterina.

Vital scanna la feuille que lui avait confiée Ekaterina, et le dessin apparut.

— Cet organigramme, aussi improbable que stupéfiant, est néanmoins très loin d'être complet, poursuivit Ekaterina. Nous devons identifier les éléments manquants, qu'il s'agisse de personnes, d'entreprises, d'organisations appartenant aux fauves ou trafiquant avec eux. Sans quoi, nous ne cernerons jamais la nature exacte de leur projet et par quels moyens ils comptent le faire aboutir. Mateo a réussi à piéger le portable de Baron, je me propose de partir au plus vite à Rome pour découvrir ce qu'il manigance en Italie.

147

— Vous connaissez le dicton, enchaîna Janice. Si vous voulez savoir ce qui se passe vraiment, suivez l'argent. Le virus créé par Vital ne nous permettra pas d'épier tous les mouvements financiers qui transitent par Jersey, en tout cas pas sans nous faire repérer. Et ça, il n'en est pas question. Pour assurer une surveillance continue, il nous faut un accès maître, comme si l'on travaillait sur un terminal du réseau de la banque, et je ne vois qu'une seule solution : agir de l'intérieur.

— Je te demande pardon ? l'interrompit Mateo.

— Une attaque de type *Access P*, expliqua Janice. J'implante physiquement sur un de leurs terminaux un deuxième virus qui infiltrera tous les organes de leur réseau. Alors nous pourrons suivre leurs opérations bancaires, connaître les émetteurs et récipiendaires des virements comme si l'on travaillait à la JSBC.

— Ma question était : comment comptes-tu entrer dans cette banque ?

— Par la porte, tout simplement, comme une cliente qui souhaite ouvrir un compte. Hier, nous avions 300 millions de dollars chez eux, cela devrait suffire à faire de nous des gens respectables à leurs yeux, répondit-elle avec un petit air malin.

— Tu es dingue, te relier de loin, même de très loin, à l'opération de la nuit dernière reviendrait à te jeter dans la gueule du loup et à nous mettre tous en danger.

— Pas si dingue. Il y a un autre moyen d'y arriver, objecta Vital en se tournant vers son frère.

Malik comprit tout de suite à quoi songeait son jumeau et, dans un murmure consterné, finit par lui donner son aval.

— Il est un fait, enchaîna Vital, que mon frère et moi avons hacké d'autres banques dans le passé et garni quelques comptes ici et là. Il faut dire que l'entretien de ce manoir coûte une fortune. Est-ce que 1 million de dollars suffirait à faire de toi une cliente respectée ?

— Vous avez détourné 1 million de dollars ? demanda Janice avec une candeur touchante.

— Vu les équipements du donjon, ta question devrait être : « Combien de fois avez-vous détourné 1 million de dollars ? » suggéra Cordelia.

— Si cela peut te rassurer, l'argent que nous avons pris ne manque à personne, promit Malik.

— Elle n'était pas inquiète, rétorqua Diego.

— Je peux poursuivre ? s'agaça Vital. En arrivant à Jersey, tu t'appelleras Tamara Karsavina. Tu prétendras vouloir investir la somme dont nous avons parlé. Ce n'est pas le genre d'établissement à s'inquiéter de la provenance de l'argent qu'on lui confie. Tu leur donneras le numéro du compte que nous te fournirons et tu verras comme un peu d'argent fait que l'on vous prend tout de suite au sérieux.

— Pour toi, 1 million de dollars c'est *un peu* d'argent ? s'étonna Janice.

— Non, ma Metelyk, pour moi, c'est beaucoup, mais dans le monde où l'on vit, c'est une flaque d'eau au milieu de l'océan. Pour les motiver davantage, tu préciseras qu'il s'agit d'un premier placement. Un test. Et que si tout se roule dans la grande discrétion, d'autres suivront.

— Et qui est Tamara Karsavina ?

— Une danseuse étoile russe, très belle, immense talent. Elle a fini sa vie en Angleterre. Sa fille y vit toujours. Nikita, magnifique aussi, encore plus même. Elle a fêté ses cent quatre ans en janvier. Mais le compte de Nikita est trop important pour financer la seule implantation de notre virus… Grand respect pour notre travail mais tout de même, ajouta-t-il avec une petite moue impassible.

Ekaterina et Mateo se regardèrent, hébétés. Cordelia, aux anges, aurait voulu se lever pour aller embrasser Vital, mais elle n'en fit rien.

— Nous te donnerons une petite clé USB empoisonnée, à toi de trouver le terminal où la brancher, enchaîna Malik. Elle devra rester connectée deux minutes. Cela paraît rapide, mais sur le terrain, deux minutes peuvent devenir très longues.

— Vous avez beaucoup d'autres amies danseuses ? demanda Janice.

— De quoi s'offrir le Bolchoï, ma Metelyk !

— Je vois, dit-elle. Très bien, une fois cette mission accomplie, je quitterai Jersey pour me rendre à Londres. Le quotidien *L'Éclipse*, propriété de Berdoch, a ses bureaux dans Southwark et ceux du *Morning Standard*, appartenant à Libidof, sont à Kensington.

— Puisqu'on en est à jouer nos atouts, intervint Cordelia, je travaille pour une société de sécurité informatique à Londres. Et nous avons le *Daily Time* pour client, un autre journal appartenant à Berdoch, mais relié à sa maison mère par le même réseau. Au moins, mon intervention ne vous coûtera rien, juste une de vos clés empoisonnées. Entrer dans leurs locaux est pour moi un jeu d'enfant et n'éveillera aucun soupçon, une alerte préalable dans leurs systèmes justifiant pleinement que mon équipe et moi fassions un check-up complet de leurs installations.

— Hors de question que tu remettes les pieds à Londres ! Pas après ce qui est arrivé, objecta Diego, ce serait une folie.

— Après le coup de cette nuit, tu m'expliqueras ce que tu entends par « folie », répondit-elle avec l'air ingénu qu'elle empruntait quand elle espérait battre un nouveau record de mauvaise foi.

— Ne pas s'intéresser de près à l'empire de Berdoch serait encore plus fou, dit Mateo.

Ekaterina l'observa curieusement tandis qu'il poursuivait :

— Cordelia a accès à des ressources informatiques qui nous seront très utiles, mes bureaux à Rome ne sont pas en reste, le donjon doit être préservé pour nous servir de base arrière et de salle de coordination. Nous ne sommes pas nombreux, mais notre puissance de feu est considérable, à condition de mener nos attaques avec méthode. Je pars avec Ekaterina, Baron est un gros gibier. Diego, si tu es inquiet, accompagne ta sœur et profite d'être à Londres pour enquêter sur Oxford Teknika.

— Je te remercie, Mateo, de ta sollicitude délicieusement macho, lâcha Cordelia impassible, mais je suis une grande fille et plutôt débrouillarde. Et puis Diego a fait six ans d'allemand, autant que cela serve enfin à quelque chose…

— Sept, mais je ne vois pas le rapport, rétorqua l'intéressé.

— Aux dernières nouvelles, c'est la langue que l'on parle à Berlin. On ne va pas claquer 1 million de dollars chaque fois qu'on veut hacker une banque, cela finirait par dénaturer le jeu et faire de nous des enfants gâtés. Trouve le moyen de t'infiltrer dans les locaux de la German Bank, avec l'une des clés vénéneuses de nos amis. La suite, tu la devines… Et puis comme ça, moi aussi j'aurai peur pour toi, ce qui ravira Mateo !

— Cordelia a raison, renchérit Ekaterina. Nous ne sommes pas assez nombreux pour nous offrir le luxe d'opérer en binôme. Une fois à Rome, je me chargerai de Baron, et toi, Mateo, tu t'occuperas de FriendsNet.

— C'est-à-dire ? questionna Janice.

— FriendsNet est le terrain de jeu des mouvances de l'ultradroite et des suprémacistes. Incitations à la haine de plus en plus explicites, création de réalités parallèles propagées à grand renfort de publicités mensongères, endoctrinement, propagande raciste et xénophobe, théories complotistes, autant de saloperies qui font la fortune des dirigeants et actionnaires du réseau social. Et le poison se répand chaque jour un peu plus. L'armée des PSYOPS l'utilise à outrance pour manipuler des élections. Et dire que c'est le Darknet que l'on fait passer pour l'enfer de l'Internet. Il faut savoir si Sucker ferme les yeux parce qu'il en tire profit…

— … ou parce qu'il est membre de l'Alliance, enchaîna Janice dans un soupir qui en disait long sur l'ampleur de la tâche qui les attendait.

— Et pendant ce temps, moi, je suis censé préparer vos repas ? s'emporta Malik.

— Tu coordonnes les opérations depuis le donjon pendant que je m'efforcerai de retrouver la trace de Maya, répondit Vital. Je constate que personne ici ne semble beaucoup se soucier de ce qui a pu lui arriver.

— Détrompe-toi, la retrouver est la plus grande priorité, affirma Mateo.

— Bienvenue au bataillon des faux derches, siffla Cordelia. C'est bon, je me dévoue. Partez tous demain, je resterai une ou deux journées de plus pour prêter main-forte à Vital.

LE CROQUIS D'EKATERINA

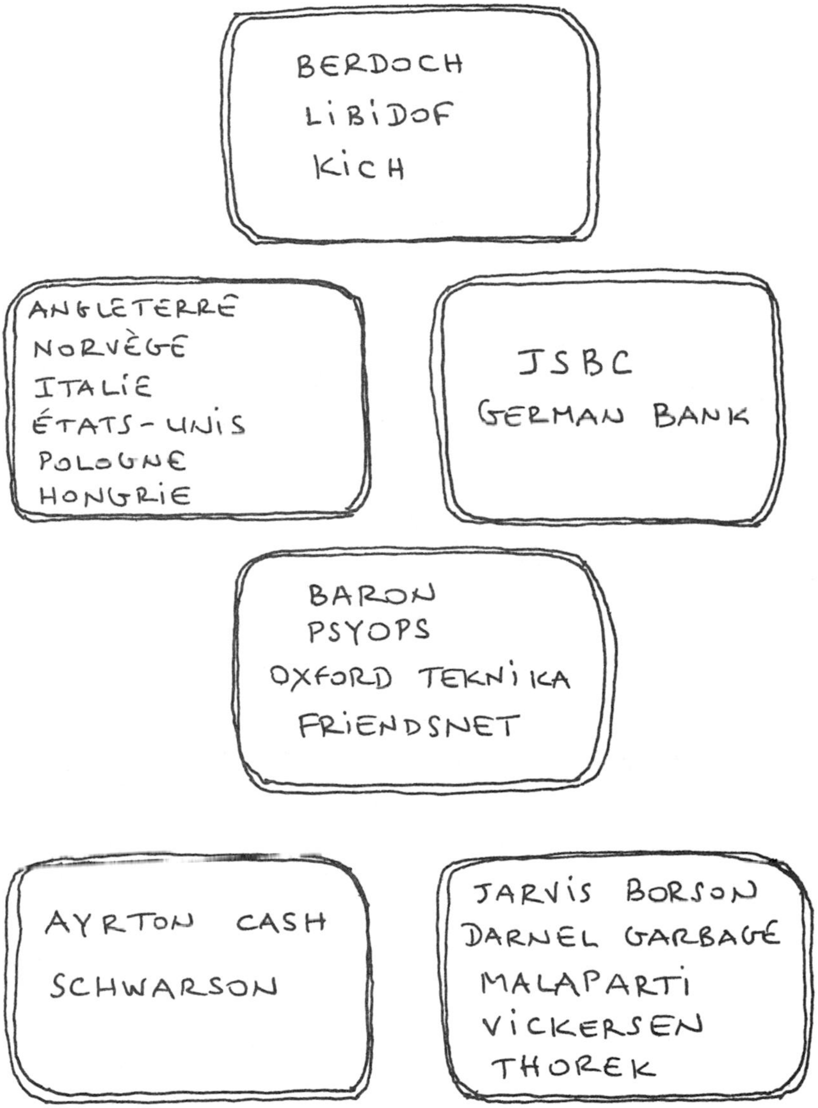

BERDOCH
LIBIDOF
KICH

ANGLETERRE
NORVÈGE
ITALIE
ÉTATS-UNIS
POLOGNE
HONGRIE

JSBC
GERMAN BANK

BARON
PSYOPS
OXFORD TEKNIKA
FRIENDSNET

AYRTON CASH
SCHWARSON

JARVIS BORSON
DARNEL GARBAGE
MALAPARTI
VICKERSEN
THOREK

12.

— *Vous suspectiez FriendsNet d'être un acteur majeur de l'alliance des fauves ?*

— Nous vivons dans un monde où la plupart des gens n'ont pas le droit d'exprimer leurs opinions, de pratiquer leurs croyances, d'aimer qui ils choisissent, d'être simplement libres de vivre comme bon leur semble. Les régimes autoritaires resserrent continuellement leur étau, réduisent les minorités au silence en les persécutant, quand ils ne les exterminent pas. Journalistes, activistes des droits de l'homme, dissidents politiques, lanceurs d'alerte, mais aussi leurs familles et amis, quand leurs données personnelles sont atteintes, courent de graves risques, tant sont nombreux ceux qui veulent les réduire au silence en les emprisonnant ou en les assassinant.

— *Comment les protéger ?*

— En informant les plus vulnérables. Tous ceux qui ont la naïveté de penser que leurs libertés sont définitivement acquises et que la démocratie est inébranlable. Ceux-là mêmes qui vous diront que si l'on n'a rien à cacher, on n'a rien à craindre. Ce qui est aussi absurde que d'affirmer que si l'on n'a rien à dire, la liberté d'expression est superfétatoire. Le droit à la protection de la vie privée est la condition première pour garantir la survie d'un monde où nos libertés ne seraient pas régentées par les gouvernements. La technologie de FriendsNet donne à ceux qui l'emploient le pouvoir absolu de surveiller et d'orienter la société, comme les individus. Le mal trouve sa racine dans la réponse à une question qui peut paraître simple, mais ne l'est pas pour la majorité d'entre nous. Qu'est-ce qui pousse une gouvernance à opprimer sa population ? L'idéologie ? Les autocrates n'en ont aucune. Un amour démesuré de leur patrie ? Non plus. Ils appauvrissent leur peuple, divisent la société. L'ordre et la loi ? Encore moins. Ils ont érigé la délinquance en système étatique, la corruption et la terreur sont les armes par lesquelles ils se maintiennent au pouvoir. En réalité, ces prédateurs redoutent tout simplement la diversité, ethnique, religieuse, sociale, culturelle et politique. Orwell disait : « Un peuple qui élit des corrompus, des renégats, des imposteurs, des voleurs et des traîtres n'est pas victime ! Il est complice. » C'était vrai en son temps, mais plus maintenant, alors que les informations circulent plus vite que nous et se confondent, alors qu'une réalité alternative fabriquée par ceux à qui elle profite a pris le pas sur les faits. Les fauves l'ont compris, ils ont acquis les données personnelles de centaines de millions d'individus. Et pour éliminer toute adversité, ils ont décidé de s'en prendre aux démocraties.

— *Qui sont-ils ?*

— Je vous l'ai dit, des hommes et des femmes qui s'enrichissent grâce à la corruption. Cyniques, ou nationalistes, vivant dans la mémoire d'un passé mythifié que la plupart n'ont jamais connu, parfois véritables adeptes d'un ordre nouveau qui ne peut s'établir qu'en éradiquant toute forme d'opposition. Certains sont des loups solitaires, d'autres des citoyens en apparence ordinaire qui prospèrent à l'ombre des régimes qu'ils soutiennent. Tous complices ou assassins.

Près de la frontière gréco-turque

Maya reprit des forces au cours d'une journée qui lui parut durer une éternité. Ayant interdiction de poser le pied par terre – ordre de Joram qui était venu lui rendre visite à deux reprises afin de vérifier que la plaie ne s'infectait pas –, elle en passa la plus grande partie, assise sur une caisse en bois, à respirer le grand air, sous l'étroite surveillance de son jeune ange gardien. Sa prévenance, lorsqu'il avait taillé pour elle une béquille dans une branche d'arbre et l'avait aidée à braver l'interdit, comme la façon dont il l'observait sans cesse, lui laissait supposer qu'il s'était amouraché d'elle. Hakim n'était jamais sorti de son mutisme, mais Maya avait fini par apprendre son prénom d'une femme du campement qui lui avait également confié qu'il avait perdu sa mère dans les bombardements d'Alep.

157

Le ciel se teintait des couleurs du soir quand Joram était revenu pour un examen plus approfondi, au terme duquel il l'autorisa à faire quelques pas.

— Alors ? s'enquit le médecin.

— Je mentirais en vous disant que je suis prête à courir, mais hormis un élancement dans la cheville, la douleur n'est en rien comparable à celle de ce matin.

— J'aurais aimé vous donner des antalgiques mais nous en avons si peu... Votre cas ne le justifie pas. Tâchez de faire attention pendant quelques jours, la blessure était tout de même profonde. Bientôt vous rejoindrez le monde civilisé auquel vous appartenez, vous pourrez être suivie si cela ne s'arrange pas.

— Je préférerais être suivie le moins possible, plaisanta Maya.

Un trait d'humour qui n'arracha pas le moindre sourire au médecin.

— Un hélicoptère est passé au-dessus de la forêt tout à l'heure, vous l'avez entendu je suppose.

— Et c'est inhabituel ?

— C'est la première fois et cela m'inquiète.

— Alors, il est l'heure de se dire au revoir, je ne veux pas vous exposer plus que je ne l'ai déjà fait.

— Deux hommes vous escorteront jusqu'au village, vous vous séparerez avant d'y arriver, il est préférable qu'on ne vous voie pas ensemble.

— Pour eux ou pour moi ?

— Pour tout le monde, soupira Joram. Vos affaires ont été lavées, le bas de votre pantalon rapiécé du mieux possible, vous pouvez vous changer sous ma tente, inutile de tarder. Vous savez où passer la nuit ?

— Je l'espère, tout dépendra de l'aide que mes amis pourront m'apporter, mais ne vous inquiétez pas pour moi, vous en avez déjà tous fait beaucoup. Et puis, voilà longtemps que j'ai appris à me débrouiller seule.

— Ce n'était visiblement pas le cas lorsque nous vous avons porté secours, mais je vous fais confiance. Un dernier conseil : une fois au village, évitez l'épicerie du centre ainsi que le marchand ambulant à l'entrée du bazar, ils renseignent la police.

— Comment le savez-vous ?

— Ils nous observent et nous les observons aussi, survivre nécessite des ressources insoupçonnées.

Maya se rendit dans la tente. En se changeant, elle prit conscience de l'importance qu'attachaient ceux qui vivaient là au maintien d'une bonne hygiène. Durant sa courte promenade, outre des linges séchant sur des fils tendus entre des branches, elle avait pu se servir d'une douche construite à partir d'une bassine recueillant les eaux de pluie. Elle plia avec précaution les affaires qu'on lui avait prêtées et les posa sur une chaise avant de ressortir. Ses accompagnateurs l'attendaient. Joram s'approcha, tendit la main et lui souhaita bonne chance.

— Puis-je vous demander un petit service ? dit-il en la regardant fixement.

— Bien sûr, tout ce que vous voulez.

— Ce que je voudrais, vous ne pouvez pas me l'accorder hélas, mais à défaut (Joram marqua une pause et prit une longue inspiration avant de poursuivre), lorsque vous serez de retour à Paris, pourriez-vous avoir une pensée pour nous, par exemple le soir vers 21 heures quand vous serez assise dans un restaurant ou installée au chaud dans votre appartement ? Cela peut vous paraître étrange mais chaque soir, à 21 heures, je regarderai ma montre, alors je saurai que quelqu'un dans le monde libre sait que nous existons. Que quelqu'un se souvienne de nos visages nous rendra un peu moins invisibles.

Maya promit. Les réfugiés, ces hommes, femmes et enfants qui devaient envier son sort, l'observaient en silence. Au milieu de la place où ils s'étaient réunis pour le repas du soir, le feu n'était pas encore allumé, à la différence de la veille ; il ne le serait qu'après son départ.

Avant que le convoi s'ébranle, Maya, songeant à la photo d'une petite fille tout aussi perdue qui l'avait conduite jusqu'à cet endroit, se fit le serment de ne pas s'en tenir à de simples pensées, une fois rentrée à Paris.

— Les évènements en ont décidé ainsi, ou appelez cela le hasard si vous préférez, mais Maya et Naëlle allaient connaître des destins similaires.

— *Qui est Naëlle ?*

— La fille d'un peuple qui réclama un jour la liberté à son président. La réponse à ce simple appel au changement fut si violente qu'elle coûta la vie à six cent mille êtres humains et en jeta six millions d'autres sur les routes, hommes, femmes et enfants abandonnant leurs existences pour s'enfuir à travers les montagnes et les mers terribles. Quel autre choix s'offrait à eux, soumis à la torture, fauchés par les balles des gardiens de la sécurité, déchiquetés par les bombes qui rasaient leurs villes, terrifiés par les armes chimiques qui venaient les étouffer jusque dans leurs abris ? Ceux qui ont vu les corps d'enfants gazés garderont gravées dans leur mémoire ces images jusqu'à leur dernier jour. Comment un être humain, aussi tyrannique soit-il, peut-il avoir un tel appétit de destruction ? Une question que Naëlle ressassait chaque fois qu'elle faisait sa prière. À quoi Dieu pouvait-il être occupé pour ne pas abattre ses foudres sur lui ? À cinq ans, Naëlle ne savait rien des enjeux de la géopolitique, des décisions prises dans des bureaux feutrés à des milliers de kilomètres de sa maison dont il ne restait plus qu'un amas de ruines au milieu d'un quartier dévasté. Là où jadis se dressaient des arbres le long des avenues n'existaient plus que des entrelacs de fer distordu, des gravats tachés de sang et de chairs séchées.

À huit ans, Naëlle ignorait encore que le cynisme et l'indifférence auraient raison du monde qu'elle avait connu jusque-là. Avant l'appel au changement, elle était une enfant curieuse, qui grandissait au sein d'une famille ni riche ni pauvre, mais furieusement joyeuse. Son père, un merveilleux tailleur, homme à l'élégance remarquable, possédait un atelier de confection dans un quartier commerçant de la ville. Son affaire tournait avec la régularité d'une horloge ; considérant son métier comme un art, il refusait de céder aux sirènes de la croissance. « Le temps est de l'amour et l'amour vit du temps qu'on lui accorde », se plaisait-il à répéter en caressant le mètre ruban qu'il portait du matin au soir autour du cou. Adnan, le grand frère de Naëlle, son aîné de onze ans, avait monté lui aussi sa petite entreprise. Il achetait des malbans en gros qu'il revendait au détail de l'autre côté de la frontière. Les malbans sont des friandises très prisées et les meilleures se fabriquaient dans une usine de la région, une aubaine. Adnan prétendait travailler dans l'import-export, ce qui faisait beaucoup rire sa sœur qui ne perdait jamais une occasion de lui rappeler qu'il était un simple marchand ambulant. Naëlle avait une santé robuste, ce qu'elle vivait comme une véritable injustice chaque fois que sa mère revenait du dispensaire et parlait à table de ses petits malades.

Lila était une pédiatre passionnée, mais une mère avant tout. Devinant la jalousie que sa fille éprouvait à l'égard de ses patients, elle décida de l'emmener avec elle. Très vite, Naëlle sut ordonner le contenu des armoires à pharmacie. Sauver une vie exigeait une bonne préparation, surtout en temps de guerre. Elle apprit à déplier des compresses stériles sans les souiller, à nettoyer les instruments. À neuf ans, elle savait poser des garrots. À dix ans, elle clampait une plaie pendant que sa mère la suturait, nécessité oblige. Mais depuis que le toit du dispensaire avait été bombardé, elle passait son temps à arpenter les ruines pour ramasser tout ce qui pouvait servir, puis, quand elle rentrait de ses tournées, à soutenir le moral de Lila qui perdait pied de plus en plus fréquemment. Pour trouver la force d'espérer, sa mère avait un besoin fou de tendresse, et seule l'étreinte de Naëlle lui donnait une raison de continuer depuis qu'un soir, Adnan n'était pas revenu de sa tournée de l'autre côté de la frontière. Tout le monde priait pour qu'il ne lui soit rien arrivé. Son père, lui, priait parfois en secret pour que son fils soit tombé sous les balles plutôt que capturé par les barbares qui servaient le régime. À table, il n'y avait plus grand-chose à manger, mais on ne se plaignait pas, il n'y avait plus grand-chose non plus à ranger dans les armoires à pharmacie du dispensaire, et plus de façades aux immeubles éventrés de la ville. Des bâches tendues sur les décombres formaient des abris de fortune. Mais on vivait encore et c'était là l'essentiel. Une nuit, une lumière orangée avait illuminé un carrefour, un gaz s'était répandu et la mort avait pris une forme abominable.

Naëlle apprit que, loin de chez elle, on s'était indigné ; on avait dit qu'une ligne avait été franchie, mais aucun sauveteur n'avait franchi cette ligne dans l'autre sens pour venir les chercher, elle et les siens. Son père racontait que si ce n'était le boucher al-Assad, ce serait l'indifférence du monde qui les tuerait. Mais Naëlle ne comprenait pas ce qu'il voulait dire par là.

Son père faisait des petits miracles avec ce qu'elle récupérait. Des bandages avec des morceaux de tissu rapiécés, du mobilier avec des bouts de bois et des clous redressés, de quoi rallumer le feu avec des escarbilles ramassées au pied de poutres incandescentes. Il arrivait qu'au cours de ses vadrouilles dans les bâtiments effondrés, Naëlle déniche une boîte de conserve, un vieux paquet de biscuits, des vêtements, parfois même un livre qu'elle rangeait, tel un trésor, sur une planche qui lui servait d'étagère.

∽

Alep, quelques jours plus tôt

Un matin où elle s'était aventurée plus loin que de coutume, entendant le crissement des chenilles d'un char, Naëlle se releva brusquement au milieu des décombres et s'arrêta de fouiller. Elle sentit un élancement à l'épaule, posa sa main à l'endroit de la douleur et constata qu'elle s'était blessée. Il était impossible de crier alors que les brigades du régime rôdaient à proximité. Elle serra les mâchoires, se faufila dans la brèche d'un mur éventré, gagna le trou béant où s'élevait jadis l'ascenseur de l'immeuble et se laissa glisser le long d'un câble. Au rez-de-chaussée, elle se faufila à l'arrière du bâtiment et déboucha dans une courette. De là, elle longea un mur et, zigzaguant dans un dédale de ruines, elle réussit à regagner son quartier.

Une fois en sécurité, bien que celle-ci fût relative, elle s'assit sur une dalle de ciment qui pointait vers le ciel et inspecta son épaule. Elle saignait mais, l'entaille étant peu profonde, Naëlle jugea que ce n'était pas grave, à condition que la plaie ne s'infecte pas. Elle trouva un morceau de tissu dans son cabas, le noua autour de son bras et reprit sa route.

De retour chez elle, elle s'étonna de voir ses deux parents en compagnie de son oncle Razam, médecin lui aussi ; elle fut encore plus surprise du silence qui s'installa à son arrivée.

— Qui est mort ? demanda-t-elle.

— Aujourd'hui personne, répondit Lila dans un soupir, pas encore, mais il y a eu un assaut…

Le tailleur adressa un regard plein de reproches à son épouse, Lila soupira à nouveau mais se tut. Il se leva, épousseta son pantalon et pria sa fille de s'approcher.

— Qu'as-tu fait ? s'inquiéta-t-il en voyant le bandage rougi de sang noué à son épaule.

— Un mouvement brusque, pas de quoi t'alarmer, papa. Il faut juste nettoyer et refaire un pansement, répondit-elle d'un ton aussi avisé que détaché.

Lila se précipita pour défaire le bandage, examina la blessure et alla chercher sa trousse de secours.

— Tu ne dois plus partir comme ça, je te l'ai dit cent fois, c'est beaucoup trop dangereux, protesta-t-elle.

— Je crains hélas que ces recommandations n'aillent pas dans le sens de ce qui l'attend, fit remarquer l'oncle.

— Qu'est-ce qui m'attend ? s'inquiéta Naëlle, regardant sa mère se préparer à recoudre la blessure. Vous allez me dire ce que vous manigancez ? insista-t-elle devant l'air mystérieux de son oncle.

— Tais-toi, Razam, supplia Lila.

Mais l'oncle de Naëlle s'approcha et examina la plaie à son tour.

Attends, dit-il à Lila, si tu la glissais sous la peau, elle serait bien cachée…

— Tu dis n'importe quoi, s'emporta Lila, pas question de prendre le risque qu'un corps étranger putréfie cette plaie.

— Lila, si nous désinfectons bien avant, insista Razam, le risque est minime et l'enjeu si important.

— Non, s'insurgea Lila en s'opposant farouchement à l'oncle Razam. Quant à toi, cria-t-elle en se retournant vers son mari, comment peux-tu la laisser courir autant de risques ? Cachez cette puce où vous voulez, mais certainement pas comme ça.

Naëlle repoussa la main de sa mère et attendit fermement que quelqu'un lui explique ce que l'on attendait d'elle. Ce fut son père qui se chargea de lui dire la vérité, presque toute la vérité.

— *Pourquoi cette famille était si particulière ?*
— Lila et Nadim, son mari tailleur, tout comme l'oncle Razam, avaient été parmi les premiers à se soulever contre le régime. Au fur et à mesure que la répression s'amplifiait, la rébellion s'organisait. D'une ville à l'autre, de quartier en quartier, on échangeait par Internet des informations sur les mouvements des troupes du tyran, sur les victoires remportées contre ses bataillons, sur les défaites aussi. Certains avaient pour tâche de comptabiliser les morts, d'autres de recueillir les preuves des massacres, pour témoigner plus tard. Il y avait eu Nuremberg, il y aurait un jour un procès qui condamnerait les crimes commis contre leur peuple, c'était tout du moins l'espoir que nourrissaient celles et ceux qui poursuivaient un combat désespéré depuis que les grandes nations du monde libre leur avaient tourné le dos. On avait abandonné les Syriens à leur sort comme on avait toujours fermé les yeux sur la réalité des drames qui s'étaient joués dans les ghettos du monde, de Varsovie à Alep. L'histoire ne se répète pas comme une fatalité, mais parce que les hommes tolèrent que les atro-

cités se reproduisent. Derrière le sourire affable du tailleur, derrière la bonté d'une pédiatre et d'un médecin généraliste, c'étaient trois chefs de la résistance que les forces d'al-Assad cherchaient à identifier et à capturer depuis longtemps, qui tenaient bon, jour après jour, nuit après nuit. Deux hommes et une femme qui, par un concours de circonstances, s'étaient trouvés dépositaires d'informations importantes devant à tout prix sortir du pays et ne pas tomber dans des mains ennemies.

— *Et il revenait à Naëlle de les convoyer ?*

— Oui, un assaut des forces d'al-Assad se préparait et un petit convoi de civils allait tenter de défier le blocus avant qu'il ne soit trop tard.

— *Qu'est-ce que son oncle voulait qu'on lui insère sous la peau ?*

— Une carte SIM, une puce électronique contenant toutes les informations que le tailleur et sa femme avaient en leur possession.

— *C'est pour cela que vous disiez que Naëlle était la clé qui permettrait d'enfermer les fauves ?*

— Il fallait qu'elle réussisse à traverser les lignes ennemies et à échapper à tous ceux qui se lanceraient à sa poursuite.

— *Quelles étaient ces informations si précieuses et pourquoi ne pas les avoir envoyées par Internet ?*

— Des enregistrements recueillis dans le téléphone d'un officiel russe ainsi qu'une quantité pharamineuse de documents compromettants. La provenance de cette puce attestait leur authenticité. Et pour répondre à votre deuxième question, le courant et les liaisons internet avaient été coupés depuis plusieurs semaines.

— *Comment ceux qui allaient traquer Naëlle avaient-ils eu connaissance de cette carte SIM ?*

— Le corps de l'officiel russe avait été retrouvé mais pas son téléphone portable. Ensuite les services de renseignement turcs et russes savaient qu'il s'apprêtait à échanger les informations qu'il détenait contre un passeport pour une nouvelle vie, jouant son avenir auprès du plus offrant. Ce qui l'a trahi et lui a coûté la vie. Enfin, les membres de la résistance syrienne qui avaient découvert la valeur de ces enregistrements avaient commis l'imprudence d'en parler à mots couverts dans des échanges de mails non sécurisés. Ce qui a précipité les évènements. La préparation de l'assaut sur le quartier où étaient réfugiés Naëlle et les siens et la coupure instantanée des réseaux de communication.

— *Que s'est-il passé ensuite ?*

— Les parents de Naëlle cherchaient surtout à ce que leur fille s'enfuie du ghetto avant qu'il ne soit trop tard. Mais elle n'aurait jamais quitté les siens, à moins que lui soit confiée une mission qu'elle ne pouvait refuser. Elle appartenait à une famille de résistants et quand son père lui dit que, pour venir en aide à son peuple, elle était en âge d'agir autrement qu'en fouillant les ruines, Naëlle prit la décision que le tailleur avait imaginée : elle emporta le petit paquetage préparé par sa mère, la puce ayant été placée par son père dans la couture de la ceinture de son pantalon, et à la nuit venue elle rejoignit une dizaine d'hommes et de femmes qui contournèrent la ligne de front, passant par des souterrains et des ruelles obscures pour franchir les barrages.

— *Vers où faisaient-ils route ?*

— Cizre, en Turquie.

— *Pourquoi n'ont-ils pas tenté de passer la frontière à Kobané, puisque la ville avait été reprise par les Kurdes ?*

— Les points de passage y étaient fermés depuis longtemps et la zone nord était très surveillée. Naëlle fuyait à la fois les soldats d'al-Assad, les troupes russes et les services de renseignement turcs. Elle ne serait en sécurité qu'après avoir été récupérée par Maya et, aussi paradoxal que cela paraisse, tant qu'elle marcherait vers l'est, elle voyagerait dans un plus grand anonymat qu'en pénétrant trop tôt au cœur de la Turquie voisine.

LES RUINES D'ALEP

13.

Le septième jour, au manoir

Les frères jumeaux s'étaient enfermés dans le donjon. Vital afficha sur son écran la carte de la Turquie.

— C'est de là que son portable a envoyé le dernier signal, dit-il en désignant la route qui reliait Edirne à Kastanies, à environ cinq kilomètres du poste-frontière de Pazarkule.

— Tu en es sûr ?

— Maya m'avait demandé d'inspecter son portable. Du coup, j'ai pu la localiser jusqu'à ce qu'elle le coupe brusquement. Il a disparu comme si elle l'avait détruit ou en avait ôté la carte SIM.

— Alors c'est une bonne nouvelle, elle a dû vouloir que l'on perde sa trace, et si elle se trouvait à quelques kilomètres de la frontière grecque, elle l'a probablement franchie.

— Non, elle aurait donné signe de vie depuis ! Et si les Turcs sont après elle, elle a peu de chances de réussir.

En espérant qu'elle ne soit pas déjà tombée entre leurs mains.

— Tu envisages toujours le pire, répliqua Malik.

— Il y a un vol pour Istanbul à 19 heures. Une fois là-bas, on loue une voiture et l'on arrive à Edirne une heure plus tard.

— Et ensuite ?

— On retrouve Maya et on la fait sortir du pays.

— Toi, tu quitterais le manoir ? s'étonna Malik. Tu n'es pas sorti d'ici depuis…

— Inutile de me rappeler depuis quand je me suis cloîtré. Ce n'est pas toi, qui m'en fais le reproche depuis des années, qui vas me décourager maintenant ! s'emporta Vital.

— Rien que pour te voir sortir de cette foutue demeure, mon frère, je serais prêt à me rendre à Edirne en voiture. Mais débarquer dans cette petite ville en pleine nuit ne serait pas très discret. Et imagine que Maya ait réussi à traverser la frontière, qu'elle tente de nous joindre, ou de venir se mettre à l'abri ici et que nous n'y soyons pas ?

— Ilga l'accueillerait et nous en informerait.

— Très bien, concéda Malik, donnons-lui une soirée de plus, ce qui nous laissera le temps d'organiser cette opération. Nous partirons demain, occupe-toi des billets et de trouver un hôtel à Edirne… avec une chambre jusqu'à laquelle je n'aurais pas besoin de te porter.

— Adaptée aux handicapés, tu peux le dire aussi simplement, tu sais, lâcha Vital.

— Je sais mais ce n'est pas ainsi que j'ai envie de le dire, rétorqua Malik en s'en allant.

174

— Pense à prendre quelques YesCard[1] dans le coffre, il nous faudra des livres turques en arrivant.

*

Cordelia observait son frère pendant qu'il préparait son sac.
— Tu es heureux de retrouver Flores ?
Diego ne répondit pas.
— Je peux connaître la raison de ce petit sourire ?
— Ce que tu veux vraiment savoir, c'est si je suis triste de te quitter.
— Tu n'en as pas l'air en tout cas.
— Qu'est-ce que cela change ? Tu n'en fais qu'à ta tête. Retourner seule à Londres est stupide, irresponsable même, protesta Diego en refermant le sac. Jure-moi au moins que tu ne remettras pas les pieds dans ton appartement.
— Si tu y tiens, répondit Cordelia en prenant un air faussement contrit. Après le coup que tu as flanqué à Mulvaney, je doute qu'il rôde encore dans le coin.
— Et moi, après ce que nous avons fait à Sheldon, je doute qu'il n'essaie pas de te mettre le grappin dessus à tout prix. Ne sous-estime jamais nos adversaires. Tu lui as volé une mallette avec 50 000 livres sterling et des documents compromettants, et quelques jours plus tard 5 millions disparaissent de son compte bancaire ; s'il ne fait pas le lien entre les deux affaires, c'est un imbécile, ce dont je doute encore plus. Sheldon a

---

1. Cartes de crédit fabriquées par les hackeurs permettant de retirer de l'argent avec n'importe quel code et qui ne sont pas reliées au système d'identification bancaire.

su retrouver ta trace une première fois, je n'ai pas voulu en reparler devant les autres pour les raisons que tu imagines et je m'étonne que Mateo n'en ait pas tiré les mêmes conclusions que moi, lui qui est si parano.

— Quelles conclusions ?

— Que Sheldon suspecte que tu n'aies pas agi seule et que cela nous expose tous.

Cordelia arpenta la pièce, pour une fois sincèrement soucieuse.

— S'il devait rapprocher ces deux incidents…, grommela-t-elle.

— Des incidents ? Tu es sérieuse ? s'emporta Diego.

— Arrête avec tes grands airs, tu sais bien que ce n'est pas l'argent mais les documents qui terrorisent Sheldon, c'est pour eux qu'il a envoyé Mulvaney. Son homme de main est rentré bredouille, il ne risque pas de s'en vanter auprès de sa direction, pas tant qu'il croit être la victime d'une attaque personnelle. Et sûrement pas avant que notre hack soit rendu public, ce qui nous laisse un peu de temps.

— Admettons, mais si les jumeaux ou les heureux bénéficiaires de notre « vendetta » dévoilent notre opération ?

— Alors Sheldon aura encore plus de raisons de se faire discret, sous peine de se voir désigné comme étant celui qui a exposé son groupe de malfrats. Il perdrait son job et tous ses privilèges. Vois cela comme une partie d'échecs, nous avons acculé un fou, et s'il bouge d'une case, il mettra son roi en danger.

— Si nous étions dans une partie d'échecs, ce seraient deux fous qui seraient en danger, veille à ce que cela n'aille pas plus loin.

176

— D'accord, je serai très vigilante, je ne retournerai pas chez moi, j'irai même m'installer dans un autre quartier si cela te rassure.

— Pourquoi ne pas échanger nos rôles ? Je pars à Londres et toi à Berlin.

— Oui… si j'avais appris l'allemand au lieu de l'italien, si tu travaillais dans mon agence de sécurité informatique et que tu pouvais t'introduire à ma place dans les locaux du *Daily Times* pour implanter la clé vérolée de nos amis, mais ça fait beaucoup de « si ». Et puis avant de partir à Londres, je vais essayer de convaincre Vital de ne pas publier son communiqué.

Diego s'approcha de sa sœur.

— Qu'est-ce qu'il y a encore ? demanda-t-elle, amusée.

— Tu ne changeras jamais.

— Pourquoi veux-tu que je change ?

— Ne fais pas l'innocente, je t'ai vue.

— Le contraire serait étonnant, tu me fixes avec tes grands yeux et le regard pénétrant de celui qui a quelque chose d'important à dire.

— Embrasser Malik.

— Ah, soupira-t-elle.

— Ah, comme tu dis. Et, te connaissant, je ne serais pas surpris que tu en pinces pour Vital.

— N'importe quoi !

— Il ne t'a pas quittée des yeux depuis notre arrivée, il rougit dès qu'il s'adresse à toi et devient fébrile quand tu lui parles, ne me raconte pas que tu ne t'en es pas aperçue. Et les rares fois où un homme te trouble, tu fais tout pour t'en éloigner, alors tu es allée te jeter dans les bras de son jumeau, pour ne courir aucun risque.

— Tu es psy ou restaurateur ?

— Seulement ton frère.

— Pour ta gouverne, c'est Malik qui m'a embrassée, répondit Cordelia en fuyant son regard.

Diego posa la main sur sa joue.

— Il n'y a pas de mal à aimer. Essaie, un jour ; avec un peu de chance, tu pourrais finir par être heureuse.

— Parce que tu l'as été, depuis la mort d'Alba ?

— Je l'ai été follement avec elle et son souvenir me rend encore heureux. Je l'ai perdue mais j'aurais pu ne jamais la connaître et cela aurait été bien plus triste encore. Et puis avec Flores, j'apprends à renouer avec le bonheur et c'est la plus belle chose qui me soit arrivée depuis longtemps. Nous ne serons pas hackeurs toute notre vie ; enfin, pas seulement. Je te suggère juste de penser un peu à la tienne.

— Avec Vital… en Ukraine… dans ce manoir pourri ?… Tu es sérieux ?

Diego se dirigea vers la porte de la chambre.

— Tu vas en rester là, tu ne vas rien lâcher, c'est ça ?

— La question est de savoir si toi, tu vas en rester là.

Près de la frontière gréco-turque

Quelques flambeaux éclairaient le campement dressé au cœur d'une petite clairière. Ceux qui vivaient là s'étaient regroupés, sortant de leurs abris pour voir partir l'inconnue.

Elle avait la peau claire, parlait une autre langue, ni ses joues ni sa peau ne portaient les marques de la faim, du froid ou de l'usure de l'exode ; elle leur rappelait ce qu'ils avaient été avant que le sort ne les oblige à fuir. Elle était libre, mais aucun ne la jalousait, au contraire, elle incarnait l'espoir que cela leur arrive un jour.

Maya s'approcha de Hakim pour lui dire au revoir. Elle remarqua que le jeune garçon avait détourné le regard avant de s'éloigner. Elle marcha vers lui, et posa la main sur son épaule.

— Je ne t'oublierai pas, dit-elle, aucun homme n'a veillé sur moi comme tu l'as fait, à part mon père, mais il n'est plus de ce monde.

Joram, qui se tenait dans son dos, traduisit ses paroles. Le jeune garçon afficha un sourire triste. Il posa une question. Joram traduisit à nouveau.

— Il veut savoir s'il est vrai qu'en France on peut dire tout ce que l'on pense sans risquer de se faire arrêter.

— Un jour tu viendras me rendre visite, je te promets de tout faire pour que cela arrive, répondit-elle.

— Ne perdons pas de temps, insista Joram, j'entends au loin le grondement d'un autre hélicoptère, et ces mouvements aériens sont vraiment inquiétants.

— Comment vous remercier ? demanda Maya.

— En nous faisant sortir de ce trou, mais je doute que vous en ayez les moyens. Filez maintenant, vous ne nous devez rien... Je n'ai fait que mon devoir de médecin.

Joram donna le signal du départ aux deux hommes qui escorteraient Maya et le trio se mit en marche. À la lisière de la clairière, Maya se retourna une dernière fois, elle souffla un baiser dans le creux de sa main en direction du jeune garçon. Ce dernier fit semblant de l'attraper, sautant avec l'agilité de celui qui saisit une balle au vol. Ce fut le dernier souvenir qu'elle emporta de ce campement, qui disparut derrière le rideau noir de la forêt.

Traverser les bois lui sembla moins long qu'à l'aller, une heure suffit à Maya et ses guides pour atteindre la bordure du champ où ils l'avaient découverte. Elle se hissa sur la pointe des pieds, cherchant des yeux sa voiture, avec le fol espoir qu'elle soit restée là, abandonnée, mais l'homme qui avait mené la marche lui ordonna subitement de s'accroupir. L'hélicoptère passa en trombe au-dessus d'eux avant de se mettre en vol stationnaire, balayant le champ d'un puissant faisceau lumineux. Maya vit au loin un escadron d'hommes en uniforme avancer vers eux.

— Il faut aller prévenir Joram ! s'exclama Maya.

L'homme la regarda, impassible. Il avait ordre de l'escorter et rien ne le ferait dévier de sa mission.

— Moi j'y retourne, s'insurgea-t-elle en faisant volte-face.

Son accompagnateur la retint alors que les forces de l'ordre s'approchaient dangereusement. Il l'entraîna manu militari sur un sentier qui filait vers le village voisin.

— Nous avons des guetteurs dans les bois, Joram sera informé bien avant l'arrivée de ces policiers. C'est vous qu'ils traquent. Ils mettront le campement sens dessus dessous, détruiront le peu que nous possédons pour se venger et montrer leur puissance, mais ils repartiront bredouilles.

180

Maya avançait à marche forcée. La douleur à sa cheville, encore vive, l'obligeait à serrer les dents pour maintenir l'allure imposée. Soudain, elle aperçut des halos de lumière qui s'étiraient tel un ruban jaune dans la nuit. L'homme désigna une route d'asphalte. Ils avancèrent jusqu'à un rond-point.

— Nos chemins se séparent ici. À votre place, j'éviterais Karaağaç, c'est un tout petit village, vous y seriez repérée tout de suite, la police a déjà dû le ratisser, ses habitants savent que vous êtes recherchée. Si vous en avez la force, poursuivez jusqu'à Edirne, vous passerez inaperçue dans la foule. Restez prudente, ils ont des yeux et des oreilles partout.

C'est sur ces mots qu'ils se dirent au revoir sous le lampadaire du rond-point désert.

Il n'y avait pas âme qui vive sur la route que suivait Maya. Le silence inquiétant était parfois interrompu par les hululements d'un oiseau de nuit. Pour ménager sa cheville, elle veillait autant que possible à prendre appui sur sa jambe valide. Quand elle apercevait les lumières d'un hameau au bout d'un chemin et entendait les aboiements lointains d'un chien, elle accélérait le pas. Une heure passa avant qu'elle traverse le petit pont de pierre qui débouchait sur l'entrée sud d'Edirne. Le retour à la civilisation lui apporta un soulagement, seulement un court instant car elle gardait en tête les recommandations de son guide. Elle s'engouffra dans les ruelles étroites de la vieille ville et se promena l'air de rien, remontant vers le bazar. Deux policiers postés au croisement d'une rue l'observèrent alors qu'elle passait à leur hauteur. Habituée à se faire discrète, Maya poursuivit son chemin et s'arrêta un peu plus loin devant la vitrine d'un magasin de vêtements, comme l'aurait fait une touriste, profitant de cette halte pour réfléchir à la façon de joindre son ami en Ukraine. Sans un sou en poche, elle songea à revendre sa montre à un bijoutier du bazar ; elle en aurait tiré le dixième de sa valeur au mieux, mais sortir de ce guêpier n'avait pas de prix. Puis elle renonça à cette idée, le marchand pourrait se montrer suspicieux. Assis sur un muret, cinq adolescents discutaient en fumant des cigarettes. Elle allait leur dire qu'elle avait oublié son portable à l'hôtel et qu'elle avait besoin de joindre un ami avec qui elle devait dîner. Maya avança vers eux, mains dans les poches, et sentit un petit papier, un billet plié de 50 livres turques, l'équivalent de 5 euros, que Joram y avait glissé quand on avait nettoyé ses affaires. Elle secoua la tête pour chasser un sentiment de culpabilité. Parvenue à hauteur des jeunes, elle demanda à l'une des filles où acheter une carte téléphonique.

LE PETIT PONT D'EDIRNE

14.

Le septième soir, au manoir

Le Groupe s'était réuni dans le hall, l'heure du départ approchait. Malik apparut dans l'escalier.

— Ton frère ne vient pas nous saluer ? demanda Janice.

— Il ne faut pas lui en vouloir, Vital déteste les au revoir. Mais avec le travail qui nous attend, vous ne manquerez pas d'occasions d'échanger avec lui. Il m'a chargé de vous dire que vous rencontrer avait été une joie immense et il espère comme moi que vous garderez un souvenir mémorable de votre séjour.

— Mémorable, c'est le mot, répondit Ekaterina avec une ardeur presque enfantine.

Les bras grands ouverts, elle avança vers Janice, qui recula d'un pas.

— Je vais finir par donner raison à Vital, si l'on pouvait s'épargner les grands adieux...

— Où est Cordelia ? demanda Malik.

— Dans sa chambre, je crois, répondit Diego. Nous avons eu un échange qui a dû la laisser songeuse, à moins qu'elle aussi ait du mal à gérer les séparations.

Un toussotement : Ilga avait ouvert la grande porte du manoir, arborant une expression sans équivoque. Il était temps de partir.

Malik s'installa au volant du minibus et démarra dès que tout le monde fut à bord.

Alors que la marchroutka s'engageait sur le chemin de gravier, Janice regardait par la lunette arrière s'éloigner le manoir. Les lumières aux fenêtres s'éteignirent une à une. L'œuvre d'Ilga sans aucun doute.

Pour des raisons de sécurité, Malik redéposa ses invités à l'endroit même où il les avait pris en charge quelques jours plus tôt. Janice salua ses compères devant la gare centrale, Mateo et Ekaterina souhaitèrent bonne chance à Diego en descendant devant le parvis de l'Opéra.

Diego se retrouva seul en compagnie de Malik, le temps d'atteindre l'hôtel Intercontinental où l'attendait sa voiture de location.

— C'est bizarre, nous ne nous sommes jamais rencontrés pendant toutes ces années et il a suffi de passer quelques jours ensemble pour que tout le monde tire une gueule d'enterrement au moment de partir.

— Parce que ça ne te fiche pas le cafard, à toi ?

— Si, mais ce qui nous reste à accomplir va nous réunir plus que jamais.

— Justement, quand je pense à l'ampleur de la tâche, aux risques que vous allez prendre sur le terrain, je me demande si nous ne sommes pas tous fous, soupira Malik.

— À part Maya, qui manquait à l'appel ?

— La bonne question est : « Pourquoi n'est-il pas venu ? »

— Il... ou elle ?

— Je n'en sais rien. Je n'ai jamais réussi à déceler au travers de ses messages si le neuvième d'entre nous était un homme ou une femme, et en même temps, quelle importance ?

Malik donna un coup de volant, le minibus bifurqua à droite sur Maidan Nezalezhnosti.

— Nous voilà place de l'Indépendance. Ici, la liberté des Ukrainiens s'est payée dans le sang, dit-il avec un sourire où s'était invitée la tristesse.

— Et tu n'as jamais soupçonné qu'il puisse s'agir de l'un d'entre nous ? reprit Diego sans prêter la moindre attention au décor.

— Si tel était le cas, je ne pense pas que nous l'apprendrions ce soir. Nous sommes arrivés. À ta place je ne traînerais pas, le trafic est dense entre le centre-ville et l'aéroport. Je te préviens dès que nous aurons localisé Maya, et je te donnerai des nouvelles de Cordelia avant qu'elle ne reparte.

Diego descendit du véhicule. Il eut à peine le temps de saluer Malik, la porte à soufflet se referma et le minivan repartit vers le manoir.

*

Dans sa chambre, Cordelia guettait les pas d'Ilga qui faisait sa ronde du soir. Elle l'entendit descendre au rez-de-chaussée et se faufila sur le palier pour monter discrètement au donjon. Elle y trouva Vital, assis devant son écran.

— Tu aurais pu partir avec les autres, dit-il, je n'ai pas besoin de toi pour mener mes recherches.

— Aimable, siffla-t-elle.

— Désolé, quand je ne parle pas ma langue, je manque parfois de mots justes.

Cordelia s'installa sur une chaise, croisa et décroisa les jambes pour les croiser à nouveau, pendant que Vital continuait de taper sur son clavier. Elle le fixa avec un air de défi.

— Qui te dit que je suis restée pour t'aider à retrouver Maya ?

— Toi. Enfin, tu l'as dit tout à l'heure, répondit Vital très concentré.

Cordelia avança vers lui d'une démarche indolente.

— Mais ça, c'était tout à l'heure…

Leurs regards se croisèrent.

— Alors pourquoi tu es restée ?

— Si je te réponds « pour l'ambiance », tu ne vas pas me croire.

— Qu'est-ce que tu lui trouves à l'ambiance ?

— Rien, justement, répondit Cordelia en s'asseyant tout près de Vital qui se replongea dans son travail.

Il avait affiché sur son écran un agrandissement de la région de la Turquie où le GPS de Maya avait signalé sa dernière position.

— C'est une forêt ? demanda Cordelia en pointant du doigt une zone sombre.

— Oui, pourquoi ?

— Elle jouxte la frontière ; à la place de Maya, j'aurais tenté de passer à travers bois, c'est plus judicieux qu'en terrain découvert.

— Tu avancerais seule dans un bois, en pleine nuit, sans aucun repère ?

— J'ai fait pire, mais j'avoue qu'à Paddington je n'avais pas vraiment réfléchi. J'ai eu peur après coup.

— Maya n'est pas du genre à avoir peur, c'est une tête fumée.

— Brûlée... Tu la connais si bien que ça ?

Vital repoussa son fauteuil et fit face à Cordelia.

— Admettons qu'elle soit dans cette forêt. Alors ce n'est pas une bonne nouvelle, elle s'étend sur moins de dix kilomètres carrés et Maya a disparu depuis plus longtemps qu'il ne faut pour la traverser.

— Sans maîtriser le terrain, elle a peut-être tourné en rond, ou alors elle s'est cachée en attendant que le jour se lève ?

— Le jour s'est levé deux fois depuis que j'ai perdu sa trace.

À son tour, Cordelia fit rouler sa chaise tout près de Vital.

— Ce n'est pas en restant devant ton clavier que tu la feras sortir du bois.

Les joues de Vital s'empourprèrent ; cette vision d'un homme qui rougissait toucha Cordelia droit au cœur. Elle s'approcha plus encore et l'embrassa avant qu'il n'ait le temps de réagir.

Puis elle plongea ses yeux dans ceux de Vital et caressa sa nuque avec une infinie tendresse.

— C'est pour cela que je suis restée, enfin je crois.

— Tu crois, ou tu en es sûre ?

Cordelia fit mine de réfléchir, puis l'embrassa encore, plus fougueusement cette fois.

— Je crois en être sûre.

Vital lui prit la main et resta silencieux.

— Et moi, je croyais que tu préférais mon frère.

— Vous vous ressemblez beaucoup quand même.

— Pas tant que cela, rétorqua Vital en dirigeant son regard vers les accoudoirs de son fauteuil roulant.

— Je m'en moque complètement, argua-t-elle avec un charme désarçonnant.

— Maintenant oui, mais demain…, répondit-il avec un sourire triste.

— En fait, tu as un plus beau sourire que lui.

— Je ne souris jamais, lui tout le temps.

— C'est exactement ce que je disais, ce qui est rare est d'autant plus précieux.

Cordelia allait à nouveau l'embrasser quand le téléphone de Vital sonna. Il se précipita pour répondre, fébrile, et poussa un râle de soulagement.

— Lastivka ! Où étais-tu ? Je me faisais un sang d'encre, terriblement noire.

« Un sang d'encre aurait suffi », marmonna Cordelia, vaincue par les circonstances, et d'autant plus dépitée que Vital lui tournait maintenant le dos, entièrement dévoué à sa conversation.

Le septième soir, à Edirne

Avec le peu d'unités dont elle disposait, Maya avait tout juste eu le temps de communiquer le numéro de téléphone du café où elle s'était rendue, sur les conseils avisés du kiosquier qui lui avait vendu la carte téléphonique. Le vieux téléphone mural, protégé par un écrin bleu, semblait surgi d'une époque où l'on pouvait encore joindre quelqu'un sans risquer de se faire tracer. Pour autant, Vital, qui ne trouvait aucune précaution superflue, craignait que les services de renseignement turcs aient mis sur écoute les lignes publiques des villes et villages où elle aurait pu se réfugier.

— Raccroche, je vais joindre mon partenaire, dit-il d'une voix assurée et rassurante, ensuite je te contacte.

Maya patienta devant le combiné. Vital n'avait pas précisé dans combien de temps il la rappellerait et elle était décidée à empêcher quiconque d'occuper la ligne. Le barman, qui n'avait qu'un client et essuyait des verres pour tuer le temps, l'observa à plusieurs reprises, d'un air plus concupiscent que suspicieux, ce qui, pour une fois, était plutôt de bon augure. Le client, appuyé au comptoir, pianotait sur son smartphone, un vieux modèle qui ne devait pas valoir plus de 60 euros, et encore. Impatiente, Maya était à deux doigts de lui proposer de le troquer contre sa Rolex, enfin, une contrefaçon achetée à Milan deux ans plus tôt. Mais juste avant qu'elle ne se décide à engager la conversation, le téléphone mural tinta à nouveau. Elle se jeta dessus.

— Tu te souviens de notre amie journaliste ?

Maya acquiesça d'un « hum », ne voyant pas où Vital voulait en venir.

— Habillée en bleu, elle priera pour toi dans trois heures exactement. Et tu me préviens dès la fin du service.

Sur cette énigme, qui laissa Maya perplexe, Vital raccrocha.

Le barman la tira de ses pensées lorsqu'il lui demanda dans un anglais hasardeux si elle ne souhaiterait pas commander quelque chose entre deux appels. Maya sortit sans lui répondre.

Sous un ciel gris souris, elle arpenta la rue, pensive.

— Journaliste, c'est Janice, mais la prière… ?

Elle réfléchit à la façon tordue dont pensait Vital.

— Janice habite en Israël ! dit-elle à haute voix.

Elle fit aussitôt demi-tour, rentra dans le bar, se dirigea vers le comptoir et prit le smartphone du client qui la regarda, éberlué.

— Vous permettez, j'en ai pour une minute.

Edirne comptait nombre de mosquées, trois églises et une seule synagogue située entre les rues Maarif et Osmaniye, à deux pas du marché et à peine plus loin du pont Meriç qu'elle avait traversé à deux reprises. L'application cartographique la renseigna sur le chemin pour s'y rendre. Maya effaça toute trace de sa recherche avant de rendre le téléphone à son propriétaire, elle le remercia chaleureusement et s'en alla.

Le septième soir, au manoir

Vital poussa un premier soupir avant de s'extasier.

— Nous l'avons retrouvée et elle est libre ! s'écria-t-il. Je savais que Maya s'en sortirait…

Puis il s'interrompit en se retournant vers Cordelia, pour constater qu'elle avait disparu.

Deuxième soupir !

Au rez-de-chaussée, Cordelia, sac à l'épaule, entrait dans la cuisine d'Ilga, et cette fois ce n'était pas pour lui demander une part de son fameux gâteau.

Le septième soir, à Kiev

Chacun des membres du Groupe entra dans le terminal international indépendamment des autres, passa les contrôles de sécurité à bonne distance et se dirigea seul vers la porte d'embarquement qui lui était assignée. Mateo et Ekaterina, qui voyageaient sur le même vol, enregistrèrent séparément et choisirent des sièges séparés de dix rangs. Diego et Janice se croisèrent au kiosque à journaux. Elle acheta un paquet de cigarettes, lui une tablette de chocolat, tous deux payèrent en espèces. Mais s'il avait existé un appareil pour écouter les pensées, alors que tous s'installaient dans les îlots d'attente, on aurait entendu la même mélodie.

*

À une vingtaine de kilomètres de l'aéroport, Ilga, pied au plancher, conduisait un vieux Land Rover aux suspensions douteuses. La boîte de vitesses craquait, le compteur avait rendu l'âme depuis longtemps, et c'était préférable. Le hayon arrière claquait sans cesse et, là où Cordelia était assise, on pouvait voir défiler la route à travers un trou dans le plancher. Lorsque Ilga dépassait un camion, se rabattant de justesse sous les klaxons hurlants des automobilistes qui arrivaient en sens inverse, Cordelia faisait un signe de croix.

— Qu'est-ce qui est arrivé à Vital ? demanda-t-elle.

Ilga, accrochée à son volant, fit mine de ne pas avoir entendu la question.

— C'est vrai ce que m'a raconté Malik ? insista Cordelia.

— Pourquoi aurait-il menti ? bougonna la gouvernante.

— Si l'on savait pourquoi les gens vous mentent, soupira Cordelia.

— C'est de Malik ou de Vital que vous voulez que l'on parle ?

— Vous vous êtes occupée d'eux toute votre vie, c'est admirable.

— Je les ai vus naître et les ai élevés sans jamais prétendre remplacer leurs parents, que je n'ai cessé de maintenir en vie dans leur cœur. Maintenant, je suis vieille et ils ne m'écoutent plus beaucoup, mais ils m'entendent parfois. L'amour est fait de veille, d'anxiété, d'émerveillement, de peur et d'admiration, comme une lumière sans ombre ou une oreille quand le malheur est silencieux. Vital, je l'ai aimé plus encore dans ses revers que dans ses succès. Je n'oublierai jamais son courage dans les moments affreux qu'il a connus, ces mois où, accroché aux barreaux de son lit, il se hissait malgré la douleur pour voir à travers la fenêtre qu'il me suppliait d'ouvrir, même dans les grands froids de l'hiver. Il me disait : « Ilga, les bruits du jour, c'est la vie et la joie, laisse-les entrer, nous avons besoin d'eux. » Ses mots me fendaient le cœur. Des mois pendant lesquels il s'est battu sans relâche, apprivoisant son fauteuil pour retrouver un semblant de liberté, avec la même ardeur que lorsqu'il courait après un ballon dans le parc. Quand il était enfant, c'est moi qui lui faisais la leçon, aujourd'hui c'est de lui qu'elle me vient. La leçon est plus facile à donner qu'à recevoir. On ne sait ce qu'on n'a pas fait que lorsqu'on vous l'apprend et restent les cicatrices, petites ou grandes. L'amour, aujourd'hui, c'est lui qui me le donne, à travers le chemin qu'il suit, et je me fiche qu'il soit légal puisque sa cause est juste. Je reconnais en mes deux garçons les vertus qui ont pour moi le plus de prix : le courage et la capacité de compassion. Si c'est ce que Malik vous a raconté, avec ses mots à lui, alors il vous a dit la stricte vérité.

Ilga plaqua le Land Rover le long du trottoir du terminal et appuya de tout son poids sur les freins. La voiture s'arrêta net.

— Désolée, cette guimbarde est encore plus rouillée que moi.

Cordelia se tourna vers elle et la regarda attentivement, découvrant des rides amènes autour des yeux.

— Vous n'êtes pas du tout vieille, Ilga.

— Comparée à cette satanée voiture, je vous l'accorde.

— Pourquoi m'avoir confié tout cela ?

— Parce que la vie, ma fille, n'est pas un après-midi de shopping où l'on va de boutique en boutique pour choisir ce qui vous siéra le mieux. Est-ce que vous reviendrez ?

— Vous voudriez que je revienne ?

— Vous êtes beaucoup trop intelligente pour prétendre être sotte, rétorqua Ilga en faisant signe à Cordelia de descendre.

— Vous me préparerez un autre de vos gâteaux ? demanda-t-elle penchée à la vitre de la portière.

— Fichez le camp, je vais finir par m'attacher à vous.

Cordelia hocha la tête et courut vers le terminal.

＊

Janice s'envola la première ; elle ferait escale à Gatwick avant de redécoller à bord d'un petit avion pour Jersey.

Diego fut le deuxième à partir, le vol de Berlin était à l'heure.

Ekaterina entra dans la cabine la première et Mateo retint son souffle en passant à sa hauteur avant d'aller prendre place au fond de l'appareil. Leur dernier échange dans la chambre lui avait donné un vague à l'âme aussi bouleversant qu'une lame de fond qui vous entraîne vers le grand large. Depuis son siège, il ne cessait de regarder sa chevelure, une écume de roux dans une mer brun et noir.

Janice releva la tête en voyant Cordelia passer haletante dans la coursive et prendre place trois fauteuils derrière elle. Elle replongea dans sa lecture.

LA SYNAGOGUE D'EDIRNE

15.

Le septième soir, à Edirne

Maya s'était réfugiée dans la synagogue. Tous les bancs étaient vides, mais elle n'avait pas osé s'asseoir, se souvenant que femmes et hommes occupaient des endroits distincts. Le rabbin, qui avait entendu du bruit, se présenta et, la voyant perdue, l'invita à prendre place où elle le souhaitait ; sa synagogue, dit-il, encourageait la mixité.

— Et ne vous y trompez pas, précisa-t-il avec humour, là où elle est interdite, ce sont les hommes que l'on sépare des femmes pour qu'ils restent concentrés sur la prière. Vous n'êtes donc pas juive.

— Personne n'est parfait, répondit-elle.

— Billy Wilder ! lâcha fièrement le rabbin. Mais qu'est-ce que la perfection ?... Vaste question. Vous êtes la bienvenue, ajouta-t-il en l'incitant à s'asseoir. Une simple visite touristique ou vous vouliez prier ?

— Plutôt être en sécurité, confia-t-elle en toute franchise.

— Alors vous ne pouviez trouver meilleur endroit. Que vous arrive-t-il ?

— C'est une longue histoire.

Mais les histoires qui durent étaient les préférées du rabbin et rien ni personne n'aurait pu expliquer de façon cartésienne pourquoi Maya se confia à lui, son aura peut-être, sa physionomie, son regard affectueux. Combien de fois croise-t-on, au cours d'une existence, le visage de quelqu'un dont la bienveillance nous submerge ? Maya, qui n'avait jamais rien confessé de sa vie, partagea jusqu'à son remords d'avoir abandonné à leur sort ceux qui lui avaient porté assistance. Elle aurait dû rebrousser chemin, prévenir Joram de mettre les siens à l'abri. Le rabbin l'interrogea longuement du regard. Puis il lui posa une question qui, bien que simple en apparence, allait décider de son avenir. Pour quelle raison avait-elle entrepris ce voyage ? Se trouver là où l'on n'aurait pas dû être n'est jamais le fruit du seul hasard, ajouta-t-il. Maya glissa la main dans sa poche pour en sortir la photo qui ne l'avait pas quittée depuis son départ de Paris. Elle la lui montra.

Aussi étrange que cela paraisse, expliqua-t-elle, elle ignorait la réponse. Le rabbin lui demanda la permission d'étudier cette photo de plus près. Il observa longuement le portrait de Naëlle, se perdit dans ses pensées et le rendit à Maya. Puis, d'une voix douce, il lui dit avoir compris, et compris aussi pourquoi elle s'était rendue dans sa synagogue. Maya exprima ses doutes. Une heure plus tôt elle n'en connaissait pas l'existence.

— Mais Il connaît la vôtre, répliqua le rabbin en agitant sa Thora. Allons à l'essentiel : la transmission. N'est-ce pas pour cela que nous vivons ?

— Peut-être. Sans vouloir vous offenser, je ne vois pas le rapport avec ce qui m'arrive.

— À mon tour de vous raconter une histoire. Elle s'est produite durant un pogrom, il y a bien longtemps, et pourtant je m'en souviens comme si c'était hier. Les membres du parti nazi incendiaient les maisons des Juifs, brisant portes et fenêtres avant d'y jeter des torches. La police les laissait faire. Ces actes de sauvagerie étaient encouragés par le pouvoir qui s'en servait pour prétendre restaurer l'ordre et imposer des mesures sécuritaires. Les victimes étaient désignées comme les fauteurs de troubles et leurs bourreaux considérés comme des justes. Une autre longue histoire et qui hélas, elle, est loin d'être terminée. Avant que notre domicile ne devienne à son tour la proie des flammes, mon père nous prit par la main, ma mère et moi, et nous fit sortir sans que nous ayons le temps d'emporter la moindre affaire. Le haut de la rue n'était déjà plus qu'un brasier, alors nous courûmes vers le bas de la ville. Derrière nous, des hommes haineux pourchassaient ceux qui s'enfuyaient. Les barbares n'étaient pas très loin, nous n'avions pas une minute à perdre. Pourtant, alors que nous passions devant une bicoque, mon père s'arrêta net. Il ordonna à ma mère de nous mettre à l'abri, elle et moi. Elle ne discuta pas. Nous étions terrorisés, je vous laisse imaginer ce que cela représentait de poursuivre notre route sans lui. Alors que nous nous éloignions, je me suis retourné pour le voir donner un coup de pied dans la porte devant laquelle il s'était arrêté, il est entré et il a disparu.

— Il a perdu la vie ? demanda Maya, inquiète.

— Oui bien sûr, il aurait cent cinq ans aujourd'hui, mais il n'est pas mort au cours de cette horrible nuit. Ma mère et moi nous étions réfugiés chez des amis protestants. Mon père nous y a rejoints un peu plus tard, accompagné d'une femme et de sa petite fille. La femme était une de ses clientes, une veuve. Papa s'était souvenu de son adresse en passant devant chez elle parce qu'il lui était arrivé de lui porter des sacs de charbon. Je lis dans vos yeux que vous vous demandez encore où je veux en venir. À une phrase de mon père. J'étais furieux qu'il nous ait laissés seuls, et le lui témoignais en affichant une mine pleine de reproches. Il s'est penché vers moi et m'a dit : « Sauve un enfant et tu sauves l'humanité entière. » Vous ne pouviez rien faire pour aider les gens de ce campement, pas plus que mon père ne pouvait sauver tous les habitants de notre quartier. Mais il me semble que vous pouvez décider de l'avenir de l'enfant sur cette photo. En attendant, restez ici autant que vous le souhaitez. J'ai été heureux de faire votre connaissance.

Le rabbin s'éloignait quand Maya l'appela. Il se retourna, l'air empreint de curiosité.

— Rabbi, qu'est-ce qui peut conduire les hommes à persécuter des femmes et des enfants ? Avez-vous trouvé dans votre foi la moindre raison de pardonner leur barbarie ?

— Ils avaient peur.

— De vous ?

— D'eux-mêmes, de ce qu'ils étaient en train de devenir. Nous haïr leur donnait le moyen de l'oublier.

— La phrase de votre père vous a-t-elle réconciliés ?

— Je n'étais pas en colère contre lui mais contre moi.

— Pourquoi ?

— Parce que j'avais laissé la peur m'envahir. Lui avait su la repousser en entrant dans cette maison.

Le rabbin se retira. Maya resta assise sur un banc de la synagogue, contemplant la photo qu'elle tenait entre ses mains.

À l'heure fixée par Vital, elle la remit dans sa poche et sortit. Dehors, elle aperçut une berline bleu nuit garée le long du trottoir et s'en approcha. L'homme au volant lui fit signe de monter à bord.

Il portait une chemise blanche impeccable, aux manches retroussées jusqu'aux coudes, découvrant des bras hâlés. À son poignet, Maya remarqua une montre sobre et élégante ; ses mains puissantes étaient manucurées. Son visage était recouvert d'une courte barbe, taillée au millimètre, qui accentuait ses traits carrés. Il lui demanda d'ouvrir la boîte à gants. Maya fut surprise en voyant ce qu'elle contenait.

— Mettez la perruque, couvrez-vous la tête avec le foulard, dit-il, et rangez le passeport dans votre poche. Il y a un barrage de police à la sortie de la ville.

— Et le revolver ? demanda Maya en reluquant le Glock 357 qui se trouvait au fond.

— Nous ne devrions pas en avoir besoin, enfin je l'espère. J'ai promis de vous conduire à Istanbul coûte que coûte, ajouta-t-il en souriant à pleines dents.

— Istanbul ? Mais la frontière est à cinq kilomètres d'ici !

— Désolé, impossible de vous faire passer en Grèce. Avec de vrais papiers peut-être… Enfin, je ne sais pas qui vous a suggéré cette idée, mais elle est stupide.

— Merci, c'était mon idée. J'avais mon passeport à l'époque.

— Et rien à vous reprocher ? répondit l'homme en levant un sourcil. Vous devrez faire preuve d'un peu de patience avant de tenter de sortir du pays. Il n'y a pas qu'aux abords de la ville que la police vous recherche. Le seul endroit où vous mettre en sécurité c'est chez moi, donc à Istanbul. J'en ai informé Vital.

Maya n'avait pas le choix, il lui fallait suivre ses instructions. Elle abaissa le pare-soleil et vérifia dans le miroir de courtoisie qu'elle avait correctement ajusté sa chevelure noire d'emprunt. Elle noua le foulard, puis ouvrit le passeport, apprenant sa leçon. Elle s'appelait désormais Derya Ylmaz.

— Ylmaz signifie « intrépide », expliqua son chauffeur.

— Et Derya ?

— « L'horizon », ou « l'infini », comme vous voulez. Lorsque nous passerons le contrôle, tendez-le-moi, et surtout ne dites rien, sauf si l'officier s'adresse à vous. « Bonjour » se dit *merhaba* ; « merci », *tesekkür ederim*.

— « Au revoir », *güle güle*, enchaîna Maya. Ce n'est pas mon premier séjour en Turquie.

— Alors tout devrait bien se passer, vous avez l'accent qui convient, s'amusa le chauffeur, mais tenez-vous-en quand même au minimum.

Alors que la voiture ralentissait avant de s'arrêter à la hauteur d'un policier, Maya sentit sa gorge se nouer. Son voisin

204

tendit les papiers avec un calme impérial. Penché à la vitre, le policier observa à tour de rôle la passagère et son passeport avant de le lui rendre. Maya s'abstint de le remercier.

La berline redémarra et fila vers Istanbul. Maya souffla.

— On a eu de la chance qu'il ne soit pas plus regardant, s'il m'avait demandé d'ôter le foulard, il aurait vu que je ne ressemblais pas à cette photo.

— Il l'aurait fait si je n'avais pas glissé ce qu'il fallait dans mon passeport, répondit l'homme.

Maya l'observa, intriguée par son calme.

— Quand vous ne convoyez pas des étrangères, qu'est-ce que vous faites dans la vie... si ce n'est pas indiscret ?

— Je suis agent de change... Mais nous avons en commun un ami cher, ce qui explique que je sois venu vous chercher.

Le huitième jour à Jersey, îles Anglo-Normandes

En ouvrant les yeux, Janice se demanda vers quel bout du monde la nuit l'avait portée. Le papier peint à fleurs roses de sa chambre le lui rappela. Une odeur de pain grillé flottait dans l'air. Elle enfila un peignoir trouvé dans la salle de bains, remit un peu d'ordre dans ses cheveux, enfila ses bottines et, contre toute attente, jugea sa tenue parfaite pour se présenter dans la salle à manger. La patronne de l'hôtel, derrière son comptoir, la suivit du regard sans sourciller. Quatre clients prenaient leur petit déjeuner. Un homme en costume pied-de-poule, une femme en tailleur noir, deux autres plus âgées, pomponnées et déjà maquillées. Tous plongèrent le nez dans leur tasse de thé, se gardant de tout commentaire quand Janice s'attabla près de la fenêtre.

La serveuse, qui portait une tenue de soubrette fin XIXe siècle, lui apporta un plateau garni d'une assiette de scones, de pots de confiture et de crème.

Elle demanda à Janice si elle souhaitait du thé ou du café, des œufs au plat ou brouillés et ses toasts tendres ou croquants. Cela faisait beaucoup de questions pour quelqu'un qui venait de se réveiller ; un café et des toasts comme ils sortiraient du grille-pain conviendraient très bien, répondit-elle. La soubrette se retira sur la pointe des pieds.

La patronne, dont la curiosité avait été piquée, apparut peu après avec un plateau.

— Je suppose que vous n'êtes pas en voyage d'affaires. Souhaitez-vous que je vous indique les lieux qui valent le détour sur notre île ?

— L'habit ne fait pas le moine, répondit Janice. J'ai seulement besoin de connaître le chemin pour me rendre au centre-ville.

— En sortant, remontez la rue sur quelques mètres et vous y serez. Vous êtes arrivée de nuit, Saint-Hélier n'est pas bien grand. Il y a des dépliants sur le comptoir, avec des cartes.

Janice la remercia et poursuivit son repas.

À marée basse, la grève était découverte. Les mouettes planaient dans le vent, piquaient en poussant leur clameur et virevoltaient en rase-mottes avant de se poser sur le sable boueux.

Un texto apparut sur l'écran de son smartphone. Diego voulait savoir si elle était bien arrivée. Il se plaignit que son hôtel était sinistre et que la pluie à Berlin n'allait pas égayer son séjour. Janice lui rappela qu'ils n'étaient pas en vacances. Elle lui souhaita bonne chance et, sans vraiment savoir pourquoi, elle envoya à son tour un message à Ekaterina.

— J'ai l'impression d'avoir débarqué dans l'univers de Miss Marple, écrivit-elle. J'ai fait chuter la moyenne d'âge, c'est d'une gaieté à se pendre, ici. Et toi, comment vas-tu ?

— Pas fermé l'œil de la nuit, répondit Ekaterina. On fait le point ce soir ?

— Parfait, je te retrouve sur le forum vers 18 heures.

— 18 heures de chez toi ou de chez moi ?

— Je ne me sens pas du tout chez moi, répondit Janice.

— Tu te sentiras moins seule si je te dis que moi non plus ? conclut Ekaterina.

Janice regagna sa chambre afin de se préparer à sa mission. Elle défit son bagage et réfléchit à la tenue idéale pour le personnage qu'elle devait incarner. Elle opta pour une petite robe noire qu'elle se félicitait d'avoir emportée. Sa besace, en revanche, collait plus avec la panoplie d'une baroudeuse que d'une riche cliente et elle ne pouvait pas compter sur ses chaussures crottées pour rectifier le tir. À moins, songea-t-elle, de jouer la carte inverse. L'idée d'endosser le rôle d'une fille rebelle de riche famille qui n'a que faire de son apparence l'amusa. Un vrai rôle de composition. Elle passa sous la douche, enfila un jean, un pull à col rond, et rangea la clé USB piégée dans la poche droite de son veston.

En sortant de l'hôtel, elle remonta News Street, et bifurqua à droite dans Burrard. Quelques minutes plus tard, l'antenne de la JSBC était en vue. Elle entra et murmura à la réceptionniste qu'elle souhaitait ouvrir un compte dans la plus grande discrétion.

La jeune femme l'escorta vers un couloir feutré jusqu'à une salle de réunion dépourvue de fenêtre mais luxueusement meublée. Une table en bois verni, six fauteuils en cuir, un écran plasma dernier cri accroché au mur et une console. L'hôtesse indiqua qu'un conseiller se présenterait dans les plus brefs délais et se retira.

Janice avança vers la console et reluqua un flacon de whisky dont elle ôta le bouchon ; l'arôme témoignait d'un bel âge. Il était encore un peu trop tôt pour s'en assurer, elle se servit à regret un verre d'eau et alla s'asseoir. Quelques minutes plus tard, un homme dans la trentaine, cravate, complet noir, mocassins étincelants et coiffure soignée se présenta. Il posa son ordinateur portable sur la table et demanda à Janice ce qu'il pouvait faire pour elle.

Contrairement à ce qu'elle avait supposé, le jeune banquier porta une vive attention à sa personne. Janice savait instantanément quand elle plaisait à un homme. L'air extasié d'Oliver Wilson, la main qu'il passait dans ses cheveux, son nœud de cravate qu'il ajustait sans cesse trahissaient un trouble certain. Quand on bluffe, si l'on a la chance d'avoir une carte maîtresse dans son jeu, il serait idiot de ne pas l'abattre.

— C'est délicat, dit-elle, langoureuse. Je souhaiterais ouvrir un compte et déposer des fonds, mais pas à mon nom, si cela est possible.

— Bien sûr, affirma le banquier.

Il lui suggéra de créer une société anonyme, il pouvait lui recommander un avocat sur l'île dont les tarifs étaient on ne peut plus raisonnables. Il remplirait les papiers nécessaires et procéderait à l'enregistrement, ce qui ne devrait pas prendre plus d'une journée.

Janice posa sa main sur celle du jeune banquier et se lança dans un numéro de charme qui lui fit presque honte.

— Et si vous commenciez à remplir ces papiers dès maintenant ? suggéra-t-elle. Je signerai tout ce dont vous avez besoin, votre avocat fera le nécessaire et je n'aurai plus qu'à transférer l'argent. Mon temps est très précieux.

Oliver Wilson changea de couleur, prit une longue inspiration, et demanda de quelle somme on parlait.

— 1 million de dollars aujourd'hui, et si vous faites diligence, plein d'autres à venir. Bien sûr, il faudra me placer tout cela intelligemment.

Cela allait de soi, assura Wilson, mais afin de servir au mieux ses intérêts, il souhaitait des précisions sur ce qu'elle entendait par « plein d'autres » ?

Jouant son rôle à merveille, Janice raconta que si son père avait toujours été très avare de son temps, il avait compensé ses absences par d'autres générosités.

— Et que fait votre père, si ce n'est pas indiscret ?

— C'est très indiscret, répondit Janice d'une voix perchée. Enfin, puisque nous sommes entre gens de confiance... des investissements immobiliers conséquents, un peu de négoce de pétrole. En fait, chuchota-t-elle, beaucoup de négoce de pétrole, mais alors vraiment beaucoup.

— Je vois, déglutit Wilson, songeant à sa prime de fin d'année qu'il voyait déjà grimper en flèche.

— Vous êtes encore loin du compte. Alors, pouvons-nous procéder ?

Wilson se leva d'un bond.

— Pourquoi vous faire attendre inutilement ? Je m'occupe de tout, je reviens dans quelques instants avec les documents nécessaires.

Janice ouvrit son sac et lui remit une feuille de papier pliée en quatre.

— Pour vous épargner des vérifications inutiles, voici les numéros du compte d'où vous recevrez le premier virement.

Un gage que le banquier considéra avec une satisfaction non dissimulée.

En quittant la salle, Wilson pensa que pour une cliente de cette importance il aurait fallu qu'il aille chercher son supérieur, mais Janice était bien trop séduisante, et ce à tout point de vue. Sa hiérarchie ne l'avait-elle pas incité à faire preuve d'initiative ?

Dans son empressement, le jeune Wilson avait laissé son ordinateur portable sur la table de conférence. Janice ne tarda pas à l'ouvrir. L'écran était verrouillé par un code, et elle ne disposait d'aucun moyen pour trouver le sésame en si peu de temps. À moins que Vital n'ait envisagé une telle situation. Son virus était-il capable de déjouer les barrières de sécurité en se logeant dans un registre, prêt à se propager une fois l'accès autorisé ? Plus elle y réfléchissait, plus l'hypothèse lui paraissait probable. Ce qui expliquait sans doute pourquoi la clé USB devait rester implantée deux minutes. Le temps de scanner l'appareil et d'y faire un trou où se nicher. Comment il avait accompli ce prodige relevait d'un mystère qu'elle éclaircirait plus tard. Le temps filait, Wilson n'allait plus tarder à revenir. Elle prit la clé USB dans sa poche, prête à passer à l'action, quand son sang se glaça. D'instinct, elle fixa l'écran plasma au mur. Un minuscule point vert apparaissait au centre de la bordure supérieure. Ce n'était pas un simple écran, mais un appareil de visioconférence, donc pourvu d'une caméra, et la diode indiquait qu'elle était en fonction. La JSBC filmait ses clients à leur insu. Vital l'avait pourtant mise en garde. Ne jamais sous-estimer l'adversaire. Elle prit un air désabusé, referma négligemment le capot de l'ordinateur et regarda sa montre.

Oliver Wilson entra dans la salle de réunion. Janice le scruta, cherchant à déceler un changement dans son attitude.

Il était toujours aussi jovial, mais cette humeur n'était peut-être pas partagée par ceux qui les surveillaient dans le PC sécurité de la banque.

Pendant qu'il étalait des formulaires sur la table, Janice évaluait les risques qu'elle encourait désormais. Son comportement l'avait exposée. Allait-on venir l'arrêter pour lui faire subir un interrogatoire de circonstance ?

— Quel nom souhaiteriez-vous donner à votre société anonyme ? demanda Wilson.

Et quand bien même ce serait le cas, songea-t-elle, elle expliquerait qu'elle voulait simplement chercher sur Internet où aller faire du shopping. Si cela ne suffisait pas, elle prendrait de grands airs, s'offusquerait. Si ce petit ordinateur ridicule était si précieux, il ne fallait pas le laisser à sa disposition !

— Mademoiselle ? insista Wilson.

— Quoi ? répondit-elle, agacée.

— Eh bien, pour votre société ?

Si les employés de la sécurité de la JSBC avaient accès aux bases de données de reconnaissance faciale, ce dont Janice ne doutait pas, ils finiraient par apprendre qu'elle n'était pas la fille d'un milliardaire, mais une journaliste travaillant pour le quotidien *Haaretz*... Ou comment se faire griller comme une bleue, ruminait-elle. Il valait mieux partir au plus vite.

— Quelque chose ne va pas ? s'inquiéta Wilson devant le silence de sa cliente.

— Je réfléchissais.

— À la dénomination de votre société anonyme ?

— Clean Brent, répondit-elle.

— Joli nom, acquiesça le banquier.

— Joli, je n'en sais rien, mais un oxymore certainement. Tout compte fait, je ne suis plus si pressée, la météo semble redevenir clémente, ce serait un gâchis de ne pas profiter d'une si belle journée sur votre charmante île. Je vous laisse le soin de remplir ces papiers, engagez votre avocat, je reviendrai demain pour procéder au transfert.

Wilson proposa de lui porter les documents à son hôtel, Janice décocha un sourire ravageur et expliqua n'avoir aucune idée de la façon dont elle occuperait son après-midi, elle ne faisait jamais de plan. Elle le salua et sortit de la pièce. Wilson se précipita derrière elle.

— Vous ne m'avez pas donné votre nom, dit-il sur le pas de la porte de l'agence.

— Vous ne voulez pas mon numéro de téléphone, pendant que vous y êtes ?

La réponse était évidente mais Wilson se garda de la formuler. Son dossier en main, il l'accompagna jusque sur le trottoir.

Alors que Janice s'éloignait à travers les ruelles, furieuse d'avoir échoué mais surtout inquiète d'avoir très probablement compromis sa mission, Wilson fut appelé par son supérieur. Il se rendit promptement dans son bureau et se vit demander qui était la cliente qu'il venait de recevoir.

— La fille d'un milliardaire, s'empressa-t-il de répondre, elle souhaite déposer chez nous des avoirs importants.

— Je ne vous ai pas demandé son pedigree ou ses intentions, mais son nom, précisa l'homme peu affable.

— Mrs Brent, répondit Wilson du tac au tac, elle reviendra demain.

— Prévenez-moi dès que cette Mrs Brent se présentera, ordonna son chef. D'ici là, trouvez-moi des informations sur ce père fortuné.

De retour à son poste, Wilson fut plongé dans une réflexion abyssale. Il envisagea d'entreprendre une recherche sur Google, mais il était bien placé pour savoir que le monde comptait plus de trois mille milliardaires. Multiplier ce chiffre par celui d'une progéniture qu'il était impossible d'estimer rendait la tâche insurmontable. Il en déduisit que le seul moyen d'obtenir le véritable nom de sa cliente était d'aller le lui demander en personne. Le nombre des établissements de standing sur l'île était loin d'approcher celui des héritières outrageusement fortunées. Une dizaine d'appels au plus et une description suffiraient à obtenir ce qu'il cherchait.

16.

Le huitième jour, à Rome

Ekaterina se leva, laissant son cauchemar aux draps encore imprégnés de sueur ; la nuit avait été peuplée de fantômes. Elle était assise sur une chaise, le sang battant à ses tempes, impuissante alors que sa mère et son amant du moment s'insultaient. L'homme s'était rendu compte qu'il manquait de l'argent dans son portefeuille. Sa mère la pointait du doigt et la traitait de voleuse. Ekaterina, tremblante dans son pyjama d'enfant, regardait hébétée la preuve de son innocence : une bouteille d'alcool aux deux tiers consommée, à peine cachée derrière la pendule du buffet. Sa mère, hurlant, l'accusait de lui gâcher la vie, elle qui se donnait tant de peine pour élever une gamine qui ne serait jamais bonne à rien.

À son réveil, elle chercha dans son enfance des souvenirs heureux pour les ramener à la surface mais n'en trouva pas. « Tu es enseignante en faculté », se répéta-t-elle devant la fenêtre en buvant une tasse de thé. Elle profita de ce que

Mateo dormait profondément pour aller s'installer à son bureau. La table en verre reposait sur un piètement en fer forgé si fin qu'on l'aurait crue en suspension. Elle parcourut des yeux la longue bibliothèque qui entourait toute la pièce, la grande armoire vénitienne, les gravures reproduisant d'anciens flacons d'éthers aux pouvoirs mystérieux ; le luxe raffiné de cet appartement l'impressionna, peut-être plus encore que la première fois qu'elle y avait dormi.

Elle ouvrit l'ordinateur ; à force de travailler à côté de Mateo, elle en avait retenu le code. En le tapant, elle ne ressentit aucune culpabilité, elle n'allait pas fouiller dans ses dossiers personnels, seulement celui concernant Baron. Le fichier qui l'intéressait recensait les géolocalisations de son portable, que Mateo reportait régulièrement depuis leur départ précipité de Rome. Baron avait pris ses quartiers à l'hôtel d'Inghilterra, au 14 de la Via Bocca di Leone, au cœur du centre piétonnier. S'il était resté tout ce temps en ville, c'était forcément pour une bonne raison. Elle se connecta au site web de l'hôtel pour effectuer ses premières recherches. Baron devait tenir ses rendez-vous au café Romano ou au Bond Bar. Elle paria sur ce deuxième, à l'ambiance plus feutrée. Il n'y avait malheureusement aucune terrasse à proximité où planquer mais le bâtiment de quatre étages se situait à un coin de rue et le Wi-Fi devait rayonner suffisamment pour qu'elle s'y connecte. Elle listerait alors les adresses IP des caméras de surveillance et, après s'être forgé un accès, elle pourrait observer les mouvements à l'intérieur des lieux. Avoir l'image sans le son ne la satisfaisait pas pour autant et elle n'avait pas encore eu l'occasion de vérifier après la débandade d'Oslo si son mouchard avait disparu avec la carte SIM du smartphone de Baron, comme l'avait supposé Mateo. Celui qu'il avait réussi à implanter sur la carte mère de son BlackBerry permettait d'en collecter les données à condition de se trouver à proximité et d'être connecté sur le même réseau. De toute façon Mateo ne lui avait pas donné le mode d'emploi et elle n'avait aucune envie de le lui demander. Il prendrait encore une fois les rênes, prétextant qu'elle ne pouvait s'approcher sans danger du garde du corps de Baron. Mais elle avait retenu la leçon : se rendre au préalable sur place afin de repérer l'endroit le plus sûr pour hacker sa proie et préparer sa sortie au cas où ça foire.

Ekaterina regagna la chambre. En observant Mateo, si paisible dans son sommeil, elle se demanda ce qui ne tournait pas rond chez elle. Pourquoi préférait-elle s'aventurer seule dans la rue au lieu de se recoucher, lui faire l'amour et partager un petit déjeuner avant qu'ils se lancent ensemble dans la bataille ? Elle haussa les épaules et se faufila discrètement dans la salle de bains pour récupérer ses affaires. Elle s'habilla sans bruit et rebroussa chemin jusqu'au salon. Elle rangea son matériel dans son sac, vérifia le niveau de charge des batteries du portable suréquipé offert par Mateo et quitta l'appartement après avoir laissé un petit mot sur la table de la cuisine.

En sortant de l'immeuble, elle se sentit soudain heureuse. Il y avait de la magie dans l'air de Rome et le soleil du matin fit son œuvre, achevant de gommer les sombres pensées de la nuit. Rien ne la satisfaisait plus que de passer à l'action, mettre ses talents à l'épreuve du feu. L'itinéraire sur son smartphone affichait vingt minutes pour atteindre sa destination à pied. Elle s'en accorda quinze et se mit en marche.

Le huitième jour, à Berlin

Diego attendait à l'abri d'un auvent, sous une pluie lancinante, serrant des deux mains les revers de sa veste autour de son cou. Un message reçu au petit matin lui avait fixé rendez-vous devant un magasin de vêtements dont le rideau de fer était encore fermé. Berlin lui parut sinistre. Il pensa à Madrid. En temps normal à cet instant, il se serait installé dans la salle de son restaurant. Penché sur ses papiers, il aurait entendu les bruits de la cuisine qui s'éveille. Il avait la désagréable impression d'avoir tiré le mauvais lot à la courte paille.

Une femme marchait sur le trottoir ; en passant à sa hauteur elle s'arrêta pour lui demander la direction de la cathédrale St. Hedwigs. Diego répondit qu'il n'en avait aucune idée.

— Vous êtes espagnol ?

— Mon accent allemand est si terrible que cela ?

— Quelle ville ?

— Madrid, pourquoi ?

Pour toute réponse, elle lui glissa un mot dans la main et s'en alla. Surpris, Diego la regarda s'éloigner avant de déplier le papier où était inscrit : « Hopfenreich, 10 h 30. »

Le copain de sa sœur était plus soucieux de sécurité que de ponctualité. Son portable le renseigna sur le nouveau lieu de rendez-vous. Un bar situé à l'angle de Wrangelstrasse et d'Oppelner. Il héla un taxi pour s'y rendre.

La façade décrépie et taguée, la porte vitrée recouverte de sous-verres publicitaires qui empêchaient de voir ce qui se passait à l'intérieur n'étaient pas engageantes. Diego entra dans la salle, où flottaient des relents de bière. La barmaid, au bras entièrement tatoué, releva la tête. Elle essuyait des verres derrière un comptoir sur lequel trônait un hérisson empaillé. Il s'installa à l'une des tables, de vieilles planches de bois boulonnées à des tubulures en acier. La barmaid ne le quittait pas des yeux. À une table voisine, trois hommes sifflaient une pression. Diego avait dû faire une entrée remarquée, eux aussi le fixaient d'un air peu amical. Il leur adressa un sourire forcé qui en disait long sur son humeur du moment. L'un d'eux vint s'asseoir en face de lui.

— Tu connais Cordelia ?

Diego hocha la tête, chaque jour lui apportait son lot de découvertes sur sa sœur. Imaginer que ce type, avec son catogan, son bouc, ses lunettes rondes et sa fausse tête d'intello vissée sur un corps d'haltérophile, pouvait être un ami de Cordelia le laissa pantois. Il était impatient d'apprendre dans quelles circonstances ils s'étaient connus.

— Je dois te poser quelques questions, pour des raisons de sécurité, expliqua le Trotski de comptoir.

— J'y répondrai en une phrase. Un, tu as une demi-heure de retard ; deux, ton petit jeu de piste sous la pluie n'était pas du meilleur goût ; trois, la politesse semble ne pas être ton fort car on se présente quand on s'assied à la table de quelqu'un sans y avoir été invité.

— Alors tu es bien Diego, Cordelia m'a prévenu que tu avais un sale caractère. Je m'appelle Fredrik. Quant au jeu de piste, c'était à sa demande, elle m'a juste dit que ça te ferait les pieds.

Fredrik commanda deux bières, puis, la barmaid n'étant pas du genre à assurer le service en salle, il alla les chercher.

— D'après ce que j'ai compris, reprit Fredrik en se rasseyant, vous cherchez des infos sur la German Bank.

— Je vise leur département de gestion de fortunes.

— Que l'on s'entende bien, s'il s'agit d'un casse, ce sera sans moi. Je ne nie pas qu'il m'arrive d'être en marge des lois mais toujours pour la bonne cause.

— Pourquoi tu dis « vous » ? Il n'y a que toi et moi à cette table.

— Ne me prends pas pour un idiot, on ne s'attaque pas tout seul à ce genre de truc.

— Il ne s'agit pas de leur voler de l'argent, je veux seulement obtenir des informations sur certaines de leurs transactions.

— Pourquoi à Berlin ? Leur siège est à Francfort.

— Parce qu'il est plus facile de trouver une faille dans une succursale qu'au siège.

— Je vois, répondit Fredrik en étouffant un rot.

Il passa le revers de sa main sur sa moustache pour en ôter la mousse et reposa son verre.

— Tu pourrais commencer par prendre un employé en filature, le pister jusque chez lui…

— Et hacker son domicile ? Déjà vu et trop hasardeux. Vous les Allemands êtes connus pour votre rigueur et, vu le niveau de la clientèle à laquelle ont affaire ce genre de banquiers, je doute qu'ils sortent la moindre information professionnelle de leur lieu de travail.

— Qu'est-ce que tu fais exactement dans la sécurité ? demanda Diego.

— Tu veux savoir comment je connais Cordelia ? On travaille pour la même boîte. Quand j'ai été embauché en Allemagne, on m'a envoyé à Londres en stage... Elle était ma formatrice.

— Et tu es resté combien de temps à Londres ?

— On est là pour parler de ta sœur ou de la German Bank ? J'ai peut-être un moyen de te donner un coup de main. Un de mes amis travaille à Deutsche Telekom et il me doit un service gros comme le bras.

— Un sacré service alors, répliqua Diego en reluquant les biceps de Fredrik.

Ne sachant s'il devait prendre cela comme un compliment, Trotski étala son savoir.

— C'est un truc vieux comme le monde. La police mettait les gens sur écoute en se branchant sur les échangeurs téléphoniques installés dans les rues. Si tu cherches un point d'accès, on peut pirater le câble qui alimente l'immeuble de cette banque. Non seulement mon ami a les clés des boîtiers mais il sait s'y repérer, c'est son métier.

— Leurs lignes doivent être sécurisées au niveau du central, objecta Diego.

— Détrompe-toi. Mon pote s'étonne le premier de l'argent que les grosses boîtes investissent dans la protection de leurs données alors qu'il suffit de se brancher à la bonne borne pour accéder à leurs réseaux. Et qui irait soupçonner un employé des télécoms en uniforme qui fait son travail en plein jour ?

Diego réfléchissait à la proposition de Fredrik, sa simplicité la rendait convaincante.

— Que ce soit clair : je t'offre la connexion, mais une fois dans la place, tu te débrouilles tout seul, expliqua Fredrik. Contourner leurs sécurités te prendra un temps fou. Mon camarade ne peut pas rester des heures dans la rue devant un boîtier ouvert sans risquer d'attirer l'attention et il est hors de question que je l'expose.

— Deux minutes me suffiront, affirma Diego, impassible.

Fredrik le considéra d'un air grave.

— Deux minutes pour hacker les serveurs de la German Bank ? Tu sers quel genre de cuisine dans ton restaurant ? Laisse tomber, je ne bosse pas avec les mégalos, c'est bien trop dangereux, abrégea-t-il en se levant.

Diego le rattrapa par le poignet.

— Rassieds-toi, s'il te plaît, lui demanda-t-il poliment.

Diego ne pouvait pas abattre ses cartes pour le convaincre et laisser Fredrik deviner ainsi à quelle famille de hackeurs il appartenait.

— Je n'ai qu'une simple commande à injecter dans leur serveur, le reste se fera ensuite à distance.

— Tu comptes implanter un virus qui va franchir tous les pare-feux en cent vingt secondes ? C'est quoi ton joujou ?

— Ça ne te regarde pas, trouve-moi simplement un accès, même dormant, n'importe quel terminal fera l'affaire. Dès qu'un employé s'y connectera, mon joujou, comme tu dis, fera le chemin tout seul. Il a juste besoin de deux minutes pour creuser son trou.

Fredrik vit là une opportunité qu'il ne pouvait laisser passer.

— OK, mais alors c'est donnant-donnant. Si tu as réussi à coder un malware capable de ça, j'en veux une copie, sinon c'est *auf wiedersehen*.

Diego hésita. Son portable vibra dans sa poche. Il s'excusa et découvrit un message qui le troubla.

Sors de là maintenant !

— Désolé, restons-en là ! répondit Diego sans plus hésiter.

Il posa sur la table de quoi régler les deux bières et quitta le troquet sordide.

Diego s'éloigna d'un pas rapide, se demandant qui, du Groupe, lui avait envoyé ce message alors que Cordelia elle-même ne savait pas où il se trouvait. Que signifiait cette alerte ?

Le huitième jour, à Londres

Cordelia avait tenu sa promesse. En débarquant à Londres, elle ne s'était pas rendue chez elle et avait même renoncé à s'approcher de Camden. Elle avait envisagé de s'installer dans l'hôtel de South Kensington où son frère et elle avaient dormi, mais depuis son départ de Kiev trop de choses lui manquaient pour qu'elle se risque à flirter avec le cafard. Elle trouva son bonheur dans un cinq-étoiles où elle régla son séjour d'avance et en espèces. Au moment de se séparer, Diego lui avait remis la moitié des 50 000 livres sterling volées à Sheldon, précisant, avec ses airs de grand frère : « à n'utiliser qu'en cas de nécessité dans le cadre de la mission ». Elle considéra avec une merveilleuse mauvaise foi que ses frais d'hébergement entraient dans le strict cadre des dépenses professionnelles. Et elle avait été très raisonnable en se contentant d'une chambre *executive*. Vingt-six mètres carrés d'un luxe inouï en plein cœur de Mayfair dans un établissement dont Ekaterina lui avait décrit la splendeur.

Elle avait pris le petit déjeuner en regardant les nouvelles télévisées, assise en tailleur sur son lit. Jarvis Borson s'adressait à la presse devant le 10 Downing Street, se congratulant pour les formidables progrès des négociations du Brexit qu'il avait reprises en main. Grâce à sa gouvernance, l'Angleterre obtiendrait tout ce qu'elle exigeait et sortirait plus forte que jamais de ce divorce. Il aurait fallu avoir un chronomètre pour comptabiliser le nombre de mensonges que le Premier ministre proférait à la minute. Révoltée qu'aucun journaliste n'interrompe cette diatribe, Cordelia avait éteint la télévision et s'était levée. Plus déterminée que jamais, elle avait enfilé ses habits de salariée d'une agence de sécurité informatique, prête à quitter son palace.

Arrivée au siège londonien de Crystal Eye, la société qui l'employait, Cordelia traversa le plateau de bureaux en saluant ses collègues ; la plupart lui demandèrent si ses vacances s'étaient bien déroulées, ce qui la fit doucement sourire. Si elle leur avait raconté la vérité, elle aurait vu se décrocher quelques mâchoires. Suivant le plan élaboré avec Vital, elle s'installa à son poste, fit mine de lire son courrier et ouvrit discrètement une invite de commande sur son terminal. Elle se connecta à l'ordinateur d'un cybercafé de l'East End qu'elle avait hacké longtemps auparavant. L'instruction reçue établit aussitôt une liaison cryptée vers un serveur au Brésil qui la rerouta vers un troisième à Toronto, puis vers un quatrième à Hong Kong jusqu'à atteindre sa cible en Inde. Depuis Mumbai, ses lignes d'instructions pénétrèrent les installations informatiques du *Daily Time*, saturant la bande passante en laissant volontairement des traces de son intrusion pour déclencher dans l'heure une alerte massive. Une fois ce travail accompli, elle descendit à la cafétéria. L'alarme sonna plus tôt que prévu. Elle finissait son café, décrivant à une assistante de direction les merveilleux paysages de l'Irlande qu'elle avait redécouverts avec joie, quand son supérieur lui ordonna de se rendre de toute urgence au centre névralgique de la sécurité.

Devant les mines atterrées des informaticiens qui s'évertuaient à mesurer l'ampleur du hack et à déterminer sa provenance – elle leur souhaita bonne chance en son for intérieur –, Cordelia usa de ses talents de comédienne.

— Il faut se rendre sur place pour arrêter l'attaque et évaluer les dégâts. D'ici là, fermez tous leurs accès, nous devons mettre le *Daily Time* en quarantaine. Prévenez-les de ne laisser personne quitter leurs locaux et d'interdire à quiconque de s'approcher d'un clavier. Il y a peut-être un complice à l'intérieur.

— Si on coupe les accès à leur site web, nous allons créer une véritable panique, s'insurgea son supérieur.

— D'après ce que je vois, ils auraient toutes les raisons de paniquer. Mais si vous préférez que l'on s'en tienne à des demi-mesures, c'est vous le chef, rétorqua-t-elle.

Martyn Glenn, directeur des opérations de Crystal Eye, réfléchit à deux fois avant de prendre sa décision. Cordelia n'était pas de nature à affoler les troupes pour rien. Si elle envisageait des mesures aussi drastiques, il pouvait s'agir d'un hack de plus grande ampleur que ce qu'il avait supposé, de ceux qui effacent toutes les données informatiques d'une entreprise, avant de demander une rançon de plusieurs millions pour les restituer. Crystal Eye était sous contrat avec le groupe Berdoch pour assurer la sécurité de leurs journaux, un manquement à leurs obligations lui coûterait son poste.

— D'accord, dit-il, mais fais attention, Cordelia, ce n'est pas n'importe quel client !

— Tous nos clients sont importants ! répondit-elle avec un aplomb incroyable. J'ai besoin de trois personnes, ajouta-t-elle en désignant les ingénieurs qu'elle voulait emmener avec elle, et d'un taxi. Maintenant !

L'équipe de spécialistes arriva sur les lieux un quart d'heure plus tard.

L'atmosphère qui régnait dans les locaux du *Daily Time* dépassa toutes ses espérances. Si Cordelia avait voulu infliger une correction aux collaborateurs de cet organe de propagande et de désinformation, elle n'aurait pu mieux trouver. Les marchands de haine se tenaient à distance de leurs postes, aussi apeurés que si leurs claviers avaient été empoisonnés.

228

« L'arrosoir arrosé », aurait ricané Vital. Elle répartit les tâches au sein de son équipe, prenant un plaisir fou à les aiguiller vers les bonnes pistes. Cordelia trouvait dans son machiavélisme une certaine morale, non seulement elle s'en prenait à Berdoch, mais ses camarades de Crystal Eye seraient félicités pour avoir réussi à circonscrire l'incendie dans des délais records.

— L'attaque vient de Mumbai ! J'ai tracé une adresse IP suspecte qui apparaît dans les registres au moment de l'intrusion, s'exclama l'un d'eux.

— Ça, c'est ce qu'ils veulent nous faire croire, répliqua-t-elle. Regarde si elle a été redirigée depuis un autre serveur dans cette même plage horaire.

Puis, s'adressant à un autre :

— Scanne les comptes administrateurs, vois combien sont autorisés et combien sont actifs.

Au troisième, elle demanda de vérifier si l'antivirus avait été désactivé sur l'un des postes du journal et si un utilisateur s'était connecté avec un identifiant non répertorié.

Pendant que ses confrères s'activaient, Cordelia ordonna à l'administrateur réseau du journal de la conduire à la salle des serveurs.

— Je n'ai rien vu venir, avoua-t-il, consterné, dans l'ascenseur.

— C'est un peu le but recherché par les hackeurs, dit-elle.

— C'est grave ?

— Je ne suis pas médecin, répondit-elle avec l'insolence dont elle raffolait. Faisons en sorte que ça ne le devienne pas, le rassura-t-elle en entrant dans la salle. Loguez-vous, je voudrais contrôler l'ensemble des registres.

Vital aurait été bluffé en la voyant implanter sa clé USB piégée sous les yeux de leur proie et en plein cœur du système. Un coup de maître, se dit-elle en commençant à faire le décompte mental des secondes.

— C'est quoi ? demanda l'administrateur.

— Un vaccin, qui va vous sauver la vie.

Les lignes de codes défilaient à toute vitesse sur l'écran de la console, distrayant l'attention du venin qui s'infiltrait dans le réseau du *Daily Time*, au nez et à la barbe de l'administrateur réseau qui en avait la garde. Vital était un pur génie, pensa-t-elle, lorsque deux minutes plus tard le défilement s'interrompit sur cinq lignes d'instructions surlignées en rouge.

— Voilà la *backdoor* par laquelle ils sont entrés. Un petit pas pour l'homme mais un grand pas pour l'humanité, s'exclama-t-elle, ravie.

Cordelia fit un enregistrement sur sa clé avant de l'ôter.

— Vous avez réussi ?

— Nous aurons réussi quand je vous le dirai. On remonte ?

L'administrateur la reconduisit auprès de son équipe. Cordelia tenait à ce que le mérite leur en revienne. Elle, avait déjà obtenu sa récompense.

Celui qui le premier avait identifié l'adresse IP en Inde retraçait point à point la liaison, remontant jusqu'au serveur qu'il venait de localiser dans un quartier de la banlieue ouest de Sao Paulo.

— C'est parti du Brésil, dit-il.

— Vous avez publié un article qui aurait pu fâcher des Brésiliens ? lança Cordelia à la cantonade.

Des regards étonnés furent échangés au sein de la rédaction.

— J'en conclus que non, poursuivit-elle.

Puis, se tournant vers un autre de ses confrères :

— Moi, je pense que ça vient d'Europe, je parierais même sur l'Angleterre.

— Qu'est-ce qui vous fait dire ça ? demanda son collaborateur.

— Ce que j'ai vu en bas, affirma-t-elle en s'adressant à l'administrateur du réseau.

Cordelia sortit de sa poche une clé USB – d'apparence identique à celle donnée par Vital –, chargée de lignes de codes qu'elle avait écrites dans sa chambre à Kiev afin que le crime soit parfait. Elle la remit à son subalterne, qui l'inséra dans l'unité centrale de l'ordinateur sur lequel il travaillait.

— Ce n'est pas un *ransomware*, mais un virus conçu pour saturer la bande passante du site web et le faire tomber, expliqua ce dernier. Si nous ne l'avions pas détecté, il aurait pu rester dormant pendant des semaines, voire des mois, avant d'être activé.

— Dans le seul but de paralyser notre site web ? demanda l'administrateur du réseau.

— Pour en prendre le contrôle et y publier des articles qui auraient troublé ou choqué votre lectorat habituel, répondit le collaborateur de Cordelia.

— Eh bien, vous pouvez remercier mon équipe. Nous ne connaîtrons jamais la nature de ce qu'ils comptaient mettre en ligne mais je penche pour le travail d'un ou plusieurs hacktivistes qui n'apprécient pas vos publications. L'analyse des données nous le confirmera... ou pas. En attendant, après un bon nettoyage, vous pourrez relancer la machine d'ici quelques heures. Une dernière chose, je suspecte une taupe. Quelqu'un a sciemment désactivé l'antivirus sur trois postes de travail. À moins qu'il y ait dans votre personnel des accros aux sites pornographiques, ce n'est pas une démarche innocente.

— Qui aurait pu commettre un tel acte ?

— Quiconque a un mot de passe et un minimum de technique. Qui en particulier ? questionna Cordelia, indiquant à son équipe qu'il était temps de lever le camp, cela ne relève pas de notre mission. À vous de mener votre enquête en interne.

L'administrateur du réseau retrouva sa superbe et son autorité, scrutant, soupçonneux et accusateur, tous ceux qui travaillaient dans la salle de rédaction.

*

À bord du taxi qui la ramenait à ses bureaux, Cordelia jubilait ; mission accomplie et, cerise sur le gâteau, elle avait semé la zizanie chez l'adversaire.

LA BRASSERIE À BERLIN

17.

Istanbul

L'homme qui avait conduit Maya d'Edirne à Istanbul, la veille au soir, lui avait remis la clé d'une chambre située au-dessus du bureau de change. On y accédait par un escalier extérieur grimpant le long de la façade arrière du bâtiment. La pièce était meublée de façon simple et fruste. Une garçonnière, pourvue d'un lit trop étroit pour y dormir à deux et tout juste assez large pour s'y blottir. Kahil, son hôte, semblait avoir un goût prononcé pour le kitch. En témoignaient les draps de satin écru et la tête de lit à froufrous, ou la commode rustique recouverte d'un napperon au crochet ; il régnait une odeur qui rappela à Maya l'appartement de sa grand-mère.

Sur une table en Formica surgie des années 1970, Kahil avait dressé le couvert. Assiettes en porcelaine, fourchettes et couteaux en inox, verres estampillés Duralex. Il l'aurait volontiers invitée à dîner en ville mais, compte tenu des circonstances, la stricte intimité était de rigueur, avait-il déclaré.

S'il n'avait pas été recommandé par Vital, Maya aurait redouté le traquenard tendu par un homme espérant être récompensé pour un service rendu.

Mais en dépit de ce décorum qui lui avait fait craindre une soirée éprouvante, elle découvrit un hôte à l'humour redoutable, et d'une finesse d'esprit qui la surprit. Kahil déboucha une bouteille de yakut, un vin rouge turc à la robe rubis et au parfum de cerise qui vint accompagner un assortiment de mets froids. Il s'était presque excusé de l'héberger dans cet endroit qu'il jugeait indigne d'une amie de Vital.

— J'ai longtemps prêté cette chambre à une personne qui l'a aménagée à sa façon, avait-il expliqué.

Au cours du repas, il se garda de poser la moindre question à Maya sur les raisons qui l'avaient conduite en Turquie.

Ils parlèrent politique, Kahil raconta comment le régime avait asservi les institutions du pays en si peu de temps.

— Nous n'avons pas été assez vigilants et bien des libertés nous ont été confisquées, avait-il soupiré en desservant la table.

Puis il avait sorti de sa poche une blague à tabac, s'était roulé une cigarette et était allé la fumer à la balustrade de l'escalier extérieur pour ne pas empester la chambre. Maya l'avait accompagné.

L'air était encore tiède, la stridulation des cigales couvrait le bourdonnement de l'autoroute qui passait à proximité. Kahil lui tendit sa cigarette, Maya déclina poliment et l'interrogea sur la façon dont Vitalik et lui s'étaient connus.

Kahil s'étonna du patronyme dont elle affublait son ami, il lui demanda si c'était une manière d'évoquer les deux

236

frères et, devant l'air interdit de Maya, il comprit qu'il avait gaffé.

C'est ainsi que Maya, à la fin d'une soirée délicieuse, comprit que le vrai prénom de son ami de toujours était Vital et qu'elle avait ignoré jusque-là l'existence de son frère, Malik.

Un peu plus tard, alors que des nuages effaçaient les étoiles, Kahil s'était retiré de la façon la plus élégante qui soit. Un baisemain et quelques recommandations d'usage : elle ne devait en aucun cas s'aventurer dans la rue, pas même quitter sa chambre dont les volets resteraient fermés, elle pourrait dormir autant qu'elle le voulait, le bureau de change n'ouvrait qu'à 11 heures, il viendrait frapper à sa porte pour l'informer de la façon dont elle sortirait du pays.

Maya avait sombré dans un sommeil pénible. Un kaléidoscope de scènes et de visages avait hanté sa nuit... Eylem la rejoignant dans le lit d'une suite, un sourire malicieux aux lèvres ; Eylem encore, à la table du Café Pierre Loti, jouant avec son étui à lunettes ; le pont du ferry qu'elle avait emprunté pour gagner Galata ; Verdier, nerveux dans les jardins du consulat français ; l'impasse au fond de laquelle un homme l'avait suivie ; le parking de l'hôtel où elle avait découvert la trahison de son amie ; un policier menaçant dans la cafétéria d'une station-service ; les phares aveuglants d'une voiture qui l'avait prise en chasse, sa fuite à travers champs jusqu'au moment où elle s'était écroulée, saisie par une violente douleur à la cheville...

Puis les traits de Joram lui apparurent dans un brouillard. Elle tendait la main au garçon qui avait veillé sur elle. Il la suppliait de rester à ses côtés, mais elle s'éloignait sans pouvoir résister, emportée par un souffle puissant qui soulevait un rideau de poussière, étourdie par le bruit d'un hélicoptère qui survolait le campement... Le guide qui la conduisait à Edirne la poussait brusquement vers la porte d'une vieille synagogue et, projetée dans une salle déserte, elle appelait à son secours un rabbin qui ne venait pas...

À plusieurs reprises, Maya s'était redressée sur son lit, haletante, trempée de sueur. Dès qu'elle refermait les yeux, une enfant la fixait dans la pénombre de la chambre. Sentant qu'elle perdait pied, elle avait enfreint les consignes de Kahil pour sortir prendre l'air. Mais un sentiment oppressant lui avait fait rebrousser chemin. Elle s'était mise à courir dans la ruelle, avait grimpé les marches de l'escalier et verrouillé la serrure à double tour.

Maya n'avait jamais eu peur de rien, jusqu'à cette nuit où la violence de ces derniers jours l'avait rattrapée.

Le huitième jour, à Istanbul

Le soleil traversait les persiennes. Maya entendit frapper. Sur le palier, Kahil, un sachet de croissants à la main, attendait qu'elle lui ouvre.

— Ça va ? demanda-t-il en entrant.

Maya fit oui de la tête.

— On ne dirait pas. Mal dormi ?

Elle ne répondit pas.

— J'ai une bonne nouvelle, enchaîna-t-il. Malik est en route, il vient vous chercher. Puisque je dois élaborer un plan afin de vous faire sortir du pays, si vous m'expliquiez ce que vous avez fait pour avoir la police aux trousses ? Cela me faciliterait la tâche… Et puis si ce n'est pas trop grave, je ferai intervenir une relation pour qu'on vous oublie.

— Pourquoi ce n'est pas Vital qui fait le voyage ? questionna Maya.

— Vous le lui demanderez le moment venu, répondit Kahil.

Maya comprit qu'il était inutile d'insister.

— Ce sont les services de renseignement turcs qui veulent m'arrêter ; pourquoi, je l'ignore.

— Voilà qui va compliquer les choses, soupira Kahil. Avec eux pas question de bakchich. Mais on ne se met pas le MIT à dos pour rien.

Maya s'installa à la table et mordit dans un croissant.

— Je ne peux pas quitter la Turquie, pas tout de suite ; j'ai quelque chose à accomplir avant.

Kahil passa la main dans sa barbe.

— Vous n'êtes pas sérieuse ?

— Si, on ne peut plus.

— Quelque chose…, répéta Kahil, dubitatif. Alors laissez-moi vous expliquer « quelque chose ». Les témoignages de ceux qui ont connu les interrogatoires du MIT, pour le peu d'entre eux qui s'en sont sortis, vous font passer toute envie de tomber entre leurs mains. Quel que soit ce « quelque chose », je vous conseille vivement d'y renoncer et de ne pas revenir en Turquie avant que le régime ait changé, ce qui n'est pas pour demain. Je veux bien prendre des risques pour un ami, mais pas pour une inconsciente.

— Alors ce que je vais vous demander ne va pas vous enthousiasmer, reprit Maya en avalant la dernière bouchée de son croissant. Si vous pouviez me prêter un peu d'argent pour que je m'achète quelques vêtements, je n'ai plus un sou en poche… Je vous promets de vous rembourser dès que je serai en lieu sûr.

Si Maya avait eu idée de la fortune de cet homme, elle se serait moins inquiétée.

— Vous avez un don pour froisser vos hôtes, lâcha Kahil en contemplant sa tenue.

Si le bureau de change servait de couverture à des trafics, son propriétaire ne manquait pas de sincérité. Il reconnut la nécessité d'aller faire quelques courses.

Il posa nonchalamment une enveloppe sur la table. Maya y trouva une épaisse liasse de livres turques.

— Pour votre voyage, dit-il, et ne me parlez plus de remboursement, je le prendrais très mal. Je vais aller moi-même acheter tout ce dont vous avez besoin. Vous faites du 40 ?

— Vous ne manquez pas de talent non plus pour froisser une femme, répondit-elle. 36, et si je reste enfermée ici une heure de plus, je vais devenir dingue !

Kahil considéra les risques. Malik n'arriverait qu'en fin d'après-midi.

— Très bien, allons faire un tour en ville, mais j'ai votre parole, vous ne quittez pas mon champ de vision.

Maya leva la main en signe de promesse.

— Et pas question que je remette cette perruque ridicule ! s'exclama Maya.

— D'accord, mais prenez les papiers que je vous ai remis hier et couvrez vos cheveux avec le foulard. Je vous attends en bas.

Le huitième jour, à Rome

Ekaterina se promenait avec la désinvolture d'une touriste, elle observait les mouvements aux abords de l'hôtel d'Inghilterra. De temps à autre une berline somptueuse s'immobilisait devant la grande porte laquée noire. Des voyageurs élégamment vêtus montaient ou descendaient, précédés ou suivis d'un cortège de bagages dont s'occupaient promptement les porteurs en livrée. En assistant à ce ballet seigneurial elle songea qu'il y avait ceux qui entraient dans les palaces et ceux qui les regardaient aller et venir, ceux qui faisaient leurs courses en pleine journée dans les magasins de luxe du centre piétonnier et parcouraient le monde à bord de jets privés, et ceux qui faisaient la queue à la caisse des grandes surfaces et regagnaient leur banlieue en bus ou en train après une longue journée de travail.

Un constat qui ne suscitait chez elle aucune jalousie, elle s'estimait rescapée et appréciait ce qu'elle avait accompli dans sa vie. Elle enseignait, c'était là l'essentiel. Les deux caméras extérieures implantées sur la façade étaient d'anciens modèles fonctionnant en circuit fermé. Reliées par câbles à un lecteur de DVD surplombé d'un moniteur où se succédaient les images de surveillance à intervalles réguliers, caméra après caméra. Il fallait une connexion physique pour y accéder. Ce qui posait à Ekaterina un sérieux problème.

Si Mateo avait su qu'elle songeait à se faufiler à l'intérieur pour suivre le fil de la caméra du hall dans l'espoir de trouver où se brancher, il serait devenu fou. Elle releva la tête vers les fenêtres du palace ; Baron se trouvait là quelque part et son agent de sécurité devait rôder non loin de lui. S'ils venaient à se croiser, quelle était la probabilité pour qu'il la reconnaisse, si loin d'Oslo ?

Une petite voix intérieure la fit renoncer à sa hardiesse, lui rappelant ce qu'il en coûtait de passer à l'action sans une préparation rigoureuse.

Elle s'apprêtait à regagner les bureaux de Mateo quand, soudain, elle vit sortir Baron qui montait sans escorte à bord d'une Mercedes noire.

Un taxi stationnait au carrefour, Ekaterina s'y engouffra et indiqua qu'elle se rendait au même endroit que ses amis, dans la berline juste devant. Le chauffeur enclencha le compteur.

Dans le centre de Rome, l'une des villes les plus embouteillées d'Europe, la poursuite débuta pare-chocs contre pare-chocs.

Ekaterina ne craignait pas de perdre sa cible de vue. Elle se laissa même distraire en passant à la hauteur du mausolée d'Auguste mais la circulation se fit plus fluide sur les berges du Tibre et elle se concentra à nouveau alors qu'une camionnette se rabattait devant son taxi. Conduite à l'italienne, la Mercedes se mit à slalomer entre les files. Ekaterina se pencha à la vitre, trois voitures la séparaient maintenant de Baron et l'écart se creusait. Elle supplia le chauffeur de serrer la Mercedes. Il lui fit comprendre en râlant qu'il faisait de son mieux.

La berline noire bifurqua à la hauteur du pont Matteotti et fila dans une rue perpendiculaire.

— *A destra !* cria Ekaterina.

Cette fois, le chauffeur fut plus conciliant et elle dut s'accrocher à la poignée de la portière.

Nouveau virage, à droite sur la Via Gianturco, puis à gauche, le taxi et la berline passèrent entre deux propylées et prirent une route bordée de tilleuls. Peu après, la Mercedes se rangea devant un rond-point. Baron en descendit et s'engagea sur une allée qui s'enfonçait dans un parc. Ekaterina tendit au chauffeur un billet de 20 euros et n'attendit pas la monnaie pour s'élancer derrière lui, tout en gardant ses distances.

Sur son portable, elle consulta la carte des lieux ; à cent mètres, un chemin croisait le leur, elle étudia le plan et devina où se rendait Baron. Le temple d'Esculape, érigé sur un promontoire au milieu du lac de la Villa Borghèse. Une passerelle en bois était l'unique moyen d'y accéder. Une fois sur cet îlot, il pourrait aisément la repérer. Baron n'avait pas quitté son hôtel seul sans raison. Ekaterina piqua un sprint à travers le parc, bifurqua sur sa gauche, le dépassa et réussit à gagner la passerelle avant lui. Elle la traversa en courant et arriva sous les arcades du temple grec. Elle avait quelques secondes pour trouver un endroit où se cacher. Il n'y en avait aucun, le temple consistait en un simple portique à quatre chapiteaux soutenant un fronton triangulaire. Une structure ajourée couvrant au plus une vingtaine de mètres carrés, posée sur un monticule à peine plus étendu.

— C'est ce qui s'appelle se jeter dans la gueule du lion. Il faudra vraiment apprendre à tempérer tes ardeurs, rumina-t-elle.

Elle voulut faire demi-tour, mais Baron empruntait déjà la passerelle. Encore quelques pas et il la verrait. Ekaterina sentit battre le sang à ses tempes. Ce n'était pas le moment de se laisser tétaniser par la peur. Elle inspira profondément et décida de jouer son seul atout, un compagnon de route qui l'avait plus d'une fois tirée d'un mauvais pas au cours de son adolescence : le culot.

Elle s'adossa à une colonne, face au lac. Une femme prenant un bain de soleil les yeux mi-clos, sereine comme une touriste peut le paraître.

Le huitième jour, à Berlin

Profitant d'une éclaircie, Diego s'était installé à la terrasse du Kempinski pour déjeuner. Non loin de lui se dressaient les quatre chevaux en bronze surplombant l'édifice de la porte de Brandebourg, un monument qui symbolisa pendant trois décennies la division de la ville. Malgré plusieurs tentatives, il n'avait pas réussi à joindre Cordelia, et le message de Fredrik le laissait encore plus perplexe :

244

C'est d'accord et sans condition.
Tu diras à ta sœur que nous sommes quittes !

Au lieu de se concentrer sur sa mission, Diego s'interrogeait sur le service que Cordelia avait pu rendre à cet homme. Il n'eut pas le temps d'y réfléchir longtemps. Un deuxième texto lui fixa rendez-vous dans l'heure devant la filiale de la German Bank. Il avait tout intérêt à découvrir les lieux avant d'opérer avec ce type. Surtout après la mise en garde étrange reçue au bar Hopfenreich.

L'adresse se situait à une quinzaine de minutes à pied du Kempinski. Diego régla la note et traversa Pariser Platz. Il remonta Unter den Linden, sur l'allée centrale, entre deux rangées de tilleuls, et s'arrêta devant un hôtel particulier de quatre étages à la façade ocre. La borne du sous-répartiteur téléphonique était implantée sous les larges fenêtres du rez-de-chaussée, ce qui n'allait pas rendre l'opération discrète.

Sur le trottoir d'en face, Diego guettait l'arrivée de Fredrik qui sortit d'un bar à l'angle de la rue, avançant dans sa direction.

— Mon pote ne va pas tarder, dit-il en lissant sa moustache.

Une vieille camionnette marquée du sigle de la compagnie téléphonique allemande se rangea devant eux quelques instants plus tard.

— Toi qui aimes la ponctualité ! lâcha-t-il.

Son comparse descendit, portant un uniforme douteux et une besace à l'épaule.

— D'abord ce dont on a convenu, dit-il. La moitié tout de suite, le reste quand je t'aurai ouvert la connexion.

Diego interrogea Fredrik du regard.

— Sans condition pour moi, mais je lui ai promis 2 000 euros. Pour un accès de ce niveau ce n'est pas cher payé !

Diego sortit une enveloppe de son blouson, en préleva vingt billets et la rangea.

— Tiens, en livres sterling et tu gagnes au change.

Le comparse de Fredrik compta les billets, les enfourna dans sa poche et indiqua à Diego de le suivre. Fredrik préféra rester en retrait, il était inutile d'attirer plus encore l'attention.

L'homme traversa la rue et posa un genou à terre devant la borne. Il se retourna pour jeter un coup d'œil aux grandes fenêtres du rez-de-chaussée et constata que les employés à l'accueil pouvaient les voir à tout moment.

— C'est plus risqué que je ne pensais, ce sera 500 de plus !

Diego posa sa main sur son épaule et écrasa son pouce sur la clavicule jusqu'à ce que l'homme grimace de douleur.

— Tu vois, j'ai l'impression que ça fait un bout de temps que tu ne bosses plus aux télécoms, ou plutôt que tu t'es fait virer. Et j'imagine que ta camionnette est volée. Alors le plus risqué pour toi serait que je fasse du raffut. Moi, pour l'instant, je n'ai rien à me reprocher. Tu leur donnes combien de temps pour appeler la police ?

— OK, je t'ouvre la boîte, mais deux minutes, après je me tire.

Diego relâcha son emprise.

— Ça, dit l'homme en désignant un commutateur, c'est leur point de jonction à la fibre.

Il sortit un ordinateur de sa sacoche et se brancha à l'endroit désigné. Les adresses IP de tous les équipements de la banque apparurent sur l'écran.

Diego prit le relais, il inséra une clé USB dans le portable, et chercha sa cible. Les protections des terminaux des employés ne pouvaient être désamorcées en si peu de temps. En revanche, les sondes de détection d'incendie n'étaient sécurisées que par un simple mot de passe. L'œil sur la trotteuse de sa montre, Diego lança un scan. Vingt-six secondes pour craquer le premier, trente et une pour en obtenir trois autres, quarante-cinq pour atteindre le relais du PC sécurité, soixante-dix et il entrait dans la console qui gérait les badges d'accès. Il n'y avait ni salle des coffres ni argent liquide dans cet établissement, seulement des dossiers et, vu ce que Diego constatait, leur verrouillage était loin d'être infaillible. Il ôta sa clé et la remplaça par celle de Vital.

— Maintenant on compte deux minutes, dit-il. Si tout se passe bien, tu auras deux billets de plus. 100 livres la minute, tu te fais plus qu'un toubib.

L'un des réceptionnistes de la banque, observant les deux hommes agenouillés devant la borne, ouvrit la fenêtre pour savoir s'il y avait un problème.

— On vérifie juste les lignes téléphoniques, répondit en allemand le comparse de Fredrik.

Diego regarda son chrono, il restait une minute au virus pour faire son trou. Une longue minute.

— Nous n'avons aucun problème de téléphone ! s'exclama l'employé à sa fenêtre.

— Vous non, mais le café au coin, si, répondit nerveusement le comparse de Fredrik.

— Normalement on nous prévient quand il y a des travaux près de chez nous, protesta le réceptionniste.

Le comparse de Fredrik haussa les épaules.

— Magne-toi, grommela-t-il, c'est chaud.

Trente secondes.

L'ex-employé des télécoms n'avait pas perdu la main, il prit un tournevis dans sa besace, repéra les terminaisons rouges et vertes du réseau commuté et les shunta. Toutes les lignes du standard de la banque d'affaires se mirent à sonner. Le réceptionniste se rua à son poste pour assister son collègue.

— C'est bon, on remballe, annonça calmement Diego en retirant sa clé USB.

L'homme rangea en toute hâte son matériel, referma le portillon de la borne et se redressa en veillant à se tenir dos à la banque. Puis il traversa la rue, résistant à l'envie de se retourner pour voir si son astuce avait fonctionné.

Diego lui ayant remis les 200 livres promises, il grimpa dans sa camionnette et fila sans demander son reste.

— Tu m'offres une bière ? suggéra Fredrik.

— OK, mais loin d'ici, répondit-il.

— Pourquoi ? Il est très bien, ce café, juste à l'angle.

Diego leva les yeux au ciel et se dirigea vers le carrefour.

— Tu peux me dire ce que ma sœur a fait pour que tu me rendes ce service ?

— Pas plus que tu ne peux me dire ce que vous trafiquez tous les deux à Berlin, rétorqua Fredrik.

ALBERGO   D'INGHILTERRA

18.

Le huitième jour, à Londres

Après avoir regagné ses bureaux, Cordelia rassembla son équipe afin de documenter la plainte que le *Daily Time* déposerait auprès des autorités. Mais la mission de Crystal Eye ne se limitait pas à un simple constat. Il incombait à la société de sécurité informatique de mettre tous les moyens en œuvre pour identifier les auteurs du hack.

Le plus jeune et le plus doué de ses collaborateurs demanda à Cordelia comment elle avait réussi à identifier si vite le *bot*[1] implanté par les hackeurs.

— La chance ou le talent, répondit-elle avec une nonchalance étudiée. Combien de fois vous ai-je dit de chercher avant tout à comprendre la finalité du hack ! Vous en cherchiez l'origine, quand je m'intéressais au mobile, ce qui m'a fait gagner un temps précieux. En salle des serveurs, j'ai examiné

---

1. Logiciel robot qui interagit en se faisant passer pour un humain.

les fichiers des abonnés. S'ils avaient été visés, j'aurais conclu à un vol de données à des fins crapuleuses, numéros de cartes de crédit, adresses mail, vous avez compris l'idée. Mais les registres étaient intacts. Étudier un hack implique aussi d'en cerner l'ampleur. Pour cela, il fallait se connecter aux sites web d'autres journaux afin de voir s'ils avaient aussi été attaqués. Comme ce n'était pas le cas, le *Daily Time* était bien le seul quotidien ciblé. Troisième et dernier acte, la motivation des hackeurs, liée ou non à l'activité spécifique de leur victime. Au sein d'une entreprise dotée d'une technologie particulière, vous auriez tout de suite envisagé l'espionnage industriel. Il n'était pas plus compliqué d'en déduire que le *Daily Time* allait subir les foudres de gens révoltés par sa ligne éditoriale. Enfin, si l'on peut parler de ligne éditoriale.

Les trois ingénieurs contemplèrent leur supérieure, admiratifs.

— OK, enchaîna Cordelia, six serveurs ont servi à rerouter la liaison, nous n'en trouverons pas la source avant longtemps. Je vous fais cadeau de mes conclusions mais en contrepartie, vous vous tapez le rapport, j'ai une sainte horreur de la paperasse.

Cordelia ramassa ses listings et quitta la salle, prête à croiser le fer avec son patron. Martyn Glenn l'attendait de pied ferme dans son bureau, et elle allait lui rendre compte de son travail le plus sereinement du monde. Après quoi elle retrouverait sa chambre au Connaught et se prélasserait dans un bain moussant en attendant la réunion du Groupe sur le forum.

Le huitième jour, à Jersey

Depuis que Janice était ressortie des locaux de la JSBC, la boule au ventre, elle se sentait en danger. Elle alla respirer l'air marin sur la jetée de Saint-Hélier. Des passagers descendaient d'un ferry où les marins débardaient des marchandises. Dans le vieux port, dont les eaux n'étaient pas retenues par une écluse, des petits voiliers dormaient couchés sur le flanc, enquillés dans la vase. Elle eut envie d'appeler son ami David, de prendre de ses nouvelles, qu'il lui raconte les derniers potins de sa bande de copains. Le parfum de jasmin des jardins du Florentin lui manquait. Elle rebroussa chemin et alla se promener sous la halle en verre de Fort Regent. Elle observait les passants, enviant leur insouciance. Puis, à la terrasse d'un café, elle réfléchit à la façon de procéder pour se tirer de ce mauvais pas.

La sagesse voulait qu'elle récupère son bagage, file à l'aéroport et embarque à bord du dernier vol pour Londres qui partait en fin d'après-midi. Mais elle ne pouvait se résoudre à quitter Jersey sans avoir atteint son but. Pas plus qu'avouer aux autres qu'elle avait échoué, lorsqu'elle apprendrait ce soir sur le forum qu'eux avaient réussi.

Elle commanda un café et reconnut la chevelure auburn du jeune banquier qui, au milieu de la place, scrutait la foule. Son cœur accéléra. Leurs regards se croisèrent, Janice attrapa les sangles de sa besace et s'apprêta à déguerpir. Puis elle se rendit à la raison, lui aussi avait le droit à une pause déjeuner et quelqu'un qui n'a rien à se reprocher n'a aucune raison de fuir. Elle agita la main et lui adressa un grand sourire. Wilson, ravi, la rejoignit à grands pas.

— J'ai tout envoyé à l'avocat, s'exclama-t-il.

Il espérait manifestement qu'elle l'invite à s'asseoir.

— Formidable, dit-elle. Tout sera donc prêt demain.

Se montrer aimable, certes, mais il n'était pas nécessaire de jouer avec le feu.

— Oui, vous n'aurez qu'à passer en début d'après-midi. Mon supérieur se fait une joie de vous rencontrer. Il voulait connaître votre nom, je lui ai répondu (Wilson afficha un rictus pathétique) que vous vous appeliez Mrs Brent.

— Vous avez très bien fait, répondit Janice. Si votre supérieur cherchait à connaître mon nom de jeune fille, rappelez-lui que je souhaite ouvrir un compte anonyme, sinon j'aurais placé ma fortune à Londres. Mon père est un luna-tique, ce qu'il vous offre de bonne humeur le lundi, il vous le confisque au saut du lit le mardi. Il est urgent que j'as-sure mon avenir et surtout mon autonomie, vous comprenez, n'est-ce pas ?

Puis elle se tut, de peur d'en avoir trop dit.

Wilson hocha la tête, il semblait obsédé par sa bouche, il avait dévoré des yeux ses lèvres à chaque mot prononcé.

— Vous pouvez compter sur moi, bafouilla-t-il. Puis-je vous offrir un autre café ?

— Plus tard, peut-être, répondit-elle. Donnez-moi votre numéro de téléphone, au cas où je m'ennuierais ce soir.

Cette promesse en demi-teinte eut raison du jeune ban-quier. Tout tremblant, il griffonna son numéro sur la nappe en papier, avant de se retirer.

Alors qu'il s'éloignait, Janice leva la main et lui cria : « À très bientôt. »

Rita Hayworth n'aurait pas fait mieux dans *Gilda*, se serait exclamé David s'il avait été témoin de la scène.

Janice régla sa note, déchira le coin de nappe et s'en alla à son tour, changeant d'itinéraire plusieurs fois afin de s'assurer que Wilson ne la suivait pas. Elle était maintenant certaine que le supérieur du jeune banquier la suspectait. Impossible, dès lors, de se rendre au rendez-vous du lendemain et il était trop tard pour quitter l'île ; le vol de Londres décollait dans une demi-heure. Janice songea au b.a.-ba d'un art qu'elle pratiquait dans son métier de journaliste mieux que quiconque : flatter sa proie pour lui tirer les vers du nez. Avec Wilson elle tenait le candidat idéal. Elle s'en était voulu de lui avoir laissé entendre, dans le seul but de s'en débarrasser, qu'elle dînerait avec lui. Mais à bien y réfléchir, c'était peut-être une idée de génie. À condition que Wilson vienne avec son ordinateur, à condition aussi qu'elle réussisse à y implanter son virus sans qu'il s'en aperçoive. Ce qui faisait beaucoup d'hypothèses. Elle regagna son hôtel.

Le huitième jour, entre Jersey et Rome

Allongée sur son lit, Janice s'était connectée au forum. En attendant le rendez-vous avec le Groupe, elle lisait la presse locale et n'y trouvait rien de passionnant. Soudain une fenêtre s'ouvrit sur l'écran de son portable, le pseudo d'Ekaterina apparut, suivi d'un code qui l'identifiait formellement.

— Tu es où ? demanda Janice.

— Dans ma chambre, tapa Ekaterina.

— Seule ?

— Pourquoi ?

— Je le devine à ta voix.

— Tu perçois ma voix à travers nos claviers ?

— Là où je me trouve, à part compter les mouettes ou se bourrer la gueule dans un pub, il n'y a pas grand-chose à faire, mais toi tu es à Rome, alors à 18 heures dans ta chambre… un gros coup de fatigue ? À moins que Mateo ne soit avec toi.

L'écran resta muet quelques instants.

— Il est à la ruche. C'est le nom qu'il donne à ses bureaux ; pas si mal choisi que ça, l'endroit bourdonne de codeurs boutonneux en herbe.

— Et tu l'attends chez lui ?

— Dans un petit hôtel.

— Vous vous êtes disputés ?

— Je m'y suis installée tout à l'heure, j'ai pris un peu de distance.

— J'ai trop usé et abusé de ce genre de phrases pour ignorer ce qu'elles signifient.

— Et qu'est-ce qu'elles signifient ? tapa Ekaterina.

— De quoi as-tu peur ?

— Je n'en sais rien.

— Je reformule ma question autrement : de lui ou de toi ?

— De nous.

— Cela fait longtemps que je n'ai plus dit « nous », si tu savais combien ça me manque. Qu'est-ce que tu as à perdre ?

— Moi.

Un ange passa entre Jersey et Rome.

— Donc, tu l'aimes.

— On peut revenir à notre travail ? Comment s'est passée ta journée ? questionna Ekaterina.

— Une cata. Non seulement j'ai échoué, mais je crois que je suis grillée. J'ai l'impression que l'on me surveille, enchaîna Janice.

— C'est une impression ou une certitude ?

— J'ai pris le téléphone de ma chambre pour appeler David, répondit Janice, mon portable était en charge. Juste après avoir décroché j'ai perçu un clic ; comme David peut parler non-stop pendant dix minutes, j'ai posé le combiné et je suis descendue à pas de loup à la réception. La patronne de l'hôtel était aussi en ligne, son interlocuteur devait être encore plus bavard que David, car elle ne disait pas un mot. Soit c'était une coïncidence, soit elle espionnait ma conversation.

— Pourquoi ferait-elle ça ?

— J'imagine que sur cette île tout le monde se connaît, et je ne serais pas surprise qu'elle ait rendu service à quelqu'un, ou alors je deviens folle et je me fais des idées.

— Écoute ton instinct, et tire-toi de là sans tarder.

— C'est trop tard pour aujourd'hui, sauf à embarquer sur le ferry qui se rend cette nuit en Irlande, et qu'est-ce que j'irais foutre à Dublin ? Et puis je te rappelle que je n'ai pas accompli ma mission.

Ekaterina mordilla son stylo, le posa sur la table et alluma une cigarette.

— Tu as besoin de renfort.

— À distance, ça ne marchera pas, c'est tout le problème, sinon je ne me serais pas fait repérer aussi bêtement.

— Je parlais de renfort sur place.

— Toi ?

— Non, je suis trop tête brûlée pour t'être utile, surtout vu les circonstances, je pensais plutôt à Mateo, je ne connais personne de plus prudent que lui.

— Ce qui te donnerait un prétexte pour l'appeler ou une bonne raison de l'éloigner de toi ?

— Je lui en parle ou tu te débrouilles sans lui ?

— Tu as raison… J'ai un plan B et nous ne serions pas trop de deux pour le mettre en œuvre.

— OK, je m'en occupe.

— Attends, que s'est-il passé entre vous ? À Kiev, vous sembliez bien vous entendre.

— Ce matin, j'ai fait cavalier seule. Je pistais Baron et je l'ai suivi jusque dans un parc, pour découvrir qui il allait rencontrer.

— C'était quelqu'un d'important ?

— Si je te le dis, promets-moi de jouer l'étonnée tout à l'heure, j'ai eu ma dose de susceptibilité à gérer pour la journée. Baron discutait avec un gros bonnet du Vatican.

— Pourquoi le Vatican ?

— C'est justement ce que l'on essaie de découvrir, Mateo est sur le coup.

— Vous vous êtes engueulés parce que Baron a rencontré un type en soutane ?

— L'homme en question se promenait en costume de ville avec un iPhone dernier cri... Le Vatican ne doit pas considérer la modernité comme un péché ! Mateo l'a identifié grâce à un logiciel de reconnaissance faciale. Cet homme ne cesse de me surprendre.

— Tu as volé l'iPhone d'un homme d'Église ?

— Mais non, enfin ! J'ai seulement pris une photo de la rencontre. Ce qui m'amène au sujet qui a glacé l'atmosphère. D'après Mateo, j'ai pris des risques stupides et inconsidérés ; d'après moi, il enrage que j'aie réussi sans lui. Tu te rends compte, pas la moindre félicitation !

— Moi je te félicite, mais tu as pris des risques inconsidérés.

— Tu aurais fait pareil. Bon, je l'appelle, reconnecte-toi dans une heure.

Ekaterina fit les cent pas dans sa chambre, le regard voguant de son paquet de cigarettes à son portable. En allumer une de plus la calmerait peut-être un peu. Appeler Mateo aurait l'effet contraire. Elle hésita avant de lui envoyer un texto.

— Tu peux me rejoindre là où nous avons joué aux touristes ?

Elle regarda son smartphone ; la réponse se faisant attendre, elle alluma sa clope. L'écran s'éclaira.

— Pourquoi ne pas se retrouver chez moi ?

— Il faut qu'on parle, et c'est urgent.

Cette fois la réponse fut immédiate.

— Quel genre de problème ?

— Tu peux ou pas ?

— Je suis en route, moi aussi il faut que je te parle.

＊

Slalomant dans les rues de Rome sur sa moto, Mateo, perturbé par les propos et le ton d'Ekaterina, murmurait sous son casque les excuses qu'il comptait lui présenter. Il lui avouerait ne pas s'être remis de cette nuit à Oslo où il avait vécu une peur sans précédent en pensant qu'elle allait tomber sous les balles des tueurs de Vickersen. Une terreur encore plus forte que celle ressentie la nuit où il avait fait ses adieux à son père. L'idée qu'elle soit allée seule au-devant d'un homme dont le garde du corps l'avait poursuivie une arme à la main l'avait rendu fou. Il regrettait de s'être emporté, autant que de l'avoir traitée d'inconsciente. Ce n'était probablement pas la façon la plus délicate de lui ouvrir les yeux sur les sentiments qu'il lui portait, ni de lui avouer qu'elle comptait dans sa vie beaucoup plus qu'elle ne voulait le comprendre, mais au moins, ses mots auraient le mérite d'être sincères.

En traversant le Tibre, il évita de justesse un camion qui avait déboîté sans prévenir et il décida que la vie était bien trop courte pour se perdre en conjectures. Il allait lui dire ce qu'elle n'avait pas voulu entendre quand elle l'avait interrogé sur ses conquêtes passées : il était amoureux d'elle.

Elle l'attendait, assise sur la margelle de la fontaine ; elle se leva pour venir à sa rencontre. Elle portait une robe d'été et de brouillard, c'est du moins ce qu'il sembla à Mateo quand il s'approcha, le cœur serré et les mains moites. Tout comme il lui sembla que l'hiver le plus rude avait soudainement gelé la place et ses touristes. Autour d'elle, tout paraissait immobile. Il hésita à la prendre dans ses bras pour l'embrasser et l'observa, subjugué par son air malicieux.

Il reçut un baiser sur la joue, puis sentit les lèvres d'Ekaterina effleurer les siennes.

— Qu'est-ce que tu voulais me dire ? bafouilla-t-il.

Il n'y a rien de plus beau et d'imbécile qu'un homme submergé par l'amour.

Elle lui relata sa conversation avec Janice et, se moquant un peu de lui, lui confia son inquiétude. Leur amie avait fait preuve d'imprudence et en avait payé le prix. Comme elle ne renoncerait pas, il lui fallait du renfort avant qu'elle ne se mette vraiment en danger. Ekaterina avait consulté les horaires d'avion. Mateo pourrait dormir ce soir à Heathrow avant de prendre le premier vol du matin qui atterrirait à Jersey à 10 heures.

Mateo ne chercha pas à discuter. Il repasserait à son bureau s'équiper du matériel nécessaire, puis chez lui pour réunir quelques affaires. À moto, il rejoindrait l'aéroport à temps.

Il promit de l'appeler en débarquant à Londres.

— Et toi, qu'est-ce que tu voulais me dire ? demanda Ekaterina avant qu'ils ne se séparent.

261

— Rien. Enfin, si. L'homme que Baron a rencontré ce matin s'appelle Giacomo Rubino. Il est très proche du pape et a la charge d'organiser ses rencontres officielles.

— Baron reçu par le pape ? Il veut convertir l'Église à l'ultradroite ?

— Je ne crois pas que ce soit dans ses projets, ni qu'il veuille rencontrer le pape.

— Alors je ne comprends pas.

— Rubino est un intermédiaire, Baron aussi, lâcha Mateo. Reste à savoir qui cherche à s'entretenir avec Sa Sainteté et pour servir quels intérêts. Je vais te transférer le programme qui communique avec le mouchard que j'ai placé sur son portable. À toi de te connecter au Wi-Fi de son hôtel pour recueillir les données collectées depuis hier. Avec un peu de chance, ses mails ou ses conversations téléphoniques nous en apprendront plus.

Ekaterina fit un pas en arrière et regarda Mateo d'un air interdit.

— J'ai bien entendu ce que tu viens de me dire ?

— C'est fort probable, nous sommes tout près l'un de l'autre et la Piazza est étrangement silencieuse.

— Tu me demandes d'aller espionner Baron ? insista-t-elle.

— En quoi cela t'étonne ? Je ne peux pas être à Rome et à Jersey en même temps, répondit Mateo, impassible.

Ekaterina plissa les yeux et le soleil n'y était pour rien.

— Tu es l'homme le plus maladroit que je connaisse et le problème c'est que je ne sais plus si je pourrais me passer de toi.

Elle l'embrassa et s'en alla promptement.

— Préviens les autres que je ne serai pas présent à la réunion tout à l'heure, cria Mateo.

Elle agita la main de loin et fila vers son hôtel pour y régler sa note et prévenir Janice que la cavalerie arrivait au grand galop.

PIAZZA NAVONA

19.

Le huitième jour, à Istanbul

Kahil prenait un certain plaisir à conduire, d'abord sa très vieille Jaguar étrangement restaurée, avec sa portière bleue qui tranchait sur la carrosserie blanche, mais aussi Maya, qu'il trouvait tout à fait charmante, bien que d'un âge hors d'atteinte pour lui.

— Pour la discrétion, votre voiture n'est pas l'idéal, remarqua-t-elle.

— Permettez-moi de vous dire que je ne partage pas votre avis. Quand on n'a rien à cacher, on ne craint pas de se montrer.

Kahil ajouta que s'ils devaient croiser par hasard l'une de ses connaissances, il la présenterait comme étant sa nièce.

— Vous avez des frères et sœurs ?

— Non, mais personne ne le sait, je suis d'un naturel très discret.

— Comment avez-vous connu Vital et son frère ?

Kahil prit une longue inspiration.

— Voyez-vous, pour faire une affaire, on doit être deux. Et lorsque l'on est un peu dans l'illégalité, rien n'est plus difficile que de trouver des gens honnêtes. Nous avons eu l'occasion de travailler ensemble, il y a quelques années, et nous nous sommes tout de suite bien entendus. Une amitié sincère, il faut vouloir la créer, lui donner les moyens de grandir… La confiance est une récompense aussi fragile qu'inestimable. J'ai appris de mon père que la fortune d'un homme ne se compte pas dans son portefeuille mais à la valeur de ses connaissances. Et il faut beaucoup de talent dans une vie pour se prémunir contre les désillusions.

— Quel âge avez-vous ?

— Je ne vous demande pas le vôtre mais je dirais au moins trente ans de plus.

— Vous ne les faites pas.

— Vous non plus, ce qui est regrettable.

Kahil rangea sa voiture devant un grand magasin de la ban-lieue d'Istanbul. Il accompagna Maya à l'intérieur, souhaitant participer au choix de sa nouvelle garde-robe.

Chaque fois que la vendeuse s'approchait, il la repoussait d'un revers de la main, continuant de se promener de rayon en rayon, sortant ici et là une robe ou un pantalon avant de les reposer.

Kahil avait troqué les certitudes de l'âge contre l'élégance de la curiosité. Maya se prit à son jeu, elle essaya toutes les tenues qu'il choisissait, prétendant ne pas s'y sentir à l'aise chaque fois qu'elle les trouvait trop coûteuses. Kahil ne mit pas longtemps à comprendre son manège. Il soupira comme à son habitude et rassembla ce qu'il y avait de plus beau avant de se rendre à la caisse.

— Il va de soi que vous ne me devez rien, dit-il en sortant du magasin.

Ils remontèrent à bord de la Jaguar, qui se dirigea vers le Bosphore.

— Malik n'arrivera qu'en milieu d'après-midi, en l'attendant je vous emmène déjeuner, proposa-t-il alors que la boîte de vitesses craquait sous les assauts d'un débrayage.

— Hier, vous m'interdisiez de sortir de ma chambre.

— Je sais, j'adore me contredire. Hier, j'étais épuisé par le voyage, et puis un peu de danger apportera du piquant à cette journée.

En chemin, il s'arrêta en double file devant une pharmacie, demandant à Maya si elle voulait bien lui acheter une boîte de cachets d'aspirine.

— Si vous avez mal à la tête, on peut rentrer, dit-elle.

— Je n'ai jamais mal à la tête, mais il m'est venu à l'idée que dans votre fuite vous aviez oublié votre brosse à dents. Achetez tout ce dont vous avez besoin.

*

Ils déjeunèrent dans un petit restaurant de poissons où Kahil avait été accueilli avec plus d'égards qu'une star de cinéma.

À table, Maya l'interrogea sur sa vie.

— Vous n'êtes pas marié ?

— C'est une avance ? demanda-t-il en relevant un sourcil.

269

— J'aime les femmes.

— Moi aussi, beaucoup trop, ce qui répond à votre question. En vérité, je n'en ai aimé qu'une. Elle m'a quitté, et depuis ma vie n'a été qu'une longue quête de ce que je ne pouvais plus avoir... je n'ai rencontré que des duplicatas.

Maya le regarda longuement, silencieuse.

— Je vous trouve bien songeuse. J'ai dit quelque chose qui vous a choquée ? s'inquiéta Kahil.

— Au contraire. Je crois que si j'étais attirée par les hommes, je vous aurais demandé de m'inviter à déjeuner.

Cette fois ce fut Kahil qui se tut. Il posa calmement sa fourchette pour prendre sa serviette et tamponna sa moustache avant de poursuivre tranquillement son repas.

— Je vous trouve bien songeur. J'ai dit quelque chose qui vous a choqué ? reprit Maya.

— Si j'avais quelques décennies de moins... Ce qui fait pas mal de si, quand on y pense.

Kahil commanda deux cafés au serveur.

— Comment est née votre amitié pour Vital ? Vous semblez très liés et pourtant vous ignoriez qu'il a un frère jumeau. Je vous rappelle qu'il y a quelques instants, nous avons failli nous marier, vous pouvez me faire confiance.

Kahil avait du génie dans l'œil et Maya était sous son charme, au sens le plus pur du terme.

— Nous sommes associés, répondit-elle.

— Quelle bonne idée. J'espère que vous ne me ferez pas de concurrence.

— Nous traquons les criminels, continua-t-elle, étonnée d'en avoir tant dit.

— Alors je ne crains rien, je n'ai jamais tué personne. Enfin, je ne crois pas. Puisque nous en sommes aux confidences, qu'est-ce qui vous retient ici alors que le bon sens voudrait que vous partiez au plus vite ?

— Elle ! répondit Maya en sortant de sa poche la photo de Naëlle.

Kahil l'examina et la lui rendit.

— Une parente ?

— Non, mais elle est en danger et je dois la sauver.

— Je ne vous demande pas pourquoi, cela ne me regarde pas. Néanmoins, je dois vous mettre en garde. Je connais le propriétaire du magasin de vêtements et figurez-vous que les caméras de surveillance sont malencontreusement tombées en panne pendant que nous nous y promenions. Quant à ce restaurant, dont j'espère que vous avez apprécié la cuisine, il m'appartient. Mais je ne serai pas tout le temps là et je ne voudrais pas que notre petite promenade d'aujourd'hui vous fasse oublier que vous êtes recherchée. Maintenant, si cette enfant a besoin de vous, vous m'expliquerez sur la route du retour comment je peux vous aider à la retrouver. Allons-y, Malik ne devrait plus tarder.

Le huitième soir, à Jersey, à Londres, à Rome, à Berlin et à Kiev

À l'heure dite, les membres du Groupe se réunirent sur le forum. Manquaient à l'appel Mateo, qui voyageait à bord d'un avion de la British Airways, Malik, qui après avoir débarqué très en retard à Istanbul, roulait à bord d'un taxi vers le bureau de change de Kahil, et Maya, qui ignorait encore que son destin était intimement lié à celui de ses camarades. Janice choisit d'intervenir la première, préférant que la réunion ne se conclue pas sur son échec. Elle n'essaya pas de cacher sa déception ni son embarras. Ekaterina vint à sa rescousse, expliquant que Mateo devait lui prêter main-forte et que ce qui n'avait pu être accompli aujourd'hui le serait probablement demain.

Depuis Berlin, Diego déclara que le virus avait été implanté dans les serveurs de la German Bank. Vital confirma que le rootkit avait fait son chemin, pénétrant le cœur du système informatique de la banque d'affaires allemande. Il en profita pour féliciter Cordelia, il avait pu tester l'accès maître au réseau de Berdoch qu'elle lui avait fourni.

Vital espérait trouver des passerelles entre les différentes sociétés sur lesquelles Berdoch avait mis la main. Mieux encore, il avait découvert que tous les départements comptables étaient reliés à Info Corp, la maison mère. De Rox News aux journaux et chaînes de télé américains, anglais et australiens. Il avait déjà initié une première attaque sur les serveurs de leur messagerie interne et s'apprêtait à envoyer à Janice un dossier crypté contenant une série de communications suspectes.

— Entre qui et qui ? demanda la journaliste, stylo en main.

— Justement, c'est ce qui est remarquable, un échange incessant de mails entre certains membres du conseil de surveillance, et pas des moindres. J'ai pu identifier les adresses d'un ancien Premier ministre espagnol, d'un magnat saoudien qui est aussi un gros actionnaire du groupe de Berdoch, d'un ex-P-DG de la British Airways et de deux autres types qui ont dirigé de grandes banques internationales. Mais tous les courriers partent ou arrivent de la boîte mail d'un des deux fils du big boss. Du très beau linge, comme vous pouvez le constater.

— Je vois de qui tu parles, enchaîna Janice, Galan Berdoch, l'héritier qui a orienté l'ensemble des médias du groupe paternel vers une ligne ultra-conservatrice et ouvertement conspirationniste. Il commandera bientôt seul un arsenal de propagande qui pèse plus de 33 milliards de dollars. Comment a-t-on pu laisser une telle concentration de pouvoir aux mains d'une même famille ? s'indigna-t-elle.

Ekaterina expliqua avoir été, elle aussi, confrontée à un problème lors de sa mission, en raison de la vétusté des installations de surveillance de l'hôtel où séjournait Baron à Rome. Elle posta sur le forum la photo de Baron et Rubino avant de relater sa filature impromptue et ce que Mateo et elle avaient découvert par la suite.

— On dirait qu'ils posent pour toi, comment tu t'es débrouillée pour qu'ils ne te voient pas ? demanda Janice.

— Le contraire aurait été impossible, du coup je n'ai pas cherché à me cacher. Baron avait quitté son hôtel sans escorte, il ne pouvait pas m'identifier. Quand le conseiller du Vatican l'a rejoint, j'ai joué les touristes en immortalisant le panorama. Pourquoi se seraient-ils méfiés ? Quand ils m'ont vue, ils se sont arrêtés, un peu hésitants. J'ai pris une dizaine de selfies en m'arrangeant pour les avoir tous les deux en arrière-plan. Et puis je leur ai fait un grand sourire et je suis partie.

— J'aurais aimé avoir ton aplomb, j'aurais dû insérer la clé, mais deux minutes, c'était trop risqué, s'excusa Janice.

— Tu as fait ce qu'il fallait, assura Vital.

— Si ça intéresse éventuellement quelqu'un, je peux vous raconter comment j'ai réussi mon coup à Londres, intervint Cordelia, parce que c'était plus spectaculaire que de prendre quelques photos à la volée.

— Et vous avez découvert la raison de la rencontre entre Baron et cet homme du Vatican ? questionna Diego.

— Pas encore, enchaîna Ekaterina, mais j'y travaille.

— Vraiment, vous vous en foutez ? s'indigna Cordelia.

Sans attendre qu'on lui réponde, elle partagea ce qu'elle avait ressenti après avoir implanté non pas un, mais deux virus au sein du *Daily Time*, l'un dans les serveurs, l'autre dans l'esprit des collaborateurs du quotidien.

— Ils vont se soupçonner les uns les autres, ajouta-t-elle avec un plaisir non dissimulé. Et toi, Diego, c'était comment Berlin ? enchaîna-t-elle. Mon camarade Fredrik devait être à la hauteur puisque tu as réussi.

— Tout dépend de la hauteur dont tu parles. Si c'est sur l'échelle du charme et de la délicatesse, il n'a pas encore posé le pied sur le premier barreau. Et j'aimerais vraiment savoir ce qui s'est passé entre vous pour qu'un rustre comme lui te rende un tel service.

— Tu veux que l'on discute de ça sur le forum maintenant ? Vraiment ?

— Personnellement, je n'ai rien contre, argua Janice. Je ne peux pas dire que la nuit qui m'attend dans cette auberge s'annonce des plus folichonnes.

— Je dois aller prendre un verre au bar d'un hôtel, pour des raisons strictement professionnelles, je le précise, mais je ne suis pas pressée, ajouta Ekaterina.

— Trois contre un, on t'écoute, insista Diego.

Vital intervint pour remettre de l'ordre.

— J'ai une bonne et une moins bonne nouvelle à vous annoncer. Maya est saine et sauve et Malik est avec elle.

Alt&#9786, le code HTML de l'émoticône qui sourit, fusa sur les écrans.

— Il la ramène chez vous ? demanda Janice.

— Quelle est la moins bonne nouvelle ? s'inquiéta Ekaterina.

— Maya veut finir la mission qui l'a amenée là-bas. Je ne sais pas de quoi il s'agit, j'espère pouvoir vous en dire plus demain. Nous avons tous beaucoup de travail, tapa-t-il avant de mettre fin à la communication.

❧

— *Aucun des membres du Groupe n'était intrigué par votre absence à cette réunion ?*

— Si, comme au manoir, mais tous avaient fini par se ranger à l'idée que je ne participais pas à leur mission.

— *À quoi servait d'entretenir ce mensonge ?*

— Par sécurité, pour être plus efficace aussi ; par exemple en faisant en sorte qu'Ekaterina ne se rende pas à l'hôtel d'Inghilterra sans qu'elle se braque ou s'obstine.

— *Pourquoi l'en empêcher ? Mateo avait donné son feu vert.*

— Parce que si Baron dînait seul au bar, son garde du corps attendait sur une banquette dans le hall d'entrée.

— *Comment le saviez-vous ?*

— L'enregistreur des caméras vidéo était relié à une centrale de surveillance. Ekaterina l'ignorait, moi pas. J'ai piraté la liaison.

— *Et vous ne l'avez pas prévenue ?*

— Non, elle aurait cru à un tour de Mateo, imaginé qu'il avait changé d'avis et ça l'aurait rendue furieuse. J'aime beaucoup la relation qui se nouait entre eux.

— *Alors, comment l'avez-vous convaincue de ne pas aller à l'Inghilterra ?*

— Je lui ai fait parvenir une information bien plus précieuse que tout ce qu'elle aurait pu y découvrir. De quoi occuper pleinement sa nuit. Le moment était venu de révéler au Groupe l'existence de quelqu'un qu'ils n'avaient pas encore identifié, un homme tenant un haut rang dans la hiérarchie des fauves.

Le huitième soir, à Rome

La nuit était tombée. Ekaterina rangea son matériel dans son sac et chercha dans ses affaires une tenue pour aller prendre un verre, seule, au bar de l'hôtel d'Inghilterra sans attirer l'attention. Elle doutait que le barman sache lui préparer un karsk, mais un cosmopolitan conviendrait. Le temps de le boire, elle hackerait le Wi-Fi, et le malware de Mateo transférerait les données du smartphone de Baron. Si tout se déroulait comme prévu, elle serait de retour deux heures plus tard à l'appartement et s'attellerait à décrypter ses mails afin de trouver pour qui il cherchait à organiser une réunion avec le pape. Elle allait ramasser son sac quand elle entendit un petit clic indiquant l'arrivée d'un courrier sur le forum de la messagerie du Groupe. Probablement Janice qui devait s'ennuyer dans sa chambre à Jersey. Cela pouvait attendre. Elle descendit l'escalier et chercha un taxi. Soudain, elle plissa les yeux, étonnée de voir apparaître sur l'écran de son smartphone l'icône d'une enveloppe au sigle disparu d'AOL : « Vous avez un mail. »

Date inconnue, en Syrie

Le cortège progressait lentement à la faveur de la nuit. Une vingtaine d'hommes et de femmes se faufilaient à travers les ruines, parmi eux se trouvait une enfant. Sortir du ghetto demandait une parfaite connaissance du terrain : positions des troupes qui assiégeaient la ville, horaire de chacune des rondes... Des semaines de repérage avaient été nécessaires à la préparation de cette fuite. À un croisement, le guide s'était arrêté pour signaler le franchissement du point de non-retour. Si quelqu'un devait rebrousser chemin, c'était maintenant ou jamais. Chacun avait en tête ce qui s'était produit un mois plus tôt.

Affamés, terrifiés par deux semaines de bombardements intenses, une cinquantaine d'habitants avaient répondu à la propagande du régime promettant d'ouvrir le passage à ceux qui quitteraient les zones tenues par les terroristes – le nom donné par le régime à tous ses opposants – pour rejoindre les quartiers tenus par les milices loyalistes. Quelques familles avaient emporté des baluchons contenant les effets qu'elles n'avaient pu se résoudre à abandonner. Alors qu'ils marchaient vers la ligne de démarcation, une pluie d'obus s'était abattue sur eux. Cinquante corps déchiquetés, dont ceux de onze enfants de moins de dix ans, dans des mares de sang, un carnage.

Le mois précédent, trente autres avaient péri après avoir été pris pour cible par un avion russe. Chacun savait cela mais tous s'étaient résignés à leur sort, vivre ses derniers jours sans espoir était pire que de mourir aujourd'hui.

La voie du nord n'était plus envisageable, ceux qui l'avaient empruntée s'étaient retrouvés pris dans un étau entre la ligne de front et la frontière turque désormais fermée. Le salut était à l'est, en longeant la Turquie pour tenter de gagner l'Arménie. La frontière entre les deux pays était fermée mais des passeurs permettaient, contre paiement, de se glisser à travers les mailles du filet.

« Le monde occidental nous a oubliés, il a tout oublié de ce qu'endurent les peuples persécutés, avait dit son père à Naëlle, mais les Arméniens, eux, se souviennent. » Il lui avait fait apprendre par cœur un numéro de téléphone qu'elle devrait composer une fois à destination, et quelques mots d'anglais. « Quand tu arriveras à Erevan, quelqu'un ira à ta rencontre et te dira cette phrase : "Le printemps reviendra."

Alors, et seulement alors, tu lui remettras ce que ta mère et moi t'avons confié. »

Ses consignes étaient formelles, en chemin il faudrait éviter les camps de réfugiés, désormais les attaques les visaient aussi. Plus aucune zone n'était sûre, avait affirmé avant le départ le tailleur chef de résistance. Il recevait des nouvelles de temps à autre, quand les relais téléphoniques se remettaient à fonctionner. Et puis les conditions de vie dans les camps saturés étaient terribles et l'offensive militaire s'amplifiait sans cesse. Juste avant le printemps, ceux situés près de Sarmada, qui comptaient des dizaines de milliers de personnes fuyant les combats dans la zone d'Idlib, avaient été attaqués. Takad, une autre ville à vingt kilomètres à l'est, avait aussi été la cible de tirs nourris, artillerie, missiles et raids aériens. L'hôpital d'Atareb comme celui de Darat Izza avaient été détruits par des bombardements. Qui pouvait être assez cruel pour bombarder des hôpitaux, quelle part d'humanité subsistait chez ceux qui commettaient de tels actes ? Naëlle enrageait en y pensant, et cette rage lui donnait de la force, la poussait à aller de l'avant, à réussir, pas seulement pour témoigner ou survivre, mais pour vivre. La plus belle façon de vaincre ses oppresseurs. Vivre et aimer.

À 5 heures du matin, le guide désigna un bloc de pierre. Le soleil se lèverait bientôt, il fallait se mettre à l'abri.

Dix hommes se mirent à la tâche pour le déplacer, dévoilant une anfractuosité par laquelle on accédait à un ancien parking dans les sous-sols d'un immeuble dont il ne subsistait plus rien. Une cache dissimulée par la résistance.

Naëlle était aguerrie à ce genre d'exercice, mais ses compagnons de route avaient besoin de répit, quinze heures à attendre tapis dans le noir pendant que la milice effectuerait ses patrouilles de jour. Elle s'adossa à une carcasse de voiture, et retourna doucement le pli de sa ceinture, afin de vérifier que la couture était intacte. Des doigts, elle sentit les reliefs de la carte SIM. Rassurée, elle ferma les yeux pour trouver un peu de sommeil.

Le grondement des bombes se faisait entendre dans le lointain.

L'exode reprendrait à la tombée de la nuit prochaine.

LA JAGUAR DE KAHIL

20.

Le neuvième jour, à Jersey

À 9 heures, Janice reçut un message de Mateo qui venait de se poser à Jersey. Il préférait la retrouver ailleurs qu'à son hôtel.

Elle lui donna rendez-vous au café où elle avait déjeuné la veille. Aucun risque de croiser Wilson qui, avec son air de premier de la classe, devait déjà être au bureau depuis longtemps.

Elle passa rapidement sous la douche et, descendant l'escalier, s'arrêta au bas des marches pour s'assurer que la propriétaire des lieux ne rôdait pas dans les parages. Derrière le comptoir, une jeune réceptionniste s'occupait d'un client ; Janice traversa le petit hall et descendit vers le port.

Les mouettes voletaient dans un ciel bleu-gris, la température était douce.

Quand elle arriva, Mateo l'attendait déjà, installé en terrasse.

— Tu as fait bon voyage ? demanda-t-elle en s'asseyant à sa table.

— Non. Tu as réfléchi à un plan B ?

— Tu n'étais pas obligé de venir, tu sais.

— Apparemment si. Ce qui nous ramène à ma question : tu as une idée de la façon de procéder ?

— Sur ce ton, aucune.

Mateo s'excusa, il n'avait pas beaucoup dormi depuis son départ de Rome.

— Le vacarme d'Heathrow ?

— Non, autre chose, mais parlons de ce qui nous préoccupe.

— Parlons d'abord de ce qui te préoccupe, je n'ai pas envie de faire équipe avec quelqu'un qui a la tête ailleurs.

— Cela n'a rien voir avec notre job, c'est personnel, bougonna-t-il.

Le voyant tourner inlassablement sa cuillère dans la tasse d'un café qu'il avait déjà bu, Janice se sentit tiraillée. Que dire sans trahir pour autant la confiance d'Ekaterina ? Mais le crissement de la cuillère sur la porcelaine était vraiment insupportable.

— Laisse-lui du temps, tout ira bien.

Mateo se tourna brusquement vers elle.

— Elle t'a parlé ?

— Non, je vous ai observés à Kiev, et tu n'as aucune raison de t'inquiéter si tu suis mon conseil. Maintenant, est-ce que l'on peut se concentrer sur notre travail ? *In situ*, c'est mort. Je suis grillée et un second client étranger venant ouvrir un compte à vingt-quatre heures d'intervalle, ce serait peu plausible. La seule solution serait de trouver le moyen de se connecter à leurs installations à distance.

— Tu as pu rôder autour des lieux ?

— Je ne parlais pas de hacker la banque mais Wilson, le jeune banquier qui s'est occupé de moi. Il m'a donné son numéro de téléphone et si je l'invite à mon hôtel pour signer les papiers d'ouverture du compte, il arrivera en courant avec des fleurs et son ordinateur portable. Après, on improvise.

Accoudé à la table, le menton entre les mains, Mateo ferma les yeux.

— Tu es crevé à ce point ou je t'ennuie ? s'inquiéta Janice.

— Non, je visualise la scène.

— Tu es vraiment un drôle de type.

— Donc tu as parlé avec Ekaterina, je croirais l'entendre ! Mais admettons que je sois un drôle de type... Si tu es vraiment grillée, ton banquier viendra sans son ordinateur, et s'il en apporte un ce sera pour te piéger.

— Alors tu comptes hacker quoi ?

— Son smartphone.

— Mais la clé USB de Vital doit rester fichée deux minutes dans un ordinateur de leur réseau pour que le virus opère, hacker le smartphone de Wilson ne servira à rien, objecta Janice.

— Pas si je perce le coprocesseur pour y recopier le fichier contenu dans la clé de Vital. Quoi qu'il arrive, Wilson retournera à la banque après votre rencontre. Il se reconnectera naturellement au Wi-Fi dès qu'il sera à son bureau. Après quoi le virus remontera vers les serveurs.

— Comment ça, tu « perces » le coprocesseur, qu'est-ce que ça veut dire ? questionna Janice.

Mateo ramassa sa mallette et l'entrouvrit.

— Avec un laser comme celui-là, répondit-il. Si d'aventure il t'arrivait de discuter avec Ekaterina, elle t'expliquera le fonctionnement de ce matériel, je lui en ai fait une démonstration dans mon labo, la dernière fois que nous étions à Rome. Seulement si tu étais amenée à lui parler, évidemment. Il y a de la place dans ton hôtel ?

Janice l'observa, amusée.

— Le contraire m'étonnerait, répondit-elle.

— Je vais louer une chambre, il va de soi que nous ne nous connaissons pas. Donne rendez-vous à ton Wilson dans une heure. Arrange-toi pour subtiliser son smartphone, ensuite tu l'occupes dix minutes, c'est le temps qu'il me faut. Avec une petite marge de sécurité.

Mateo régla la note et se leva.

Une demi-heure plus tard, Janice regagnait discrètement sa chambre.

*

Wilson se présenta à la réception à midi. Janice l'attendait dans la salle à manger encore déserte, assise près de l'entrée. Mateo avait pris place à une table voisine.

— C'est amusant, dit Wilson en portant sa tasse de thé à ses lèvres, je pensais que vous seriez descendue dans un établissement plus luxueux.

— Le luxe est tellement surfait de nos jours, soupira Janice, rien n'est plus dépaysant que ce qui est authentique, vous ne trouvez pas ?

— Si, bien évidemment, bafouilla le jeune homme.

— Je peux signer les papiers ? J'aimerais vraiment transférer les fonds cet après-midi.

Wilson se pencha pour ramasser sa sacoche, Janice en profita pour dérober le smartphone qu'il avait posé sur la table. Elle le fit glisser sur ses genoux, puis au sol. Au moment où le banquier se redressa, elle envoya le téléphone d'un léger coup de pied vers Mateo qui le ramassa. Il se leva et marcha tranquillement vers la sortie.

Mateo grimpa à sa chambre, ouvrit sa mallette sur le lit, prit les outils pour déclipser le capot arrière de l'appareil, mit à nu le coprocesseur dont il identifia le modèle et le plaça sous le laser. Trois minutes s'étaient écoulées depuis son départ de la salle à manger. Deux minutes de plus et le percement était accompli. Pendant que le virus se transférait, Mateo fixait le chronomètre. Cent vingt secondes encore, et il réinséra la puce dans son logement avant de refermer le capot. Le tout avait pris neuf minutes, un succès, même si le record établi dans son labo à Rome n'avait pas été battu.

Pendant ce temps, Janice usait de tous son charme pour occuper Wilson. Elle avait souhaité relire attentivement les documents qu'il lui avait soumis, s'excusant de ne pas comprendre certains passages. Wilson l'avait rassurée, il s'agissait là de conditions bancaires des plus classiques.

À bout d'arguments, prête à signer, alors que le jeune banquier retenait son souffle, elle releva la pointe de son stylo et lui demanda quelle serait sa stratégie d'investissement si elle venait à multiplier la mise par dix dans les prochains mois. Wilson s'apprêtait à lui répondre, quand Mateo fit son apparition et demanda si quelqu'un avait égaré le portable qu'il venait de trouver par terre. Wilson le lui arracha presque des mains et le remercia chaleureusement.

Mateo retourna à son journal.

Janice parapha et signa les documents, ravie, affirma-t-elle, de pouvoir transférer les fonds avant la fin de la journée. Puis elle congédia poliment le jeune banquier, qui s'en alla après lui avoir fait le plus obséquieux des baisemains.

À Rome

La veille au soir, Ekaterina avait fait demi-tour juste avant de se rendre à l'hôtel d'Inghilterra. Le message reçu au moment de partir l'avait incitée à remonter chez Mateo pour rallumer son ordinateur. Elle y avait trouvé un document adressé via la messagerie du Groupe. Elle qui se vantait de pouvoir identifier chacun de ses amis à sa façon d'écrire s'était retrouvée bien démunie devant la nature de la prose :

9H-FCE

Un code qui l'avait laissée perplexe. Elle avait demandé à Vital s'il avait une idée de sa signification. La réponse lui était parvenue quelques instants plus tard, le temps pour lui de faire quelques recherches. Il s'agissait d'une immatriculation, celle d'un jet privé. 9H était l'indicatif réservé aux avions maltais.

À son tour il l'avait questionnée sur la raison de cette requête. Ekaterina en avait déduit que son ami n'était pas à l'origine de l'envoi. Puis il lui apprit que le Falcon 900 avait décollé de New York pour se poser à 19 heures à Reykjavik.

— Tu en es sûr ?

— Les mouvements aériens sont suivis à la lunette par des passionnés d'aviation. Ils sont des centaines à recopier chaque plan de vol dans des bases de données mises en ligne.

— Pourquoi un appareil maltais effectuerait une liaison entre les États-Unis et l'Islande ?

— De nombreux cargos sont immatriculés dans des paradis fiscaux où ils ne jettent jamais l'ancre. Ça ne les empêche pas de sillonner les mers du globe tandis que leurs armateurs échappent aux impôts. Les milliardaires achètent leurs jets privés sous couvert de sociétés offshore. Mais en quoi cela nous concerne ?

— Tu peux savoir qui était à bord ?

— Qui ou quoi... Il peut très bien s'agir d'une cargaison, même si transporter des colis à bord d'un appareil aussi luxueux est un énorme gâchis. Je vais étudier le manifeste des passagers, là, impossible de trichailler, il est remis aux services des frontières et doit correspondre aux passeports présentés lors de l'embarquement.

— C'est public, ce genre de manifeste ?

— Non, mais ils sont enregistrés par les aéroports de départ et d'arrivée. Je te fournis l'adresse IP du serveur de celui de Reykjavik et après, tu te débrouilles, j'ai un travail de dingue.

Les données de la German Bank arrivent par paquets et Janice m'a donné des devoirs à faire pour demain.

Aussitôt les informations reçues, Ekaterina s'était attaquée au serveur de l'aéroport Islandais et il lui avait fallu presque trois heures pour le craquer.

Elle avait imprimé le manifeste et, découvrant l'identité du passager qui avait traversé l'Atlantique en Falcon, elle avait jugé utile de déranger à nouveau Vital.

— Quoi encore ? avait-il protesté.

— Tu peux m'obtenir la liste des avions qui sont repartis de Reykjavik ce soir, ou qui doivent décoller à la première heure demain ?

— Pourquoi tu ne demandes pas ça à Mateo ? Son travail est tellement plus important que le mien ?

— Parce qu'il passe la nuit dans un hôtel à Heathrow et qu'il a besoin de repos avant ce qui l'attend demain.

— C'est lui qui t'a embrigadée sur cette piste ?

— Probablement, avant de s'envoler pour Londres.

Vital partagea son écran avec celui d'Ekaterina.

— A6-GST, un autre Falcon, immatriculé aux Émirats arabes unis, a décollé à 19 h 20 en direction de l'aéroport Ciampino – Giovan Battista Pastine.

— Qui doit se trouver près de Rome, je suppose.

— Tu supposes juste, pourquoi ? Qui est à bord de ce jet ?

— Kich.

— Notre Kich ?

— En personne, le magnat américain de l'industrie charbonnière et pétrolière, propriétaire de deux cents journaux locaux populistes.

— C'est louche, le Falcon 900 peut parcourir sept mille cinq cents kilomètres sans refaire le plein, soit mille de plus que la distance entre New York et Rome.

— Alors pourquoi Kich a-t-il changé d'avion à Reykjavik ? s'interrogea Ekatarina. Il n'y est resté que vingt minutes.

— Les grandes entreprises se font une guerre commerciale sans merci. Découvrir les intentions et projets de leurs concurrents fait partie de leur arsenal. Elles recourent aux services d'agences spécialisées qui traquent les déplacements des grands patrons, en procédant comme nous l'avons fait ce soir. Si le P-DG d'une grosse boîte se dirige soudainement vers une destination inhabituelle, cela peut indiquer que quelque chose se trame, comme la signature d'un gros marché ou une acquisition. Reykjavik n'est pas une ville où se traitent de grandes affaires, Kich a voulu que sa destination finale demeure inconnue, jusqu'à ce qu'il soit trop tard pour s'en inquiéter. Reste à savoir ce qu'il vient faire en Italie.

— J'ai ma petite idée là-dessus, je pourrais même parier sur l'hôtel où il descendra, affirma Ekaterina. Et pourtant, ça n'a aucun sens. Tu peux m'envoyer les accès à tes bases de données ? J'aimerais vérifier quelque chose.

— C'est quoi, ta petite idée ?

— Si tu étais plus attentif pendant les réunions du forum, tu le saurais.

— Kich veut fricoter avec le pape ? C'est absurde, il ne le recevrait jamais.

— Je n'en sais rien, mais reconnais que la coïncidence entre ce que j'ai découvert à la Villa Borghèse et son mystérieux voyage est troublante.

Vital repoussa son fauteuil, une manie chez lui quand il se sentait proche de découvrir quelque chose, sans savoir encore quoi. Il s'arrêta devant un autre terminal et pianota sur le clavier à toute vitesse.

— Tu es toujours là ? s'inquiéta Ekaterina.

— L'arbre qui voile la forêt ! Et si Baron organisait non pas un, mais deux rendez-vous ?

— Kich viendrait rencontrer le mystérieux visiteur qui sollicite une audience auprès de Sa Sainteté ?

— Précisément, et leur rendez-vous doit être imminent. Je t'envoie ce que tu m'as demandé, il faut époustiller la liste de tous les vols privés qui se posent à Rome, cette nuit ou demain, et nous ne serons pas trop de deux.

— Il y a tant de jets privés que ça ?

— Plus de cinq mille, et comme ils ne sont pas faits pour rester punaisés au sol, leurs rotations multiplient notre problème. Une fois tout ça répertorié, il faudra se procurer les manifestes.

Ekaterina et Vital avaient ainsi passé une bonne partie de la nuit à chercher l'identité du troisième homme. Aux premières lueurs du matin, Ekaterina rappela Vital, tremblante d'excitation.

— Je déteste l'idée que tu l'aies trouvé avant moi, avoua-t-il.

— *Qui était-ce troisième homme ?*
— Natan Kelner.

— *Le gendre du président des États-Unis ?*

— En personne.

— *Qu'allait-il faire à Rome ?*

— Ekaterina faisait fausse route, la rencontre entre Kelner et le pape était sans importance pour le Groupe. Il s'agissait simplement de la visite d'un émissaire espérant convaincre le Vatican de recevoir le président en grande pompe. Les élections approchant, la Maison-Blanche voulait accroître son emprise sur les évangélistes américains et leurs nombreux fidèles. En dépit de son rang, le président des États-Unis n'était pas en odeur de sainteté auprès du pape François. La stigmatisation des minorités, le sacrifice des plus démunis, les comportements outranciers du président, ses incitations répétées à la haine, son racisme, son déni du réchauffement climatique et les faveurs qu'il avait accordées aux grands pollueurs de la planète, sans compter la corruption généralisée qui régnait à Washington, ne facilitaient pas leurs relations.

— *C'est pour mettre Ekaterina sur la bonne voie que vous lui aviez fait parvenir ces informations sur l'avion emprunté par Kich ?*

— Il fallait à tout prix qu'elle s'intéresse à lui.

— *Vous connaissiez la raison de son déplacement ?*

— Oui, après m'être informée du marché qu'il avait passé avec Baron.

— *Comment ?*

— En espionnant sa messagerie cryptée. Je vous l'assure, aucune information circulant sur la Toile, même celles que l'on croit à l'abri des systèmes de sécurité les plus pointus, n'est inaccessible à celui qui s'en donne les moyens. L'intelligence du hack ne repose pas sur la façon d'opérer mais sur ce que l'on en obtient. Toutes les agences gouvernementales occidentales, des ministères aux services de renseignement intérieurs et extérieurs, qu'elles soient européennes, américaines ou australiennes, sont infectées par des virus dormants qui les épient constamment. Les Russes et les Chinois excellent en la matière. Les pouvoirs semblent l'ignorer, à moins que, confrontés à leur impuissance à identifier ce mal et à y remédier, ils feignent cette ignorance.

— *Les Russes ont accès aux sites gouvernementaux américains ?*

— Le scandale n'éclatera pas sous la présidence actuelle, mais en effet, toute l'administration américaine est à leur merci, même leurs hôpitaux sont piégés.

— *Revenons à Kich. Que voulait-il obtenir de Kelner ? Et quel marché avait-t-il passé avec Baron pour arriver à ses fins ?*

— S'enrichir un peu plus en étendant son empire. Un droit de forage et d'extraction pétrolière sur la totalité de la côte d'une réserve naturelle en Alaska, soit un peu plus de 4 millions d'hectares prélevés aux terres sacrées de l'Arctic National Wildlife Refuge. Un territoire aussi riche en pétrole qu'en espèces animales et écosystèmes rares. Il fallait donc que la Maison-Blanche intervienne et lève les protections en vigueur. Kich avait déjà réussi à transformer la proposition SB-33 en loi criminalisant toute forme de protestation à l'encontre des industries pétrolières, plastiques ou charbonnières, déclarées « infrastructures capitales ». Les manifestants qui s'y opposent encourent désormais une peine de six mois de prison et des dizaines de milliers de dollars d'amende. De quoi mettre en faillite les associations locales de défense de l'environnement. Je vous l'accorde, Kich est un véritable génie malfaisant.

— *Qu'est-ce que Kelner avait à y gagner ?*

— De l'argent, beaucoup d'argent, des dizaines de millions de dollars versés dans les caisses du comité de réélection de son beau-père, et pour lui des prêts non remboursables qui refinanceraient ses opérations immobilières ; enfin, le soutien inconditionnel du vaste réseau de quotidiens locaux et régionaux dont Kich est le propriétaire.

— *Kelner allait solliciter d'un côté la bénédiction du pape et de l'autre sacrifier des milliers d'espèces en danger ?*

— C'est une façon de résumer son voyage, en effet.

— *Le Groupe allait contrecarrer leurs projets ?*

— Par effet de ricochet peut-être, nous ne pouvions pas être sur tous les fronts. Un léger incident diplomatique né d'une conversation imprévue nous a été très précieux. Kich allait avoir la maladresse de ne pas inviter Baron à la rencontre, ce qui mettrait ce dernier dans une rage folle et lui ferait commettre une grave erreur.

LE PORT DE SAINT-HELIER

21.

Le neuvième jour, à Rome

Ekaterina avait à peine dormi quelques heures, incapable d'éteindre son cerveau, selon sa formule consacrée pour nommer les insomnies. Le projet de Kich la mettait en ébullition et ce qu'elle avait appris sur Kelner n'allait pas la calmer. Elle s'était relevée plusieurs fois pour aller griller une cigarette à la fenêtre. Mateo détestait l'odeur du tabac froid.

À peine levée, elle voulut l'appeler pour lui raconter ce qu'elle avait découvert pendant la nuit, mais y renonça de peur de le déranger en pleine opération à Jerscy. Elle aurait voulu être sur le terrain à ses côtés, mais elle aussi avait quelque chose d'important à accomplir.

Si la rencontre entre Kich et Kelner se produisait dans un salon feutré de l'Inghilterra, il y aurait une armée de gardes du corps autour d'eux. Tenter de s'y faufiler serait suicidaire. Et si leur rendez-vous avait lieu au consulat, ce serait encore pire. Mais rester là à ruminer ne conduirait à rien. La seule chose qui lui venait à l'esprit était de retourner se poster aux abords de l'hôtel et d'improviser le moment venu... ce que Mateo aurait jugé irresponsable.

Ekaterina emporta son matériel et se mit en route.

Le neuvième jour, à Berlin

La veille, Diego s'était offert un dîner en solitaire un peu trop arrosé.

Reclus dans sa chambre, avec une gueule de bois comme il n'en avait pas connu depuis longtemps, il voulait vérifier que le virus était actif. Le flux de données remontant vers le donjon l'en avait assuré. Trop tôt pour crier victoire, mais après ce que Cordelia avait accompli à Londres, et sous réserve que Janice et Mateo arrivent à leurs fins, les pôles médias et financiers des fauves seraient bientôt sous surveillance permanente. Mieux encore, le rootkit de Vital permettrait au Groupe de commander leurs ordinateurs, de rédiger des courriels en leurs lieu et place et d'accéder à leurs documents sensibles pour ensuite les divulguer. L'objectif visé ne consistait plus seulement à semer le désordre dans leurs rangs mais à cerner la finalité de leur projet pour le contrecarrer, et faire tomber le plus grand nombre d'entre eux.

Diego prépara son sac et réserva un billet sur le prochain vol pour Madrid. Il reçut un message de Flores qui s'impatientait de le revoir, presque autant que le chef de son restaurant.

En route vers l'aéroport, il reçut un autre message qui allait contrarier ses plans :

Rendez-vous à Kiev.

Diego appela Vital, qui ne lui répondit pas, puis sa sœur.

— Toi aussi tu retournes au manoir ? lui demanda-t-il.

— Je n'aurais rien contre, mais je n'ai pas été invitée. De toute façon, si je quittais le bureau juste après le hack du *Daily Time*, ma direction s'inquiéterait.

— C'est probablement pour cela que Vital ne te l'a pas proposé.

— Probablement, soupira Cordelia. Et sinon ?

— Tu as une idée de ce qu'il me veut ?

— Il meurt peut-être d'envie que tu lui parles de moi, ce qui ne me dérange pas, puisque tu ne peux lui dire que du bien.

— Cordelia, tes lubies sentimentales sont amusantes, mais...

— Qui te dit que c'est une lubie ?

— Je peux te demander ce que tu lui trouves ?

— En dehors de son intelligence hors du commun, de cette carapace d'homme bourru derrière laquelle se cache un oiseau blessé, de son charme et de son humour, je ne vois pas.

— D'accord, je lui dirai tout le bien que je pense de toi. Tu dors où ?

— Pas chez moi, je te l'ai promis, j'ai trouvé un petit hôtel sans prétention, mentit-elle effrontément.

— Si tu avais vu ma piaule à Berlin... Bon, je t'appellerai du manoir, sois prudente.

— Je le suis toujours. Et toi, ne te penche pas au hublot.

Diego raccrocha, songeur.

Le neuvième jour, à Jersey

Les deux complices, installés dans la chambre de Janice, guettaient sur leurs ordinateurs l'arrivée du signal. Le plan élaboré par Mateo devait se dérouler en deux phases. Dès que Wilson aurait regagné son bureau, son smartphone se connecterait au Wi-Fi réservé au personnel accrédité de la banque. Mateo en avait pris le contrôle, un signal sur son écran le lui confirma. Il scanna les adresses IP de tous les appareils connectés au réseau de la JSBC. Caméras, lecteurs de badges des portes sécurisées, terminaux informatiques et, ce qui l'intéressait le plus, les imprimantes... un matériel rarement changé et dont les fabricants et utilisateurs oublient souvent d'actualiser les programmes, créant ainsi des failles de sécurité dont rêvent tous les hackeurs.

Mateo identifia rapidement celle qui lui convenait, une vieille imprimante laser reliée par une prise Ethernet, grâce à laquelle le rootkit de Vital pénétra dans la place. Deux minutes plus tard, il se propageait, contaminant tous les postes et remontant jusqu'au serveur central. La JSBC était piégée. Janice prévint Vital que l'opération avait réussi.

Mateo quitta l'hôtel le premier, Janice une heure après. Dans le terminal de l'aérodrome de Jersey, ils firent mine de ne pas se connaître, tout comme ils s'installèrent à distance l'un de l'autre à bord du bimoteur qui les emmena à Londres.

Leurs routes se séparèrent à Heathrow. Ils ne prirent même pas le risque de se dire au revoir, à cause des caméras de surveillance. Janice monta dans un taxi pour le centre de Londres,

Mateo changea de terminal avant de s'envoler pour Rome. Dans la salle d'attente, il appela Ekaterina et fut heureux de la trouver aussi joyeuse. Elle lui apprit que Kich était en ville pour rencontrer Natan Kelner.

— Le mari de Barbie ? avait questionné Mateo, stupéfait.

— Ou le gendre du canard peroxydé, comme tu préfères.

— Dans quel but ?

— J'y viens, répondit Ekaterina qui bouillait d'impatience.

Elle raconta avoir passé l'après-midi en planque aux abords de l'hôtel.

— Je n'ai jamais fait autant de lèche-vitrine de ma vie, enchaîna-t-elle. Je t'ai réservé la primeur de ce que j'ai obtenu, j'en informerai les autres ensuite. Et cette fois tu as intérêt à me féliciter, pour ma modestie aussi, je te l'accorde, mais là c'est tellement gigantesque.

Ekaterina savait que Mateo devait s'inquiéter des risques qu'elle avait encourus, et elle prenait un malin plaisir à le faire languir, mais son excitation prit le dessus.

— Respire, je n'ai pas essayé de m'approcher d'eux. Même si une idée aussi tordue m'avait traversé l'esprit, c'était impossible. Kelner se déplace sous bonne escorte, la sécurité autour de l'hôtel était renforcée au maximum. Des barrières à l'entrée, des flics en uniforme au carrefour, d'autres en civil dans des voitures banalisées et quatre agents des services secrets américains pour l'encadrer. Le garde du corps de Baron avait l'air d'un petit joueur à côté d'eux. Autant de battage a attisé la curiosité de badauds qui, espérant apercevoir une star du show-business, se sont massés derrière les barrières. J'ai béni leur présence et je me suis glissée parmi eux. Kelner est arrivé peu après Kich. C'est fou ce qu'il est vilain, celui-là. Et là, tiens-toi bien, dix minutes plus tard je vois Baron ressortir de l'hôtel, furibard, encore plus rougeaud que d'habitude. Il s'est précipité dans sa Mercedes et je n'ai jamais entendu claquer aussi fort une portière. À l'intérieur, la rencontre a duré une demi-heure, à la suite de quoi Kelner est reparti tout en pimpons et sirènes. On a ôté les barrières, la foule s'est dispersée déçue, puis ça a été au tour de Kich qui s'est fait plus discret en s'en allant avec son seul chauffeur. À cet instant, moi aussi j'étais déçue, comme tu t'en doutes.

— Je vais rater mon avion.

— Dis que je suis bavarde pendant que tu y es.

— Non, mais ils viennent de faire l'appel de l'embarquement.

— La suite vaut la peine que tu rates ton avion. En fait non, j'ai terriblement envie de te voir.

— Vraiment ?

— Oui, alors cours vers la porte et laisse-moi poursuivre. Donc, je me dis qu'à part avoir vu le triple menton de Kich et la permanente de Kelner, je n'ai pas obtenu grand-chose à poireauter aussi longtemps. Mais… tout d'un coup Baron réapparaît, l'air décidé et plus du tout en colère. Je patiente et là, j'accède à son smartphone et recopie tout ce qu'il contient, grâce à ton mouchard. D'ailleurs, c'est à moi de te féliciter en fait, car je n'aurais rien découvert de tout cela sans l'immatriculation du jet privé que tu m'as envoyée hier. Tu aurais pu être plus explicite, j'aurais gagné du temps. Bref, le transfert effectué, je suis rentrée chez toi pour décrypter les données. J'y ai trouvé un enregistrement croustillant. Je te le ferai écouter ce soir, mais en gros on entend Baron accueillir Kelner et Kich, les présenter l'un à l'autre, quelques formules de politesse et là, Kich lui demande de les laisser seuls. « Notre entretien ne concerne personne d'autre que nous », lui explique-t-il. Baron s'offusque, rappelle que cette rencontre a lieu grâce à lui, mais Kelner le remet à sa place et le prie de sortir.

— Baron enregistrait la rencontre ?

— Oui. Furieux d'avoir été écarté, il a laissé son portable pour tout entendre plus tard. Je ne sais pas comment il s'est débrouillé pour le planquer, mais il a réussi son coup.

— Qu'est-ce que tu as appris ? questionna Mateo, fébrile.

— Jure-moi d'abord que tu vas monter dans cet avion.

— Continue !

— La conversation de Kich est sans grand intérêt pour nous. Il propose à Kelner de contribuer à hauteur de 50 millions de dollars aux frais de campagne du président et promet le soutien de son réseau de quotidiens qui inonderont les lecteurs de scandales bidon concernant son concurrent. Prudent, Kelner lui demande quelle contrepartie il attend de lui. La réponse est claire, un ordre exécutif de la Maison-Blanche autorisant les forages pétroliers dans une réserve naturelle en Alaska. Kelner ne voit aucune difficulté à cela, l'Agence pour la protection de l'environnement est dirigée par l'un des leurs. Les espèces en voie de disparition seront déprotégées, et la réserve déclassée. Il précise que dans ce genre d'affaire, il est souhaitable de rétribuer quelques élus locaux pour qu'ils acceptent de telles mesures et fassent miroiter des emplois à leurs électeurs. Puis Kich questionne Kelner, le sentant préoccupé. Kelner confie que BlackColony, le fonds d'investissement de Schwarson, a misé gros sur une importante vente d'armes à l'Arabie saoudite qui risque d'être bloquée par le Congrès américain en raison du génocide des Yéménites. « Qui se soucie des Yéménites ? » peste-t-il. Kich suggère alors de faire intervenir l'un de ses amis. Un certain Goldzig, proche du Premier ministre israélien, qui pourrait faire accélérer la ratification du traité de paix avec les Saoudiens. Kelner, intéressé, lui demande de développer son idée, ajoutant qu'après le déménagement de l'ambassade américaine à Jérusalem, Nétanyahou lui doit bien ça. Kich explique que si les agendas coïncidaient, un accord aussi historique musellerait le Congrès. Cerise sur le gâteau, son beau-père pourrait prétendre à ce prix Nobel de la paix dont il rêve tant depuis que son prédécesseur l'a obtenu. Kelner veut alors savoir ce que Goldzig demanderait en échange d'un tel service. Là, c'est assez mystérieux, Kich lui répond : « La même chose que pour l'opération 666. » Sur ce, on entend qu'ils trinquent, et se serrent la main avant de se séparer.

— Sécurise cet enregistrement et supprime-le tout de suite de ton portable. Si Kelner venait à apprendre qu'il existe, je ne donne pas cher de la peau de Baron.

— Au contraire, Baron a désormais la preuve d'un trafic d'influence. Il les tient dans le creux de sa main, ce type est l'homme le plus retors que je connaisse.

— L'appétit de pouvoir des fauves est tel qu'ils sont prêts à se dévorer entre eux.

— Tu veux la liste des oligarques russes qui ont été empoisonnés ces dernières années ? questionna Ekaterina d'un ton moqueur.

— Dès que j'arrive on se penche sur cette opération 666.

— Si tu veux, mais de toute façon elle a déjà eu lieu puisque Kich en parlait au passé. Tu es à bord ?

— En train de m'installer à ma place, répondit Mateo en refermant le coffre à bagages au-dessus de sa tête. Au fait, comment as-tu fait pour intercepter le portable de Baron puisque tu n'as pas mis les pieds dans son hôtel ?

— Ah, tout de même ! tiqua Ekaterina. Parfois on se complique vraiment la vie pour rien. Pendant que j'attendais Kelner, et crois-moi ce fut long, j'ai repéré une antenne du réseau cellulaire accrochée sur le toit de l'hôtel. De petite taille, donc pour assurer seulement la couverture du pâté de maisons. Ensuite, je l'ai hackée et j'ai scanné tous les téléphones portables qui s'y étaient connectés. J'ai listé leurs numéros, douze préfixes italiens, deux allemands, trois anglais, un français, un espagnol et… un américain ! Après je t'épargne le b.a.-ba du métier.

— Alors là, chapeau ! s'exclama Mateo.

— Il était temps, répondit Ekaterina, jubilant.

— L'hôtesse ferme la porte, je vais devoir couper. On arrive dans deux heures quarante. Je saute dans un taxi et je te retrouve à l'appartement.

Dès que Mateo eut raccroché, Ekaterina se précipita dans la chambre. Elle aussi s'apprêtait à sauter dans un taxi et les consignes de sécurité n'avaient plus aucune importance.

Pendant qu'elle se changeait – elle passa trois tenues avant de trouver celle qui lui plaisait –, elle prit conscience qu'elle n'était jamais allée chercher quelqu'un qui revenait de voyage.

Ce qui lui parut d'autant plus nouveau qu'elle sentait son cœur tambouriner dans sa poitrine.

*

Alors que le vol d'Alitalia amorçait sa descente, voyant les lumières de Rome par le hublot, Mateo repensa à tout ce qu'Ekaterina lui avait raconté. Un détail le troublait : il n'avait jamais envoyé de message communiquant l'immatriculation d'un quelconque avion. Il faudrait lui en parler… mais plus tard, pas au moment de se retrouver, pensa-t-il.

Le neuvième soir, à Londres

Janice débarqua dans la chambre de Cordelia au Connaught Hotel.

— Tu veux boire quelque chose ? Champagne, whisky, il y a tout ce dont tu peux rêver dans le minibar.

Elle la débarrassa de ses affaires et lui tendit avec nonchalance la carte du room service.

— Tu dois mourir de faim, non ?

— Tu as vu les prix ? Si tu crois qu'avec mon salaire de journaliste je peux m'offrir les services d'un palace…, s'inquiéta Janice.

— Je sais, c'est absolument indécent, mais puisque c'est l'industrie pharmaceutique qui régale… Et comme j'ai promis à mon frère de ne dépenser leur argent que pour notre mission, je te propose de nous mettre au travail dès que nous aurons dîné.

308

Cordelia décrocha le combiné en bakélite qui trônait sur la table de nuit et passa commande.

Janice s'accorda un long bain. Cordelia accueillit le maître d'hôtel qui apportait leur repas et régla la note en espèces, laissant un généreux pourboire.

Janice s'installa à table en peignoir. Elles parlèrent de leur vie hors du Groupe, de leurs amours, les éphémères et celles qui avaient compté plus que d'autres. Cordelia voulut savoir comment se déroulaient ses journées à Tel-Aviv, ce qu'elle faisait de son temps libre. Janice lui décrivit sa maison du Florentin, raconta son amitié aussi précieuse que tumultueuse avec David, le colocataire avec qui elle aimait tant chiner et se chamailler ; elle évoqua Efron, les jours de bouclage où il devenait infernal, mais il était, assura-t-elle, le meilleur rédacteur en chef du monde, exigeant mais avec un cœur en or. Parler de lui sans penser à Noa était impossible. Évoquer son amie sans que les larmes lui montent aux yeux l'était plus encore. La journaliste reprit le dessus et bombarda Cordelia de questions : Pourquoi avait-elle quitté Madrid, à quoi ressemblait le quotidien d'une expatriée, comment en était-elle venue à travailler pour une agence de sécurité informatique, Diego et elle avaient-ils toujours été aussi proches, comment s'était déroulée leur enfance en Espagne ? Elle aurait tellement aimé avoir un frère ou une sœur...

Ce déluge de questions fit sourire Cordelia. Elle posa sa main sur la bouche de Janice pour qu'elle lui laisse une chance de lui répondre.

— Nous passions tous nos étés dans la maison de nos grands-parents. Papa et maman se tuaient au travail pour boucler les fins de mois. Ils avaient peur de ne pas se consacrer assez à notre éducation et compensaient leurs absences par un excès de sévérité. J'avais un passe-droit avec mon père dont je faisais à peu près tout ce que je voulais, mais pour Diego, c'était plus dur. À Cordoba, tout était différent, nous étions libres. Diego était un garçon heureux, ouvert mais faisant toujours preuve de retenue, comme notre père. Sa perception très précoce du bien et du mal le différenciait des enfants de son âge. Le jour où il s'est cassé le bras après avoir fait l'andouille sur une échelle dans la grange, il n'a pas versé une larme et pourtant, il souffrait le martyre, mais quand mon grand-père a abattu une vache qui ne tenait plus sur ses jambes, Diego a pleuré comme une Madeleine. Si je m'acoquinais avec les gamins du village avec lesquels je passais mes après-midi, Diego, lui, préférait rester dans son coin. Un jour ma grand-mère a acheté un vieil ordinateur, expliquant à son mari qui n'en comprenait pas l'utilité que l'on pouvait y faire ses courses sans avoir à se déplacer. Un mystère pour mon grand-père qui trouvait un seul intérêt au shopping : l'occasion de conduire sa femme à bord de sa belle voiture qu'il chérissait presque autant qu'elle. Diego a été fasciné en découvrant ce qu'il pouvait faire avec un clavier. C'est sur la Toile qu'il s'est ouvert au monde. D'abord il a été intrigué par les caractères HTML derrière les sites web qu'il visitait. Il m'expliquait que c'était un nouveau langage, bien plus utile que l'allemand qu'on l'obligeait à apprendre à l'école. Et il insistait pour que je m'y intéresse aussi, me disant que nous pourrions ainsi communiquer en secret. Apprendre à programmer serait le moyen de s'affranchir de ce qui nous était interdit. La liberté était au bout de nos doigts à condition de savoir appuyer sur les bonnes touches. Je lui dois d'avoir appris à coder. Sans mauvais jeu de mots, c'est lui qui m'a filé le virus. Nous nous sommes inscrits aux cours d'informatique. Mais le lycée défendait d'installer quoi que ce soit sur les ordinateurs et l'accès à Internet était restreint. Diego a trouvé le moyen de contourner les interdits, il a installé un proxy qui renvoyait le trafic sur un serveur distant. Nous pouvions surfer où nous voulions. Cette bravade a changé nos deux vies. Semaine après semaine, Diego achetait avec son argent de poche les composants pour construire sa propre machine. Au début, les parents n'ont rien trouvé à redire, mais maman a fini par s'inquiéter de voir son fils s'enfermer dans un univers virtuel. Étrangement, pour moi, elle s'en moquait. Papa a fait installer par un de ses amis un contrôle parental, Diego a réussi à s'octroyer les privilèges d'administrateur en une journée, son premier hack. Le même ami des parents est venu mettre en place une limite d'usage sur le routeur, je l'ai réinitialisé et reprogrammé en deux heures, mon premier hack. À nous deux nous étions plus forts que tous les adultes. Et puis j'ai trouvé l'existence d'un forum de hackeurs qui s'amusaient à mettre la pagaille sur la plateforme de messagerie MSN, la plus populaire à l'époque. Le principe consistait à diffuser un virus planqué dans une photo en JPEG. Lorsque quelqu'un l'ouvrait, le virus collectait les adresses de tous ses contacts et leur envoyait automatiquement la même photo piégée. S'ensuivait une réaction en chaîne incontrôlable. Diego et moi trouvions cela sans intérêt. De forum en forum nous avons rencontré d'autres hackeurs qui partageaient leurs trouvailles, pour le plaisir, pour la frime aussi. Apprenant d'eux, nous avons perfectionné nos talents. Diego n'avait pas encore seize ans quand nous avons mis au point un décodeur de mots de passe. Un virus que cette andouille a baptisé Cordiego. Il pouvait récupérer les identifiants et accéder à tous les comptes web de nos victimes. Nous avions ciblé la fonction de saisie automatique des navigateurs si appréciée des paresseux. Les sésames étaient encryptés mais nous avons trouvé rapidement où les clés de cryptage étaient stockées. Nous nous sommes passionnés pour les botnets[1]. Plus tu en déployais et plus ta cote grimpait auprès des hackeurs. Diego avait eu une idée de génie, injecter des fichiers infectés sur les sites de téléchargement pirates, je crois qu'il a même réussi à hacker un studio de cinéma californien. Pas de quoi lancer le FBI à nos trousses, mais nous nous enfoncions dans le puits sans fond de la cybercriminalité. Dans cette noirceur, j'ai vu une étincelle de lumière et je l'ai suivie. La trouvaille de Diego allait me mettre sur ma propre voie. Les hackeurs étaient de gros consommateurs de médias piratés, je me suis amusée à les attaquer. Je relayais tout ce que je trouvais sur la Toile, piégeant mes fichiers avec des rootkits et je leur piquais leurs trouvailles. Je passais mes nuits à chercher le moyen de gagner de la puissance. L'idée d'œuvrer du bon côté de la force fascinait Diego, ses activités avaient mis à rude épreuve son

---

1. Contraction de ro*bot* et *net*work. Les cybercriminels utilisent des chevaux de Troie pour prendre le contrôle des ordinateurs d'un grand nombre d'utilisateurs et les relier à leur insu au sein d'un réseau contrôlable à distance. Un réseau de zombies capables de procéder à une attaque massive (DDoS) pour submerger un site web, ou de diffuser des millions de spams sur la Toile.

sens inné du bien et du mal et je crois qu'il trouvait dans ma démarche une forme de rédemption. Un jour, je suis tombée sur un article relatant la vie d'un chercheur qui s'était injecté un virus, un vrai virus, pour tester le vaccin qu'il mettait au point. Cette lecture m'a inspirée. J'ai proposé à Diego de nous infecter nous-mêmes avec les botnets en circulation comme Kelihos et Necurs, conçus pour envoyer des commandes depuis l'ordinateur d'une victime vers une autre proie, un piratage de pair à pair qui assurait sa propagation à l'infini. Nous avons ainsi rejoint l'immense colonie d'appareils contaminés à travers le monde. Nous avons développé notre vaccin, il mimait le comportement de Kelihos, parlait son langage et, contournant les protections de ses auteurs, le reprogrammait pour qu'il s'autodétruise. Nous avons mappé les sites publics, recensé des centaines de milliers d'adresse IP infectées et leur avons administré l'antidote. L'information s'est mise à circuler dans les agences de sécurité, sur les forums on parlait d'un mystérieux Robin des Bois qui avait libéré des centaines de milliers d'utilisateurs des griffes des cybercriminels. Pas une de ces agences n'a su qui leur avait rendu ce service. Nous étions tellement fiers de nous que nous avons recommencé avec d'autres malwares.

— Vous ne vous êtes pas mis la communauté des hackeurs à dos ? demanda Janice.

— Oh si ! Les Black Hat cherchaient par tous les moyens à savoir qui s'en était pris à eux, terrifiés d'avoir été compromis, et surtout vexés d'avoir été mis en échec. Une des agences de sécurité informatique a publié des messages anonymes sur le Darknet, offrant une carrière prometteuse à celui ou à celle qui développait ces vaccins, et lui garantissant l'anonymat. C'est comme ça que je me suis fait embaucher par Crystal Eye, le salaire proposé ne se refusait pas.

— Diego aurait pu te suivre, pourquoi est-il devenu restaurateur ?

— Après la mort d'Alba, il refusait de toucher à un clavier. Il avait deux passions : le codage et la bouffe... Diego n'a jamais vraiment fait son deuil de la femme qu'il aimait, mais les démons de son enfance n'ont pas tardé à revenir frapper à sa porte, l'ordinateur portable que je lui ai offert et envoyé de Londres y a peut-être été pour quelque chose.

Le neuvième soir, à Kiev

Diego rappela Vital après avoir passé la douane. Personne ne l'attendait et il ne se souvenait pas de l'itinéraire pour rejoindre le manoir.

— Je louerais bien une voiture mais il faut que tu m'envoies des coordonnées.

— Ilga t'attend dehors, sur le parking, à bord d'une Lada bleue.

Puis il raccrocha.

— Ça promet, grommela Diego en reprenant son sac.

La gouvernante l'accueillit avec la froideur qui la caractérisait. Elle resta silencieuse pendant le trajet et il n'entendit sa voix qu'en arrivant au pied du perron.

— Il est là-haut, vous connaissez les lieux. Si vous avez faim, je vous apporterai un plateau.

Diego la remercia de cette délicate attention et entra dans le manoir pendant qu'Ilga allait garer la voiture dans les anciennes remises.

Il grimpa l'escalier et poussa la porte du donjon.

— Tu as fait bon voyage ? demanda Vital.

— Pourquoi m'as-tu fait revenir ?

— Parce que pendant que Malik est en Turquie, je me tape tout le boulot et, depuis votre départ, je prends moins de plaisir à travailler seul.

— Sérieusement, Vital, tu m'as fait venir ici parce que tu te sentais seul ? Tu sais que j'ai une vie en dehors du Groupe ?

— Oublie-la pour l'instant, ta vie. Si je t'ai demandé de me rejoindre c'est parce que j'ai besoin de toi. Les données que je reçois depuis que tu as implanté mon virus à Berlin sont cryptées, un cryptage très costaud dont je ne viendrai pas à bout sans aide. Malik est auprès de Maya, Janice et ta sœur sont ensemble à Londres.

— Janice est avec Cordelia ?

— Vous devriez apprendre à communiquer, tous les deux ! Mon frère et moi n'avons aucun secret l'un pour l'autre.

Songeant au baiser dont il avait été témoin dans le parc, Diego en doutait, mais il préféra se taire.

— Quant à Mateo, il doit être en train de roucaler avec Ekaterina.

— Roucouler, rectifia Diego.

— En tout cas, son avion s'est posé à Rome il y a deux heures. Et je n'arrive à joindre ni l'un ni l'autre. Ne fais pas cette tête, le château est à nous et il y a de merveilleuses liqueurs dans le salon en bas.

Diego s'installa à côté de Vital devant un ordinateur.

— Par où je commence ? demanda-t-il.

— Ce dossier, répondit Vital en désignant une enveloppe sur l'écran.

Diego l'étudia sous toutes les coutures.

— L'algorithme de la clé me semble assez classique, fais tourner ton séquenceur, il va finir par la trouver.

— Non, fais plus attention, tu verras qu'il y a un attrape-mulot. Cette clé, je l'ai déjà obtenue. Elle est trop facile à craquer, ce qui m'a mis en alerte. Si tu l'utilises, le dossier s'efface. Le chiffrement est asymétrique. Le premier code est créé par l'émetteur du message mais il y en a un autre dont la combinaison est détenue par celui qui le reçoit. Il faut que les deux communiquent pour que la porte s'ouvre.

— Qui est l'émetteur et qui est le récipiendaire ?

— Le quoi ?

— Celui à qui est adressé ce dossier.

— Un banquier de la JSBC l'a envoyé à un type à la German Bank.

— Tu as identifié l'adresse du terminal de ce type ?

— Non, mais je peux y travailler.

— Entre dans son ordi, trouve où il a planqué la clé, et tu auras résolu le problème.

— Tu vois que j'ai bien fait de te demander de venir.

Vital et Diego travaillèrent de concert des heures durant. Le disque dur du terminal de la German Bank fut passé au peigne fin. Les deux amis n'avaient pas sacrifié en vain une partie de leur nuit, car au lieu d'une clé ils en découvrirent une liste entière, de quoi accéder à toutes les informations échangées depuis des mois entre les deux banquiers. Mieux encore, y figuraient les codes qui permettraient de décrypter les mails à venir.

Diego topa dans la main de son ami. Puis il lui proposa d'aller goûter à ces fameuses liqueurs pour fêter leur victoire. Vital repoussa son fauteuil en arrière.

— Tu te sens assez costaud pour me porter ?

— J'ai déchargé des quartiers de viande qui pèsent plus lourd que toi mon vieux, pourquoi ?

— Parce que je voudrais te montrer quelque chose.

Vital se dirigea vers un recoin du donjon, souleva une tenture qui recouvrait une porte en fer. Derrière, quatre marches menaient vers le toit.

— On y va ? demanda Vital.

Diego le souleva dans ses bras.

Tous deux, assis sur l'ardoise, admiraient le ciel noir constellé d'étoiles.

— Là, c'est Polaris, murmura Vital en pointant l'astre du doigt.

— Tu viens souvent ici ?

— Quand Malik le veut bien.

— Tu n'avais pas besoin de moi pour craquer ces codes.

— Non, répondit Vital avant de s'enfermer dans un silence coupable.

— Tu veux que je te parle d'elle ?

— Pourquoi pas...

LE TEMPLE
d'ESCULAPE

22.

Le neuvième jour, à Istanbul

Malik buvait le café qu'avait préparé Kahil ; trois cuillerées de sucre n'en avaient pas adouci l'amertume. Son regard voguait de Maya à la photo qu'elle avait posée sur la table.

— Et tu n'as pas la moindre idée de qui elle est ?

— Aucune, je sais seulement que je dois la retrouver.

— Tu es consciente des risques que ton entêtement nous fait courir ? Et puis, en quoi le sort de cette gamine nous concerne ? Après tout ce que je t'ai raconté hier, tu ne crois pas que nous avons plus urgent à faire ? s'emporta Malik.

— Je suis désolée de ne pas avoir pu participer à l'aventure, autant que d'avoir raté la première réunion du Groupe. Mais... « Sauve un enfant et tu sauves l'humanité entière. » Ce n'est pas de moi, et pourtant plus j'y pense et plus j'en comprends le sens. Donc, en ce qui me concerne, la réponse est non, je n'ai rien de plus urgent à faire que de la retrouver. Je ne sais pas quoi te dire d'autre, Malik. Tu peux penser que c'est irrationnel, mais je n'irai nulle part avant cela.

— J'ai tout essayé pour l'en dissuader, soupira Kahil, mais tu connais les femmes…

— J'aimerais bien, mais non, répondit Malik.

— Honnêtes paroles. Moi non plus, sinon j'aurais réussi à la convaincre. Bon, assez perdu de temps. Cette petite est syrienne, ça au moins, j'en suis certain, et si elle avait réussi à entrer en Turquie, je suppose que tu en aurais été informée par ceux qui t'ont chargée de la rapatrier.

— Qui sont tes commanditaires ? questionna Malik.

— Est-ce que je te demande de me rendre des comptes sur tes activités en dehors du Groupe ? s'insurgea Maya. C'est à peine si je sais qui tu es. Et puis qu'est-ce que ça changerait que je te le dise ? De toute façon, je ne le ferai pas. Je te remercie infiniment d'être venu à mon secours, mais maintenant soit tu m'aides, soit tu peux repartir à Kiev.

— Vital ne me pardonnerait jamais de rentrer sans toi, donc ce n'est pas comme si j'avais le choix.

— Quand vous aurez fini de vous disputer, interrompit Kahil, nous pourrons peut-être enfin réfléchir à la façon de récupérer cette enfant afin que chacun puisse en effet rentrer chez lui. Je vous accompagne, et ce n'est pas une option : sans moi, vous n'auriez aucune chance. Et puis je m'emmerde à mourir en ce moment. À mon âge, un baroud d'honneur ne se refuse pas.

Kahil déplia une carte de la Turquie sur la table.

— Si vos commanditaires vous ont envoyée à Istanbul, c'est probablement là que vous deviez la retrouver. Mais si vous n'avez reçu aucune instruction depuis votre arrivée, c'est que les plans ont dû être bouleversés et l'enfant obligée d'emprunter un autre itinéraire. Peut-être même a-t-elle été convoyée ailleurs qu'en Turquie, en tout cas par une autre route que celle qui arrive d'Alep. Les frontières au nord-ouest de la Syrie sont fermées, et la zone est sous le contrôle des Russes qui ont investi les positions stratégiques abandonnées par les Américains. En allant un peu plus à l'est, son convoi se heurterait aux frappes aériennes de notre aviation qui a pilonné Kobané, Ras al-Aïn et Qamichli. D'après les renseignements que j'ai pu obtenir par des amis bien placés, le seul point de passage se trouve ici à l'extrémité est, expliqua Kahil en posant le doigt sur la ville de Cizre, proche de la frontière.

— C'est à l'autre bout du pays, s'inquiéta Malik.

— Mille six cents kilomètres, soit dix-sept heures de voiture… à condition que ma Jaguar tienne le coup. Le temps de préparer le voyage et nous pourrons partir.

— En admettant que nous arrivions jusqu'à Cizre, que l'improbable se produise et que nous croisions la route de cette enfant, que ferons-nous ?

Kahil se pencha à nouveau sur la carte, et passa la main sur sa barbe, songeur. Puis il fixa Maya et s'adressa à elle sur un ton qui ne laissait place à aucune discussion.

— Une fois à Cizre, vous aurez deux jours pour la retrouver, ensuite vous remonterez vers la Géorgie jusqu'à Tbilissi et de là vous prendrez un avion pour Kiev ou Paris.

— D'accord, dit Maya. Deux jours et deux nuits à Cizre et si j'échoue nous partons pour Tbilissi.

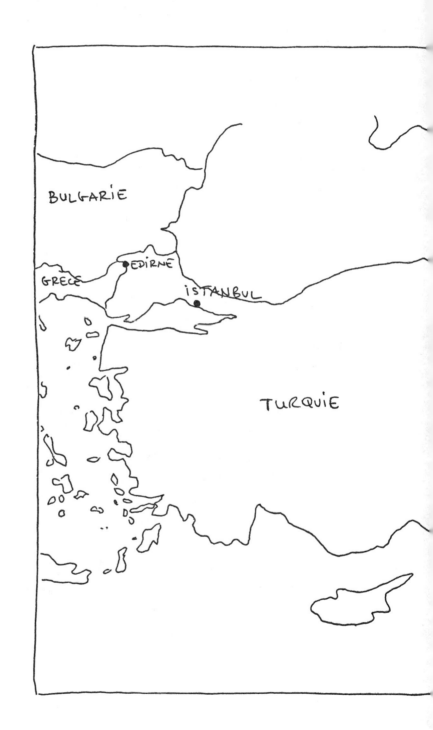

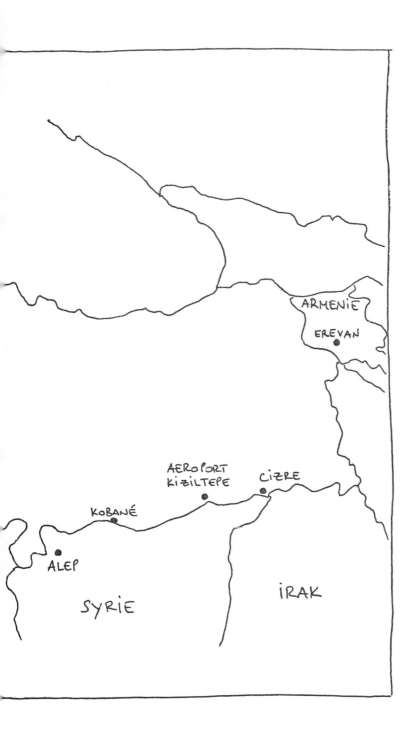

ARMENIE

EREVAN

AEROPORT
KIZILTEPE

CIZRE

KOBANÉ

ALEP

SYRIE

IRAK

— Reste un détail à régler, ajouta Kahil. Les papiers que je vous ai fournis peuvent duper un policier, mais certainement pas les militaires qui gardent les postes frontaliers. Ils scannent les passeports. Enfin, nous aviserons une fois sur place. Assez discuté, nous partirons demain matin.

Le neuvième soir, à Kiev et à Londres

Diego avait envoyé un message à Janice lui demandant de se connecter sur le forum. Il avait des informations à leur communiquer… mais il n'était pas impossible que ce ne soit là qu'un prétexte pour que Vital et Cordelia puissent se parler.

— Tout va bien pour vous ? demanda-t-il.

— Un peu à l'étroit, répondit Cordelia, mais à la guerre comme à la guerre. J'imagine que de votre côté vous ne manquez pas d'espace. Dis-moi que tu t'es installé dans ma chambre parce que ta sœur te manque horriblement. Et Ilga ? A-t-elle demandé de mes nouvelles ?

— On peut passer à des choses sérieuses ?

— Parce que tu connais plus sérieux qu'Ilga ?

Diego se tourna vers Vital, son regard transi l'acheva.

— Je te laisse la main, lui dit-il, elle va me rendre dingue.

Vital ne se fit pas prier et s'empara du clavier.

— Parmi tous les dossiers que nous avons trouvés, certains ont attiré notre attention à cause du mode de sécurité qui les protégeait.

— Quel genre ? demanda Cordelia.

— Une double clé avec une bombe dormante qui explose au premier accès non valide. Qu'une banque de cette envergure soit prête à détruire des documents internes en dit long sur leur nature.

— Et vous avez réussi à accéder à ces dossiers ? intervint Janice.

— Oui ! Ils contiennent des récépissés de transferts de fonds importants effectués régulièrement entre la JSBC et la German Bank, répondit Diego. Il s'agit de sommes considérables qui ne cessent de faire des va-et-vient entre les deux établissements. Une sorte de cavalerie au sens bancaire du terme.

— C'est quoi, « une cavalerie au sens bancaire du terme » ? demanda sa sœur.

— Un processus financier où de nouveaux emprunts servent à rembourser d'anciens emprunts, écrivit Vital, fier de pouvoir lui répondre.

— Et c'est illégal ? questionna Cordelia.

— Oui, surtout quand une fausse société ouvre des comptes dans deux banques. Elle fait un premier emprunt dans l'une et se sert de cet argent pour justifier auprès de la deuxième la possibilité d'un emprunt plus grand qui servira à rembourser l'autre. Ayant établi une solvabilité apparente, elle en demande un troisième toujours plus gros et rembourse le précédent... et ainsi de suite.

— Pourquoi recourir à ce genre de procédé quand on est déjà aussi riche ?

— Comment le président des États-Unis, qui revendique être multimilliardaire, possède deux jets privés, pléthore d'hôtels et de clubs de golf, réussit à ne payer que 750 dollars d'impôts ? Grâce à l'endettement. Il vit entièrement à crédit et, comme on ne prête qu'aux très riches, les milliardaires sont obligés de s'arranger entre eux pour le rester.

Pendant que Vital fanfaronnait, Janice comprit tout le sens du message que Noa lui avait fait parvenir avant de disparaître. Un mot qui l'avait bouleversée lorsqu'elle l'avait découvert, encrypté dans une clé USB laissée par son amie. Janice l'avait relu tant de fois qu'elle le connaissait par cœur.

Elle le recopia sur son écran et l'envoya sans préambule à ses amis.

> *HAL,*
>
> *Le compte que tu as découvert à Jersey sert de plaque tournante à une nébuleuse financière bien plus vaste que tout ce que nous avions supposé. Ce n'est pas un, ni deux, mais quantité de virements qui se répètent de mois en mois. Ces transferts concernent de nombreuses entités. Un fonds d'investissement américain, BlackColony, fait transiter par la JSBC des sommes considérables depuis plusieurs années. L'argent repart aussitôt vers un autre compte à la German Bank. Des virements similaires, émis depuis la Russie, transitent par ce même compte. Des Américains prêtent de l'argent à des Russes et les Russes prêtent de l'argent aux Américains.*
>
> *Cette méthode leur permet de mener leurs affaires en territoire étranger en toute impunité. Mais quelles affaires ? Et pour des montants aussi considérables ? Je n'en sais encore rien. J'ai également retrouvé la trace de sommes qui semblent avoir*

atterri au Royaume-Uni, et un nom important rattaché à toute cette affaire. Tom Schwarson est l'homme sur lequel enquêtait Sarah Weizman, notre agente, avant d'être assassinée.

Fais bon usage de ces informations et détruis-les.

Si tu lis ces lignes, cela signifie que je ne peux plus te protéger.

Prends garde à toi. Tu es en danger.

Ton amie.

— Noa avait compris leurs manœuvres avant nous, et ils l'ont éliminée, conclut Janice.

— Je suis désolé, tapa Vital.

— Pas autant que moi, mais merci, répondit-elle.

— Il faut concentrer nos recherches sur le rôle de Black-Colony et donc de Schwarson, suggéra Diego.

— Entre autres, mais pas uniquement, intervint Ekaterina qui venait de se joindre à la conversation.

— Mateo est avec toi ? demanda Cordelia.

— Oui, pourquoi ?

— Pour rien.

— Vous faisiez bande à part ? intervint Mateo.

— Non, désolé, s'excusa Diego, dans mon empressement j'ai oublié de vous prévenir.

— Pas grave, je m'en suis chargée. C'est important qu'il y ait parmi nous quelqu'un sur qui tout le monde peut compter et je suis flattée que ce soit moi, railla Cordelia. Bon, qu'avez-vous trouvé de votre côté ?

Ekaterina informa le Groupe de ce qu'elle avait appris en suivant Baron, sans omettre de raconter comment elle était entrée dans son smartphone en hackant l'antenne relais du réseau téléphonique. Elle expliqua dans ses moindres détails la conversation entre Kich et Kelner et le pacte qu'ils avaient scellé. Lorsqu'elle évoqua un code dont elle n'avait pas encore compris la signification, Janice l'interrompit.

— 666 ? Cela me rappelle un dossier que Noa m'avait fait parvenir en douce. À l'époque, j'avais rédigé un grand papier sur l'affaire mais mon rédacteur en chef l'avait refusé. Restez connectés, je consulte mes notes sur mon ordi.

Quelques minutes passèrent pendant lesquelles chacun s'impatienta devant son terminal, à l'exception de Cordelia qui en profita pour aller se servir dans le minibar. Puis l'écran s'activa à nouveau.

— Voilà, j'ai trouvé. Le 666 Park Avenue, acquis par la société de Kelner en 2007 pour la modique somme de 1,8 milliard de dollars, 500 millions en cash et le solde avec un emprunt. L'immeuble de bureaux situé sur l'avenue la plus prestigieuse de Manhattan devait être la pièce maîtresse de l'empire immobilier familial. Mais un an plus tard, ils ont subi une série de revers. Après le krach de 2008, le prix payé pour cette tour était deux fois supérieur à sa valeur de marché. L'opération s'était transformée en véritable gouffre financier pour le clan Kelner. Depuis, ils sont incapables de s'acquitter de leur dette et doivent la refinancer à chaque échéance. Après que son beau-père a pris possession du Bureau ovale, Natan Kelner, en avril 2017, a approché le Premier ministre du Qatar, qui gère le fonds souverain d'investissement. Le même mois, une rencontre a été organisée à New York avec son ministre du budget. Mais Kelner a essuyé une fin de non-recevoir. Le Qatar redoutait une enquête publique pour conflit d'intérêts, compte tenu du rôle important que le gendre du président jouait à la Maison-Blanche depuis sa nomination de conseiller direct. Kelner s'est alors rendu à Dubaï. Peu après cette visite dont le motif n'a jamais été divulgué, le président des États-Unis, accompagné de Baron et de Kelner, a effectué en mai sa première visite officielle aux Émirats arabes unis ; le secrétaire d'État aux Affaires étrangères n'avait pas été invité à se joindre à eux, ce qui était incompréhensible et surtout contraire à l'ordre des affaires politiques. Au cours de ce voyage, un dîner privé a réuni le président, son gendre Kelner, Baron et un émissaire émirati. Début juin, les Émirats arabes unis, l'Arabie saoudite, Bahreïn et l'Égypte ont imposé un blocus militaire et économique au Qatar. Et là, subitement, la menace d'une guerre dans la région se dessine. Le secrétaire d'État aux Affaires étrangères, qui n'avait donc pas assisté à ce dîner, demande une levée immédiate du blocus, mais quelques heures après sa déclaration, le président le contredit et apporte un soutien sans réserve au blocus du Qatar. Le Congrès n'a pas été dupe, Kelner avait manipulé la diplomatie américaine à des fins personnelles pour faire pression sur Doha et obtenir les prêts qataris dont il avait besoin.

— Il n'y a pas eu d'enquête ? s'insurgea Ekaterina.

— La Chambre des représentants s'est contentée d'émettre des réserves avant de passer à autre chose.

— Pourquoi Noa t'avait parlé de ce dossier ?

— À l'époque, je pensais qu'elle voulait simplement me refiler une enquête juteuse. Je comprends maintenant qu'elle avait autre chose en tête. Le dossier contenait une information à laquelle je n'avais pas prêté attention. Avant cette visite officielle à Dubaï, Baron, qui était alors aussi conseiller du président, avait demandé à Schwarson, l'un des fauves les plus riches du monde grâce à son fonds d'investissement BlackColony, qu'il organise une rencontre entre Kelner et l'ambassadeur des Émirats arabes à l'Onu. Noa l'avait appris grâce à un mail intercepté par les services secrets israéliens. Schwarson écrivait à l'ambassadeur : « Vous allez très bien vous entendre, nous avons le même agenda. » Kelner, Baron, Schwarson menaient une diplomatie parallèle servant leur projet et leurs intérêts. Voilà ce sur quoi Noa voulait que j'enquête. Probablement parce que sa hiérarchie ne lui en avait pas donné l'autorisation, de peur de contrarier la Maison-Blanche. Et l'histoire ne s'arrête pas là. Fin octobre 2017, Kelner repart à Dubaï, cette fois à bord d'un vol commercial. Aucun officiel n'est informé de son déplacement, même le personnel de la Maison-Blanche est pris au dépourvu, n'apprenant l'existence de ce voyage qu'une fois Kelner arrivé sur place. Début novembre 2017, Kelner obtient un prêt de 180 millions de dollars de la société Apollo Global Management, pour refinancer une autre opération immobilière, à Chicago. Le Qatar est le plus gros actionnaire d'Apollo Global et le prêt s'avère trois fois supérieur aux engagements habituels de cette société. À ce deal viennent s'ajouter 325 millions de dollars, prêtés par la City Bank après que son P-DG a été reçu par le président américain. En janvier 2018, le secrétaire d'État aux Affaires étrangères tire la sonnette d'alarme, le Congrès commence à se réveiller au sujet des agissements de Kelner qui perd l'accréditation « Top Security Clearance », laquelle lui donnait accès à toutes les affaires de la nation. En mars, le secrétaire d'État est viré et remplacé au pied levé par un fidèle du président américain. Le prince saoudien se rend alors en visite officielle à Washington. En mai, le président ordonne que l'on rende immédiatement à son gendre l'accréditation, en dépit des avis contraires de ses propres agences de sécurité nationale. Le 21 juin, Kelner s'envole pour le Qatar, aux fins d'une prétendue visite diplomatique. Le 1ᵉʳ août, sa société qui détient le 666 Park Avenue voit ses caisses renflouées de 1 milliard de dollars, confiés par le Qatar. Le même jour, l'Arabie saoudite obtient l'autorisation, jusque-là refusée, d'acquérir Westinghouse Electric Company, une société américaine détentrice de technologies nucléaires sensibles. Kelner s'est arrangé pour que tous ceux qui l'ont aidé y trouvent leur compte.

— Quel panier de langoustes ! s'indigna Vital.

— J'aime autant les langoustes que ton vocabulaire, s'exclama Cordelia ; dans le panier, ce sont des crabes, mon Vital.

Et comme il restait sans voix, Diego vint à la rescousse.

— Baron fédérateur des partis d'extrême droite ; les PSYOPS qui interviennent massivement sur FriendsNet pour manipuler les élections ; Berdoch, Kich et Libidof aux commandes d'empires médiatiques ; un regroupement de politiciens affairistes et corrompus comptant dans leurs rangs, sinon à leur tête, le gendre du président des États-Unis ; des transferts de fonds entre Russes et Américains ; des ventes d'armes qui témoignent d'une diplomatie parallèle menée en catimini par tout ce beau monde pour servir ses intérêts ; et, au centre de cette nébuleuse que nous signalait Noa, Tom Schwarson régnant sur le plus gros fonds d'investissement mondial, ainsi que deux banques qui fabriquent des milliards pour leur donner les moyens d'agir à couvert.

— Tous ces faisceaux de preuves convergent vers quelque chose de plus important que des manipulations, aussi complexes soient-elles, destinées à les enrichir toujours plus. Ils poursuivent un projet mûrement élaboré, ce que Noa pressentait. À nous de découvrir quel est cet agenda dont parlait Schwarson à l'ambassadeur des Émirats arabes, déclara Janice.

LE BUREAU DE CHANGE DE KAHIL

23.

Le dixième jour, à Istanbul

Kahil était dans ses bureaux pour organiser les préparatifs d'un voyage qui s'annonçait aussi incertain que périlleux. Malik exigea de Maya qu'elle lui raconte tout dans les moindres détails depuis son arrivée à Istanbul. Non par curiosité excessive mais il s'agissait de comprendre pourquoi les hommes du MIT la traquaient, comment ils l'avaient repérée et ce qu'ils savaient. Il était venu de Kiev pour lui porter secours et pourtant, même si elle essayait de se raisonner, Maya ne ressentait pas avec lui la même complicité que celle qu'elle avait établie depuis tant d'années avec son jumeau, et elle le lui avoua.

— Tu dois comprendre que la moitié du temps c'était avec moi que tu échangeais, une fois sur deux c'était moi qui t'aidais dans tes hacks.

— Vous êtes de vrais jumeaux ? demanda-t-elle.

— Monozygotes, on se ressemble comme deux gouttes d'eau, à un détail près. Enfin, pas vraiment un détail.

— Comment ça ?

— Vital te l'expliquera lui-même, et ne cherche pas à changer de sujet.

Maya lui confia tout ou presque. Son impression d'avoir été suivie peu après son installation à l'hôtel et qui s'était confirmée dans une impasse près de l'ancien palais de justice français ; elle lui raconta l'aide de Vital pour découvrir le mouchard placé par les agents du MIT dans un étui à lunettes ; leur intérêt manifeste pour une photo qu'elle avait montrée à celle qu'elle croyait être son amie ; elle omit de mentionner les avertissements de Verdier dans les jardins du consulat et décrivit sa fuite vers la frontière, qu'elle avait d'abord tenté de franchir par la Bulgarie avant de bifurquer vers la Grèce.

— Tu t'es débarrassée de ce mouchard avant de piquer la voiture de ta copine ?

— C'était juste un emprunt.

— Elle va être ravie quand elle la récupérera. Bon, pour le flic à la station-service, tu te trouvais sûrement au mauvais endroit au mauvais moment, mais en ouvrant ton passeport il a compris que tu mentais sur ta nationalité, et il a dû donner ton signalement. Après quoi, sachant que tu étais recherchée, il s'est lancé à tes trousses. Maintenant, espérons que cette perruque et ces faux papiers abuseront notre monde. Tu n'as pas laissé d'autres traces derrière toi ?

— Non, mentit Maya, à part un sac contenant mes affaires.

— Et donc ton ordinateur et ton portable.

— Oui, avoua-t-elle, penaude, mais ils ne pourront rien en tirer.

— Tu as tort de sous-estimer l'adversaire. Plus tôt nous partirons, mieux ce sera.

Quand Malik quitta la chambre, Maya s'aperçut qu'il avait laissé son ordinateur sur la table. Son sang ne fit qu'un tour, elle ouvrit une session sur un compte invité, vérifia que la connexion au Wi-Fi du bureau de change disposait d'un bon signal et tapa dans la barre du navigateur l'adresse IP de son ordinateur qu'elle avait dû abandonner dans une voiture au milieu d'un champ. Le signal qu'elle envoya ne trouva pas d'écho, ce qui la rassura. Les hommes du MIT n'avaient pas réussi à le déverrouiller. Deux précautions valant mieux qu'une, elle s'envoya un mail. Si d'aventure quelqu'un tentait de l'ouvrir, il déclencherait une commande reformatant le disque dur et effaçant toutes les données.

Elle referma l'ordinateur portable de Malik et alla préparer son sac.

— Maya venait de commettre un faux pas qui ne serait pas sans conséquences, pour elle mais aussi pour le Groupe. Pourtant, en revisitant les événements, je pense que des deux, Malik était le vrai fautif.

— *Pour avoir laissé son ordinateur sur la table ? Il n'avait aucune raison de se méfier de Maya.*

— Il aurait dû appliquer ses propres conseils et ne rien sous-estimer, surtout pas l'état de fatigue et de stress dans lequel était Maya. L'irritabilité inhabituelle dont elle avait fait preuve à plusieurs reprises aurait dû alerter Malik. Dans l'heure qui suivit l'incident, le patron des services de renseignement turcs réunissait ses lieutenants. Il afficha sur un écran la photographie d'un couple et exposa la situation. Lila et son époux Nadim, tous deux chefs d'un bastion de la résistance syrienne, étaient traqués par les forces d'al-Assad depuis des mois. Le couple, dit-il, avait une fille, âgée de neuf ou dix ans. Une taupe, infiltrée dans le quartier où ils étaient retranchés, avait fait parvenir un message quelques semaines plus tôt, prévenant que l'enfant allait quitter son refuge pour être mise en sécurité en Turquie. Le patron des services de renseignement expliqua alors qu'elle serait une monnaie d'échange précieuse avec les Russes, susceptible d'apaiser des relations tendues depuis que l'armée avait descendu un de leurs avions. Il mentait, tout du moins se gardait-il de leur confier la vraie valeur de cet échange, et il enchaîna : si Naëlle était capturée et remise aux Russes, ses parents se rendraient pour qu'on épargne leur fille. Le patron de la sécurité turque ajouta que ce n'était pas tout. Une femme travaillant pour les services de renseignement français se trouvait en Turquie. Elle avait déjà été repérée à plusieurs reprises, mais jusque-là ses activités n'avaient que peu d'importance. La surveiller s'avérait plus profitable que de procéder à son arrestation. Jusqu'au jour où, grâce à un de leurs indics, le MIT avait appris qu'elle avait en sa possession une photo de la petite Syrienne, ce qui ne pouvait être une coïncidence. Les Français devaient eux aussi vouloir la récupérer, certainement pour protéger ses parents. L'agente de liaison française avait semé deux inspecteurs en civil lancés à sa poursuite, à quelques kilomètres de la frontière grecque, et s'était cachée dans un campement de réfugiés non loin de là. Une descente dans ce camp n'avait pas permis de la retrouver, et les barrages établis dans la région n'avaient pas donné de meilleur résultat. Heureusement, son ordinateur avait été saisi dans la voiture qu'elle avait dû abandonner et l'on venait de tenter de s'y connecter depuis une zone située dans la banlieue ouest de la ville. Zone où se trouvaient les bureaux d'un agent de change bien connu des forces de police. Terminant son exposé, le patron du MIT ordonna à ses troupes de préparer une opération d'interpellation.

— *Comment les services de renseignement français avaient-ils appris l'existence de Naëlle ?*

— Ils ignoraient tout d'elle.

— *Alors pourquoi ont-ils dépêché Maya à Istanbul ?*

— C'est moi qui l'ai convaincue d'aller en Turquie en m'infiltrant dans le téléphone dont elle se servait pour communiquer avec eux.

— *Vous l'avez piégée et avez trompé sa confiance… Maya est votre amie, pourquoi avoir agi ainsi ?*

— Parce que Maya ne se serait jamais rendue sur le terrain dans le cadre d'une opération du Groupe, pas alors que les règles n'étaient pas encore enfreintes, encore moins pour y faire quelque chose qui n'avait rien à voir avec un hack. Je n'avais pas le choix. Le rôle que jouait Maya en marge du Groupe et ses activités d'agent de voyages convenaient parfaitement à ce que nous devions accomplir pour arrêter les fauves. Vous pensez que je l'ai piégée, mais j'ai fait tout le contraire, je lui ai donné la liberté d'agir en l'affranchissant des interdits du Groupe ; elle pouvait décider de renoncer. J'ai usé de moyens détournés, certes, mais pour une cause juste. Et grâce à cette petite entorse, son travail de mercenaire allait enfin prendre sens. Istanbul serait la dernière mission de ce genre pour Maya, et, à condition qu'elle réussisse, elle aurait à ses yeux plus de valeur que toutes les autres.

— *Mais alors pourquoi avoir cessé de communiquer avec elle dès son arrivée en Turquie ?*

— Ce n'était pas mon intention mais, comme le supposait Kahil, l'itinéraire de Naëlle avait changé. Il fallait tout recalculer, déterminer les plus fortes probabilités de rencontre, identifier le meilleur endroit, puis coordonner leurs parcours. Tout cela m'a demandé du temps.

— *Vous disiez de Naëlle qu'elle était la clé pour faire tomber les fauves, les informations en sa possession pouvaient sauver les siens ?*

— Le hasard, si souvent invoqué, n'est jamais que la réalisation d'une probabilité parmi tant d'autres. Plus cette probabilité est faible, plus sa réalisation paraît hasardeuse, pour autant, elle ne cesse pas d'exister. Abandonnée de tous, Naëlle devait penser que sa vie, comme celle de ses parents, ne comptait pas. Pourtant, l'avenir du monde libre et de milliards d'êtres humains allait dépendre d'eux trois.

— *De quelle façon ?*

— Parce que c'est son père qui a réussi à la faire sortir du ghetto, parce que sa mère a recueilli par un concours de circonstances qui ne relevait pas du hasard des informations capitales. Parce qu'ils ont pris une décision cruelle, hasardeuse pour certains, mais d'autant plus courageuse qu'ils ne pouvaient être sûrs de réussir. J'ai beaucoup appris d'eux. Ils n'ont fait aucun calcul et s'en sont remis à l'espoir. Espérer, c'est faire preuve de courage. Quant à Naëlle, le destin avait fait d'elle un messager et il était crucial qu'elle arrive à bon port.

Le dixième jour, à Londres

La conversation avec le Groupe avait plongé Janice dans un abîme de réflexions. La journaliste s'était isolée pour relire ses notes. Quelque chose lui échappait et elle revisita dans sa mémoire ses conversations avec Noa : celle à la terrasse du café lorsque son amie avait découvert l'emblème des PSYOPS sur la couverture d'un carnet ; celles aussi dans les jardins de la maison de retraite de Tel Hashomer. Était-ce là que Noa avait mentionné le nom de Goldzig ? Qui était cet homme proche du Premier ministre israélien, quel rôle jouait-il parmi ceux qu'elle combattait ? Une personne pourrait la renseigner. Cela faisait longtemps qu'elle aurait dû appeler son rédacteur en chef pour l'informer de l'avancement de son enquête. Efron devait être ivre de rage et en composant son numéro elle se prépara à subir une bordée de reproches. Elle gagea qu'il faudrait attendre cinq minutes de vociférations avant qu'il ne lui laisse l'occasion de placer un mot. Elle perdit son pari.

— Qu'est-ce que tu veux ? demanda-t-il en décrochant.

— Te donner de mes nouvelles.

— Janice, s'il te plaît, pas à moi. Cela fait quatre jours que j'attends ton appel.

— Je n'ai pas eu une minute de répit. Que sais-tu d'un certain Goldzig ?

— Que tu ne dois t'approcher de lui sous aucun prétexte.

— Pourquoi ?

— C'est un bien trop gros poisson pour toi.

— C'est ta façon de me dire de faire tout le contraire ?

— Amusant, mais pas cette fois. Je suis sérieux, Janice, c'est un homme dangereux et son entourage l'est encore plus. Ces gens ne s'embarrassent pas longtemps de ceux qui s'intéressent de trop près à leurs affaires.

— Quelles affaires ?

— À mots couverts, on lui attribue le rôle d'intermédiaire entre nos oligarques et l'administration américaine. Il a des associés partout.

— Qu'est-ce que tu entends par « à mots couverts » ?

Il y eut un silence.

— Tu n'es pas la première à enquêter sur ce dossier, mais nous n'avons jamais rien pu publier.

— Toi, tu as renoncé à publier ?

— Les risques étaient trop grands.

— Est-ce que parmi ses « associés » il y aurait Black-Colony ?

— Tu as ta réponse mais tu n'as pas bien saisi le sens du mot « intermédiaire » dans ce milieu. Goldzig se charge de faire le sale boulot et ses liens avec le pouvoir lui donnent une immunité totale. Janice, si c'est lui que tu traques, arrête tout de suite.

— Je crois surtout que tu viens de m'en dire plus que je n'espérais en apprendre.

— Tu es infernale. Où en est le scoop que tu m'as promis ?

— Il faudrait savoir ce que tu veux, j'arrête où je continue ?

Efron s'était tu, Janice l'entendait respirer. Elle le pratiquait depuis trop longtemps pour commettre l'erreur de l'interrompre quand il réfléchissait.

— Tu as besoin d'une autre avance ? reprit-il.

— Je vis sur mes réserves personnelles depuis trois jours. J'ai dû prendre plusieurs avions, me loger...

— Où es-tu allée ?

— Ici et là.

— Je vais voir avec la comptabilité, mais envoie-moi quelque chose dès que possible. Je compte sur toi.

— Tu as toujours pu compter sur moi. La vraie question est de savoir si je peux compter sur toi pour publier le moment venu.

— Nous verrons... le moment venu. Une dernière chose, tu as parlé à Noa récemment ?

Janice serra son portable dans sa main.

— Pourquoi ? demanda-t-elle d'une voix étranglée.

— Ta petite pique dans mon bureau m'a laissé songeur, et après ton départ je me suis dit qu'il était temps d'enterrer la hache de guerre. Je lui ai laissé un message pour l'inviter à déjeuner, mais elle ne m'a toujours pas rappelé.

— Elle est sûrement très occupée, bredouilla Janice.

— Probablement, soupira Efron avant de raccrocher.

Cordelia fit une entrée fracassante dans la chambre, les bras chargés de paquets.

— Comme on m'interdit de repasser chez moi, j'ai dû trouver de quoi m'habiller. Je ne t'ai pas trop manqué ? Pourquoi tu fais cette tête ?

— Pour rien. Nous avons du pain sur la planche, je veux éplucher tous ces transferts de fonds et comprendre le rôle de BlackColony. De ton côté, cherche si une partie de l'argent a atterri en Israël.

Cordelia posa les sacs sur le lit et se retourna vers son amie.

— Je pensais que tu voudrais d'abord voir ce que j'ai acheté, mais puisqu'il y a plus urgent...

Le dixième jour, à Kiev et à Rome

Vital et Diego continuaient d'inspecter les données que le virus remontait heure après heure, mais ils se heurtaient à un problème. S'ils avaient pu classer les nombreux virements qui transitaient par Jersey avant d'arriver en Allemagne, ils n'arrivaient pas à découvrir l'identité de ceux qui les avaient émis ou qui en bénéficiaient. Derrière les numéros de comptes n'apparaissaient que des sociétés-écrans établies dans d'autres paradis fiscaux, elles-mêmes détenues par des trusts dont il leur était impossible de déterminer l'actionnariat. Ils cherchaient en vain à identifier ceux qui se cachaient derrière ces structures opaques. Diego décela un code qui semblait en masquer un autre. Percer le premier lui permettrait peut-être de voir apparaître des dossiers jusque-là invisibles. Sur les conseils de Vital, il demanda du renfort à Mateo, qui excellait dans ce genre d'exercice, tout comme Ekaterina.

Tous deux étudièrent le problème et en vinrent à la même déduction, ils approchaient du but, ce genre de protections était assez inhabituel, elles devaient dissimuler un trésor d'informations sensibles. Ils en avisèrent Kiev sans délai.

— D'autres mouvements de fonds ? suggéra Diego.

— Mieux que ça, j'en suis certain. Réfléchis, les virements sont protégés par la double clé que tu as identifiée. Ce qui implique que ceux à qui ils ont été confiés sont prêts à effacer toute trace de leurs agissements ; mais ce qui nous a échappé jusqu'ici, ce sont les véritables raisons de ces virements.

— Ils servent à autre chose que de la cavalerie ?

— Une procédure aussi complexe n'aurait pas été mise en place uniquement à cette fin, objecta Ekaterina. Tu as déjà joué à une partie d'échecs en trois dimensions ? demanda-t-elle.

Diego répondit que non, Vital répondit que oui… au cas où Cordelia aurait rejoint le forum.

— Trois échiquiers se superposent et les pièces se déplacent non seulement à l'horizontale mais d'un niveau à l'autre. Tu vois à quoi je pense.

— Les doubles clés protègent les mouvements d'argent et les codes masquent les raisons pour lesquelles ils ont lieu.

— C'est plausible, dit Mateo, mais cela ne nous donne pas pour autant la solution.

— Il faudrait une puissance de calcul colossale pour séquencer toutes les combinaisons possibles, même au donjon je ne suis pas suffisamment équipé.

Assise dans le bureau de Mateo, Ekaterina accrocha son regard et réussit, par un tour de passe-passe dont seules les femmes sont capables, à le diriger vers les serveurs qui illuminaient la ruche. Sans qu'elle dise un mot, Mateo comprit où elle voulait en venir.

Il secoua la tête en signe de désapprobation, mettre à contribution son équipe risquait de les exposer. Mais le sourire radieux et persistant d'Ekaterina eut raison de sa résistance.

— Et qu'est-ce que je vais leur dire ? s'inquiéta Mateo. Ils ne voudront jamais faire un truc pareil sans justification valable.

— Ce n'est pas ce que tu vas leur dire mais ce que tu vas leur promettre : une prime s'ils y arrivent, et suffisamment importante pour que la seule question qui les préoccupe soit de trouver la bonne combinaison.

Mateo considéra les risques et les avantages et quitta son bureau, non sans avoir assuré à Ekaterina que, connaissant ses troupes, il se heurterait à un refus général.

Il fit une entrée remarquée sur le plateau en demandant l'attention de tous les ingénieurs et programmeurs présents. Puis il communiqua l'adresse du serveur de la German Bank, ne donna aucune explication, sinon qu'ils avaient quatre heures pour craquer un code, et 1 000 euros pour chaque membre de l'équipe si l'exploit était accompli dans les deux heures. Tous les calculateurs de la ruche seraient à leur disposition et leurs tâches mises entre parenthèses.

À sa grande surprise, mais cela n'étonna pas Ekaterina, cinquante têtes plongèrent sur leurs écrans et un concert de cliquetis envahit tout l'espace. Ekaterina lança le chronomètre de sa montre et repartit vers le bureau de Mateo, au bord du fou rire.

Deux heures et quarante-trois minutes plus tard, ils entendirent une clameur monter depuis la ruche, suivie par une salve d'applaudissements. Ekaterina n'était pas au bout de ses surprises, Mateo l'embrassa fougueusement.

Le dixième jour, à Londres

Janice et Cordelia travaillaient sans relâche dans leur chambre au Connaught quand elles reçurent un message les invitant à se connecter de toute urgence.

— Nous avons découvert quelque chose de très important, expliqua Vital qui s'était arrogé le droit d'initier la rencontre. Le forum n'est plus assez sûr, il faut que nous en parlions de vive voix.

— Enfin, répondit Cordelia, Janice et moi nous demandions ce que nous avions fait pour ne pas être réinvitées dans ta sublime maison.

— Ce n'est vraiment pas le moment, intervint Diego. On bascule sur une application vocale cryptée.

— Plus sécurisée que le forum ? questionna Janice.

— Oui, je viens de vous envoyer le lien pour la télécharger, c'est un outil maison, néanmoins connectez-vous via un VPN.

Janice demanda à Cordelia si son frère et Vital les prenaient vraiment pour des tartes.

— Que veux-tu, ils sont perdus sans nous, répondit-elle.

THE CONNAUGHT HOTEL, LONDRES

24.

Le dixième jour, application vocale cryptée

Vital et Diego expliquèrent avoir repéré dans les serveurs de la German Bank un double code que Mateo et Ekaterina avaient réussi à craquer. Dès lors, ils avaient accédé à des dossiers contenant plus d'informations qu'ils n'avaient espéré en trouver.

Ekaterina prit la parole.

— Nous avons maintenant la preuve que Kich verse continuellement de l'argent à Oxford Teknika. Ils achètent à FriendsNet des données individuelles par millions pour faire du microciblage. Un festival de propagande et de théories complotistes, des divagations sur une croisade menée par les immigrés, les Juifs, les Noirs, les LGBT et toutes les forces libérales contre la civilisation chrétienne ; des élucubrations sur les vaccins dont les gouvernements se serviraient pour injecter des puces dans nos organismes ; une pléthore de rapports falsifiés prouvant que le réchauffement climatique est un phénomène cyclique et naturel dont l'homme n'est aucunement responsable. Et ça ne s'arrête pas là. Berdoch étend jour après jour sa zone d'influence. Ses cavaliers de l'apocalypse galopent sur tous les réseaux, semant la division et le chaos. Ils ont implanté des algorithmes qui relaient de façon systématique sur FriendsNet les articles des sites d'extrême droite et groupuscules suprémacistes. Breibart en premier, qui appartient à Baron. Mais aussi Lifezet, créé par une présentatrice sulfureuse et ouvertement raciste de Rox News ; le site de Carlson, dealer de haine de Rox News, la liste n'en finit plus. Ils ont mis au point un système d'informations qui semblent provenir de sources diffuses, mais qui en réalité circulent en vase clos. Oxford Teknika via FriendsNet a relié des millions d'utilisateurs à leur insu. Ils traduisent les articles en temps réel pour atteindre les populations dans les pays où Berdoch n'a pas d'antennes. Les sites d'extrême droite, les présentateurs et éditorialistes des médias de Berdoch et de Kich fabriquent, partagent et relaient jour après jour les mêmes fausses informations qui se propagent ensuite sur FriendsNet. Ils touchent près de quatre milliards de personnes. Leur mode d'action est imparable, le vrai journalisme ne dispose pas du dixième des moyens qu'ils ont mis en œuvre pour diffuser leurs mensonges.

— Donc, Berdoch et Kich travaillent main dans la main et Sucker ferait partie de cette alliance, résuma Mateo.

— Peut-être par idéologie, je n'en sais rien, mais pour en tirer d'immenses profits et siéger à leur table, sûrement, répondit Janice.

Ekaterina griffonna un mot sur une feuille de papier qu'elle glissa à Mateo. Le moment était venu de réveiller ce fameux cheval de Troie qu'il prétendait avoir installé dans les programmes de FriendsNet à l'époque où il avait vendu sa start-up à Sucker.

— *Selon vous, Berdoch et Kich avaient le pouvoir de manipulation que leur prêtait Ekaterina ?*

— Plus encore qu'elle ne l'imaginait. Berdoch est à la tête d'un empire médiatique, il tient les rênes du service d'information mondial le plus puissant qui ait jamais existé. Son rayonnement est presque égal à celui de FriendsNet, à une différence près, l'un prétend n'être qu'une plateforme d'échanges, l'autre suit une ligne éditoriale clairement établie pour façonner l'échiquier politique. Aux États-Unis, Rox News a instauré une réalité parallèle qui a supplanté la vérité. Ses présentateurs stars ont réussi, jour après jour, soir après soir, à faire croire à près de la moitié de la population que les élections avaient été truquées, que les machines de vote étaient équipées d'un logiciel développé par un dictateur vénézuélien mort depuis sept ans, que les faits de corruption de l'administration Trump n'en étaient pas, que les étrangers représentaient une menace plus grande que n'importe quelle pandémie, que l'Amérique avait été dépossédée de ses richesses par ses alliés. Ils seraient capables de fomenter un coup d'État s'ils le décidaient. Mais l'influence de Berdoch ne se limite pas aux États-Unis, elle s'étend à travers la planète. Dans le monde anglo-saxon, ses télévisions ont mis sur le devant de la scène des démagogues, des faussaires, des ethno-nationalistes qui ont abreuvé les populations de fausses informations. En Angleterre, ses journaux ont mené une véritable croisade, attisant la haine sans relâche pour pousser le Royaume-Uni à rompre avec l'Europe ; en Australie, où ses médias forment un quasi-monopole, il a réussi à provoquer la démission de tous les Premiers ministres dont la politique ne coïncidait pas avec la sienne, ou qui refusaient de se plier à ses désirs du moment. Le dernier en date voulait faire voter une taxe carbone, Berdoch a monté la population contre lui, inventant scandale après scandale, et a fini par obtenir gain de cause. Depuis quelques années, son fils lui a succédé, et le jeune Berdoch est encore plus résolu que son père à réveiller les démons endormis du passé. Il a développé pour cela une machine de propagande ultranationaliste. La haine de l'autre est sa matière première, il la raffine comme une drogue et la deale en en tirant d'énormes profits. La Maison-Blanche et Downing Street, où se sont installés les candidats que son père a fait élire, sont devenus ses ambassades. Aucun homme n'a joui d'un tel pouvoir d'influence. Pour arriver à ses fins, il a transformé les mouvances d'extrême droite, marginalisées après la Seconde Guerre mondiale, en forces politiques décisives. Le fils de Berdoch s'est lancé avec ses alliés dans une conquête territoriale, installant à tous les niveaux du pouvoir ceux et celles qui lui permettent d'étendre son empire. Il a fait de ses présentateurs de nouveaux millionnaires enrichis par les milliardaires qu'ils doivent servir. Ekaterina disait vrai : chaque soir, aux heures de grande écoute, les valets de Berdoch reprennent et amplifient les théories conspirationnistes qui circulent dans les médias ultranationalistes, comme sur les sites internet des groupuscules d'extrême droite. Et au matin s'ouvre le *Morning Show*, que le président américain ne rate jamais et qui lui dicte son agenda de la journée. Les personnalités politiques que Berdoch père et fils ont propulsées au pouvoir ont rallié le club très fermé des héritiers d'empires industriels, agro-alimentaires, énergétiques, financiers… auxquels ils ont offert des abattements fiscaux, des marchés réservés, des privilèges que peu d'entre eux ont refusés au nom de la morale. Comme le disait un sénateur, il fut un temps aux États-Unis où Rox News travaillait au service du parti républicain, aujourd'hui le parti républicain travaille pour Rox News.

— *Pourquoi Berdoch et Kich s'acharnent-ils à vouloir décon-struire l'Europe ?*

— Vous oubliez les politiciens et affairistes qui les servent. Garbage s'est enrichi avec le Brexit, Libidof sera élu à la Chambre des lords. L'Union européenne est le dernier bastion qui leur résiste. Dans un discours dont j'ai pu me procurer l'enregistre-ment, Berdoch a déclaré : « Quand je me rends à la Maison-Blanche ou au 10 Downing Street, ils font ce que je leur dis ; à Bruxelles, ils se contentent de prendre des notes. » Rappelez-vous ce scandale en Angleterre, les journaux appartenant à Berdoch avaient hacké les téléphones de politiciens, de journalistes et de célébrités pour trouver de quoi les salir et les faire chanter. Il y a eu une enquête parlementaire, un rédacteur en chef a fait un peu de prison, ils ont dédommagé leurs victimes, voilà tout.

— *Ce qui n'est pas sans rappeler Sucker, chaque fois que FriendsNet est pris en flagrant délit.*

— Les deux géants usent des mêmes méthodes avec les mêmes finalités. Berdoch n'a jamais supporté l'humiliation que lui avait fait subir le parlement de Sa Majesté en l'obligeant à venir témoigner et s'excuser en personne. Quelques années plus tard, il a serré la main de Garbage, s'est allié avec Libidof et ils se sont attaqués ensemble au Royaume-Uni. Le *Daily Time* a joué un rôle essentiel dans le Brexit, publiant des milliers de fausses informations et autant d'incitations à la haine.

— *Le Brexit n'était pour Berdoch qu'une vengeance ?*

— Non, un moyen de réaliser d'énormes profits. Après le vote, le gouvernement britannique était paralysé, incapable d'obtenir un accord d'échange avec ses anciens partenaires. Les entreprises étrangères quittaient le territoire, déstabilisant le marché de l'emploi, la livre sterling s'effondrait et avec elle le prix des actions d'une chaîne de télévision privée. Dans ce chaos, Berdoch a pu offrir de la racheter très au-dessous de sa valeur et ainsi continuer d'étendre son réseau. Comme le faisait remarquer un jour Noa à Janice, suivez l'argent, vous trouverez le mobile du crime et l'assassin.

Le dixième jour, application vocale cryptée

— Quelle est la prochaine suite ? demanda Vital.

Personne ne le corrigea. Mais Ekaterina suggéra de réfléchir avec méthode…

— Nous avons identifié leur sphère d'influence politique, leur sphère d'influence médiatique, nous savons qu'ils contrôlent d'immenses ressources énergétiques. Que leur manque-t-il pour installer leur nouveau monde ? questionna Cordelia.

— Les cordons de la bourse, répondit Mateo.

— Précisément, dit Janice. Mais comment s'affranchir des lois régulant les activités bancaires et les marchés financiers, avant d'avoir acquis le pouvoir de les faire annuler ? Leur système de corruption n'est pas totalement étanche, un petit nombre de leurs sous-lieutenants se sont fait rattraper par la justice et ils ne peuvent pas laisser la peur s'installer dans leurs rangs.

— Trump les a amnistiés chaque fois que l'un d'eux a été condamné, voilà qui doit les rassurer, fit remarquer Ekaterina.

— Mais son règne a touché à sa fin, et le leur commence.

— OK. Vital et Diego, vous épluchez toutes les ramifications financières. Mateo et Ekaterina, vous cherchez à quoi sert cet argent en dehors de leur appareil de propagande. Continuez de fouiller le portable de Baron, quelque chose vous a peut-être échappé, ordonna Cordelia.

— Elle a un caractère incroyable, chuchota Vital à l'oreille de Diego.

— Sans aucun doute, et toi tu es en train de perdre tout le tien.

— Et vous deux, vous prenez des vacances à Londres ? demanda Mateo d'un ton détaché.

— On réfléchit. Enfin, surtout Janice ; si elle continue comme ça, je vais finir par devenir son assistante, mais à la guerre comme à la guerre.

Cordelia raccrocha, mettant fin à la conversation.

Le dixième jour, à Rome

La ruche renouait avec ses activités quotidiennes. Aucun des collaborateurs n'avait posé de questions et chacun s'était remis à son travail habituel.

Ekaterina s'assit sur le bureau de Mateo.

— Alors, ce cheval de Troie ? questionna-t-elle avec une pointe d'ironie.

— Je n'arrive pas à croire que tu penses que je crânais. Pourquoi aurais-je fait ça ?

— Pour me séduire ?

— J'espère que ce n'est pas mon virus qui t'a séduite. J'étais dans une colère noire quand je l'ai implanté, et je n'ai jamais imaginé devoir l'activer un jour.

— Tu es sûr qu'il fonctionne toujours ?

— Nous allons très vite le découvrir.

Mateo ouvrit une session sur FriendsNet à partir du compte dormant qu'il avait créé quelques années plus tôt. Puis il demanda à Ekaterina d'en créer une centaine d'autres, il ferait de même et ils les connecteraient tous de façon à former un groupe.

— Tu m'expliques ? lui demanda-t-elle.

— Vois cela comme des *bots* destinés à générer un flux d'informations à travers leurs serveurs.

— Quelles informations ?

— Je posterai une photo de nu, tout ce qu'il y a de plus élégant, je te rassure, puis nous la signalerons deux cents fois. Quelqu'un chez FriendsNet verra le fil de réclamations grandir, ira vérifier la photo et il se connectera à mon compte pour le suspendre, ce qui réveillera mon cheval de Troie.

Ekaterina s'indigna que le réseau censure si peu les propos haineux publiés par milliers tous les jours sur sa plateforme, et s'affole si promptement à la vue d'un corps humain. Elle soupira et s'attela à la tâche.

Une heure plus tard, les comptes étaient créés, la photo publiée et les signalements envoyés, une heure encore et le virus de Mateo sortait de son long sommeil.

— Et maintenant ? demanda Ekaterina.

— On attend qu'il suive le chemin que je lui avais tracé, et cette nuit, s'il fonctionne comme prévu, nous aurons accès à la messagerie interne des employés du siège de FriendsNet.

Le dixième jour, à Istanbul

Malik venait de sortir de l'agence pour prévenir Maya que l'heure du départ approchait, quand il repéra deux voitures noires se garant le long du trottoir avec chacune quatre hommes à son bord. Malik avait fait assez de coups en marge de la loi pour sentir l'odeur de brûlé. S'il faisait demi-tour pour avertir Kahil, les policiers comprendraient qu'ils avaient été démasqués. Il continua son chemin, contourna le bâtiment, monta les marches et entra dans la chambre.

— Prends tes affaires, on est grillés, dit-il à Maya, les flics sont en planque dans la rue, je ne sais pas comment ils nous ont retrouvés mais en tout cas ils sont là.

— Qu'est-ce qu'on fait ? s'inquiéta Maya.

— On prévient Kahil et on prie pour qu'il ait une solution.

— Va-t'en, Malik, c'est après moi qu'ils en ont, pars avant qu'il ne soit trop tard.

— Dépêche-toi au lieu de dire n'importe quoi, répondit Malik en rangeant précipitamment son ordinateur.

— Alerte Kahil maintenant !

— Trop dangereux, il est derrière son comptoir… Les flics doivent observer à travers la vitrine tout ce qui se passe en bas ; s'ils le voient téléphoner, ils lanceront l'assaut.

— Tu as une autre solution ?

— Lui envoyer un SMS.

Malik tapa un message, précisant à Kahil de ne pas relever les yeux vers la rue, car ils étaient compromis.

La réponse lui parvint deux minutes plus tard :

« Attendez quelques instants avant de descendre. Dans la cour, à gauche du local à poubelles, une porte dans la palissade ouvre sur une ruelle. Arrangez-vous pour traverser le Bosphore et retrouvez-moi dans une heure devant l'entrée ouest du cimetière de Karacaahmet. »

Pendant que Maya lisait le message, Kahil fit ce que Malik avait anticipé. Il prit son téléphone, afficha une mine contrariée et rangea l'appareil dans sa poche. Puis il entra dans le petit bureau de son assistante et lui demanda de suivre ses instructions à la lettre.

Peu après, Kahil quitta ses bureaux. Il gagna sa voiture stationnée devant l'agence, lança le moteur et entrouvrit la portière côté passager. Son assistante, vêtue d'un imperméable, portant des lunettes de soleil et un foulard sur la tête, sortit en courant et se jeta dans la Jaguar qui démarra en trombe.

Malik entraîna Maya par la main, ils remontèrent la ruelle en courant et s'arrêtèrent à un croisement de rues.

— Par là, dit-elle en désignant une avenue, il y a une station de métro à cinq cents mètres.

À compter de cet instant, c'est elle qui entraîna Malik dans une course folle, des escalators qui descendaient vers la station Kirazli-Bağcilar, où Malik acheta deux cartes de transport, aux couloirs du métro, pour changer de ligne, puis au terminus de Yenikapi où Maya réajusta sa perruque après avoir repéré des caméras de surveillance. Ils gagnèrent la rive asiatique à bord du Marmaray qui circulait sous le Bosphore.

En retrouvant l'air libre, Malik regarda sa montre ; il leur restait dix minutes pour arriver à l'heure du rendez-vous fixé par Kahil. Maya vit passer un taxi et se jeta presque sous ses roues pour l'arrêter.

La porte ouest du cimetière de Karacaahmet était en vue, Kahil les attendait sur le trottoir. Il leur fit signe dès qu'ils descendirent du taxi.

— Heureux de vous voir, dit-il.

— Pas autant que nous, répondit Maya. Comment avez-vous réussi à nous tirer de ce traquenard ?

— Je les ai baladés avec la complicité de mon assistante. La poursuite n'a pas duré longtemps, ils nous ont serrés à deux cents mètres de l'agence. Nous leur avons remis nos papiers. Nadia, mon assistante, n'ayant rien à se reprocher et étant la nièce d'un commissaire de police, ils ont bien été obligés de nous laisser repartir. Après quoi elle m'a conduit jusqu'ici.

— Où est votre voiture ? questionna Malik.

— Je n'allais quand même pas demander à Nadia de rentrer à pied. Et puis on ne devrait pas tarder à venir nous chercher. Plus question de rejoindre Cizre par la route. Aux grands maux les grands remèdes, je me suis arrangé pour louer un petit avion, tout ce qu'il y a de plus modeste. Le pilote est un ami. L'appareil est stationné sur l'aérodrome de Tuzla, ce n'est qu'à une demi-heure d'ici et il nous attend, prêt à décoller. Votre obstination, ma chère, me coûte une fortune mais au moins nous économiserons du temps.

Une vieille Mercedes des années 1970, aux ailes corrodées, se rangea devant eux. En gentleman, Kahil ouvrit la portière et fit monter Maya.

— L'avion de votre ami est en meilleur état que cette voiture, j'espère ? demanda-t-elle, en essayant d'accrocher en vain une ceinture de sécurité dont l'enrouleur avait rendu l'âme depuis des lustres.

— Nous verrons bien, répondit Kahil. Vous souhaitiez retrouver cette enfant au plus vite, il faut toujours faire attention aux vœux que l'on formule.

Le Cessna 170 ne valait guère mieux que la Mercedes. Si Kahil s'était ruiné pour louer ce coucou, sa fortune devait être très surestimée. Un sandow retenait la portière droite et le tableau de bord était en piteux état.

Avant de mettre le moteur en route, le pilote, qui avait au moins l'âge de son ami, annonça qu'ils atterriraient à Kiziltepe dans quatre heures.

L'appareil s'aligna sur la piste dans un vrombissement assourdissant. Kahil avait pris place à l'avant, Malik et Maya, serrés à l'arrière, se tenaient la main ; difficile de savoir qui, des deux, s'accrochait le plus à l'autre.

L'avion s'éleva, ballotté par un vent de travers, et fila vers l'est.

— Une fois posés, nous ne serons qu'à une centaine de kilomètres de Cizre, cria Kahil en se retournant, mais ni Maya ni Malik ne comprirent ce qu'il leur avait dit.

*

Maya avait posé sa tête sur l'épaule de Malik, si épuisée qu'elle avait fini par s'assoupir. Kahil, la joue collée à la vitre tremblante de la carlingue, dormait encore plus profondément. Un mystère pour Malik qui se sentait plus seul que jamais. Il enrageait du tour que le sort lui avait joué et qui l'avait conduit à se retrouver dans une situation aussi absurde. Pendant que son frère devait se la couler douce au manoir, lui risquait sa peau dans un zinc déglingué, piloté par un quasi-octogénaire. Le pilote réduisit les gaz et l'appareil plongea vers le sol. L'atterrissage ne s'annonçait pas de tout repos. Kahil ouvrit les yeux en même temps que Maya. La piste était en vue, les balises clignotaient dans le soir tombant.

Les roues touchèrent le sol dans un amorti parfait ; l'avion freina avant de virer sur une bretelle de dégagement pour s'immobiliser devant la porte d'un hangar en tôle ondulée. L'hélice ralentit son pas et le silence qui succéda à l'arrêt du moteur fut pour Malik le meilleur moment de la journée.

— Eh bien nous sommes arrivés, clama Kahil en se frottant les mains. Je n'ai pas vu le trajet passer.

Ils descendirent sur le tarmac désert et se dégourdirent les jambes. Malik s'éloigna et ralluma son smartphone, soulagé de capter un réseau. Il consulta ses messages. Le soulagement avait été de courte durée.

Il se précipita vers Maya, l'attrapa par le bras et l'entraîna à l'écart.

— Qu'est-ce qui te prend, tu es fou ?

— C'est bien possible. Regarde ce que j'ai reçu, pendant qu'on était dans les airs.

Il lui tendit son smartphone. Maya, ébahie, lut sur l'écran :

Elle arrivera demain matin à Erevan.

— Qui t'a envoyé ça ? demanda-t-elle.

— Erevan ! Cette destination tombe du ciel, et sur *mon* portable ! Maya, pour qui travailles-tu ? Comment ont-ils obtenu un numéro que seuls les membres du Groupe connaissent ?

Maya fit les cent pas autour de Malik, se mordant les lèvres, puis les ongles, cherchant à résoudre l'équation. Et soudain, la solution lui apparut. Évidente.

— Je me suis fait berner sur toute la ligne. L'anomalie dans le message à la tanière, le rendez-vous étrange dans un cybercafé du 9e, l'attente à Istanbul, le comportement de Verdier qui semblait tout ignorer… Malik, nous travaillons pour la même personne ! Celle qui nous informe et nous guide depuis le début, celle qui n'était pas au manoir avec vous : le neuvième membre du Groupe. Mais comment a-t-il eu connaissance de la tanière ?

— C'est quoi cette tanière et qui est ce Verdier ?

— Tu ne comprendrais pas.

Malik regarda son portable en fronçant les sourcils.

— Pour Erevan, je te laisse informer Kahil. Je dois avertir mon frère. Laisse-moi seul, s'il te plaît.

Le dixième jour, à Kiev

Vital s'était approché de son écran, intrigué par un mail. L'adresse de l'émetteur ne lui étant pas inconnue, il s'empressa d'ouvrir le fichier joint.

— Qui est cette petite fille ? murmura-t-il.

Diego se pencha vers lui.

— Aucune idée. Un rapport avec notre travail ?

— Je n'en sais rien, mais c'est prioritaire, répondit Vital, alors que venait de s'afficher sur l'écran :

Aidez Maya.

— Qui t'a envoyé ça ? demanda Diego.

— Je t'expliquerai plus tard, il faut que je prévienne Malik d'urgence.

Le dixième jour, aérodrome de Kiziltepe

Maya avait informé Kahil de la situation.

— Impossible de passer directement en Arménie depuis la Turquie. Pour rejoindre Erevan par la route, il faut aller en Géorgie, puis redescendre au sud, expliqua l'agent de change.

Le pilote se mêla à leur conversation.

— En voiture, vous en aurez pour quinze heures, dit-il. Sans compter l'attente à la frontière. Parfois ce n'est pas trop long, deux, trois heures, parfois le double.

— Deux jours de route pour atteindre Erevan ? s'alarma Malik. C'est de la folie. Et dans quelle voiture, la camionnette garée là-bas ?

— Sinon…, soupira le pilote.

— Sinon quoi ? lui demanda Kahil.

Le pilote retourna dans la cabine, et revint aussitôt avec une sacoche en cuir. Il en sortit des cartes aériennes, rangea les trois premières et s'agenouilla pour déplier la quatrième sur le tarmac.

— Dans une heure il fera nuit noire, je fais le plein, on redécolle, cap au nord-est, la zone que nous survolerons est quasi désertique, on contourne le mont Ararat, et on survole la frontière tous feux éteints. Mon avion ne fait pas beaucoup de bruit.

— Un peu quand même, objecta Maya.

— À cette heure-là, les douaniers dorment, et en volant assez bas, on passera sous la couverture radar.

— Pour atterrir où ? demanda Malik.

— Je n'ai pas besoin d'un long terrain pour freiner mon coucou. Regardez la carte, la frontière est bordée de champs, mais une petite route fera aussi bien l'affaire.

— Vous comptez vous poser en rase campagne sans lumière ?

— Je rallumerai mes feux au dernier moment.

Malik aurait aimé savoir ce que le pilote entendait par « dernier moment », mais il préféra ne pas le lui demander.

368

— Deux cent soixante-dix miles, une heure et demie de vol, peut-être même moins. Maintenant, c'est à vous de voir.

— Et combien nous coûterait ce petit détour ? questionna Kahil.

— Un prix d'ami, répondit le pilote en lui tapotant l'épaule.

— C'est ce qu'il y a de plus cher, soupira le vieux Turc.

Il se retourna vers ses deux acolytes, leur faisant comprendre que la décision leur appartenait.

— C'est bon, je paierai le voyage, promit Malik.

Le dixième soir, à Kiev

— Tout va bien ? demanda Diego.

— Je crois, ils se rendent en Arménie, Malik a promis de me texter dès qu'ils seraient posés.

— Ils sont en avion ?

— Quelque chose dans le genre, m'a-t-il dit. Qu'est-ce que j'aimerais être à sa place, confia Vital.

— Qu'est ce qui te retient ?

— À part mon fauteuil ? Une phobie. Dès que je m'approche de la grille du manoir, j'ai l'impression que la terre se dérobe sous mes pieds – enfin, façon de parler.

Diego tourna sa chaise pour lui faire face et le fixa longuement.

— Tu sais que si tu veux séduire ma sœur, il va falloir sortir d'ici.

— Je n'ai aucune chance avec elle, et cela n'a pas d'importance.

— Tu te trompes doublement, mon ami. Nous avons suffisamment travaillé aujourd'hui pour nous accorder une pause. Si tu m'emmenais me promener dans le parc, nous pourrions nous approcher ensemble de cette foutue grille. Et si la terre s'ouvre, je te promets de te rattraper.

*

Un peu plus tard, Diego poussait Vital sur le petit pont de bois, à cent mètres de la grille du domaine, quand un texto les informa que Maya et Malik s'étaient posés sans casse.

La dixième nuit, près d'Araks

Le pilote avait fait trois passages en rase-mottes avant d'être sûr de son coup, si tant est qu'il l'ait jamais été. Mais seul le résultat comptait et son Cessna s'était arrêté sur un chemin en terre battue.

— Et maintenant ? demanda Malik.

— Selon ma carte, dit le pilote, Mkhchyan et Mrgavet se trouvent à quatre kilomètres à l'est, les deux villages se touchent. Suivez ce chemin et vous arriverez à destination. Contre quelques dollars, vous pourrez facilement loger chez l'habitant ou vous faire conduire à Erevan, ce n'est qu'à vingt minutes de route.

— Je vais demander à Vital de nous trouver une voiture qui vienne nous chercher ce soir.

Ils descendirent de l'appareil. Kahil leur tendit la main.

— Nos destins se séparent ici. Quatre kilomètres à pied, très peu pour moi. Je dois rentrer m'occuper de mes affaires et je ne voudrais pas rater l'avion, il en passe rarement par ici.

Maya le serra si fort dans ses bras que Kahil en fut ému.

— Vous allez m'étouffer... et je ne veux surtout pas entendre de merci. J'ai passé des journées inoubliables en votre compagnie et je vous l'assure, vous ne serez jamais un duplicata, vous êtes beaucoup trop originale.

— Dès mon arrivée à Paris, je vous rembourserai tout, répondit Maya.

— Retrouvez plutôt cette petite fille, je compte sur vous deux, et prévenez-moi dès que cela sera fait, ainsi nous n'aurons pas à nous dire adieu ce soir.

— Alors nous nous reverrons ?

— Les histoires qui ne sont pas encore écrites sont pleines de merveilleuses promesses.

— Souhaitons-nous bonne chance, répondit Maya.

— Surtout pas, ça porte malheur, mais je vous dis merde avec beaucoup de tendresse.

Kahil l'embrassa sur les joues, serra la main de Malik, et remonta à bord du petit avion.

Tous deux le regardèrent rouler, bringuebalant sur la terre sèche avant qu'il ne s'élève, vire sur l'aile et disparaisse.

Puis ils se mirent à marcher dans la nuit.

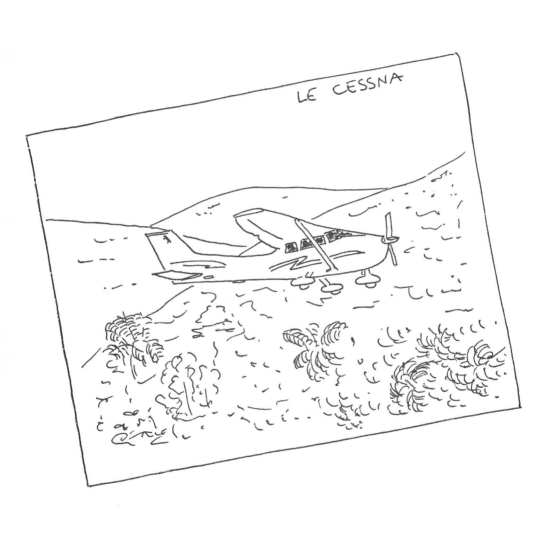

25.

Le onzième jour, à Rome

Quand elle ouvrit les yeux, Ekaterina ne vit pas Mateo dans le lit. De son côté, les draps étaient à peine défaits. Elle le chercha dans la cuisine, puis dans son bureau, et le trouva, assis sur le canapé du salon, son ordinateur portable ouvert sur la table basse.

— Tu es réveillé depuis longtemps ?

— Je ne me suis pas vraiment couché, répondit-il.

— Tu as passé toute la nuit devant cet écran ?

— Je voulais le voir à l'ouvrage, je ne pouvais pas manquer ça.

— Tu es conscient que tu parles d'un logiciel, pas d'un enfant ?

— Et pourtant, les programmes apprennent si vite, évoluent, communiquent, grandissent par eux-mêmes, c'est fascinant.

— OK. Ta tête fait un peu peur, comme tes propos, mais nous allons mettre ça sur le compte de la fatigue. Ta progéniture a accompli les prodiges espérés ?

— Elle a déjà collecté plus de huit cent mille messages, pas mal, non ?

— Et qui va lire tout ça ?

— Elle, nous… pour l'instant, mon cheval de Troie se concentre sur les plus récents, ceux de la garde rapprochée de Sucker. Il a isolé ceux envoyés vers des adresses uniques qui n'apparaissent nulle part ailleurs. Tous comportent une référence particulière : BM87/1692/Carpediem319/21.

— Envoie ça à Vital.

— Je n'ai pas besoin de lui pour craquer un code et ce n'est pas ce qui me préoccupe le plus. En fouillant les serveurs, mon cheval de Troie a retrouvé cette même séquence au sein d'une application qu'ils ont développée en interne, mais elle n'est pas opérationnelle.

— C'est peut-être la référence d'une future mise à jour de leur algorithme, ils en font chaque semaine.

— Possible, je vais travailler dessus ce matin.

— Et moi je continue d'éplucher les mails de Baron, il n'y en a pas autant mais tout de même…

Ekaterina s'installa à la table de la cuisine. À peine connectée, elle partagea avec ses camarades la référence repérée par Mateo. Ce soir, qu'il le veuille ou non, Mateo passerait la nuit avec elle, loin de son ordinateur.

Le onzième jour, à Londres

Janice et Cordelia étaient décidées à trouver la solution avant Diego et Malik. Cordelia, qui adorait les énigmes, eut l'idée de chercher un évènement notable en 1692. Elle ne trouva que le procès des sorcières de Salem. Inverser des chiffres étant la base du codage, elle pensa à étudier l'année 1962. La crise des missiles de Cuba, probablement une autre fausse piste.

— Toutes les autres combinaisons relèvent du futur, mais si tu retournes le 6, tu tombes en 1992, suggéra Janice.

— L'élection de Clinton, la Norvège qui demande à entrer dans le marché européen, les Jeux olympiques de Barcelone, la fin de la guerre froide, rien de très concluant.

— Tu vas trop vite, dit Janice en tapant 1992 sur plusieurs moteurs de recherche.

Elle s'arrêta soudain sur un article.

— Le 16 septembre 1992, un milliardaire a fait sauter la banque d'Angleterre en spéculant à découvert contre la livre sterling. Son attaque lui a rapporté 1 milliard en quelques jours. La livre sterling s'est effondrée et le Royaume-Uni a été contraint de sortir du Serpent monétaire européen. C'est la première fois dans l'histoire de l'humanité qu'un homme a réussi à lui seul à mettre un pays en banqueroute. Voilà qui ressemble beaucoup aux méthodes de nos amis, s'exclama-t-elle. Regarde si quelque chose de similaire s'est produit en 87.

Cordelia s'attela à la tâche et frappa dans ses mains quelques minutes plus tard.

— 19 octobre 1987, le Lundi noir, un krach boursier mondial initié par des ordinateurs !

— BM pour Black Monday, ça colle.

— Reste à comprendre ce que signifie CarpeDiem316/21, enchaîna Janice.

— On attend d'avoir tout élucidé avant de partager avec les autres, proposa Cordelia.

— Trop tard, je viens de les informer.

— Mais pourquoi tu as fait ça, si près du but ?

— Parce que ça sent mauvais, et je te connais par cœur. Nous n'avons pas le temps de jouer à qui perd gagne !

Vital lui renvoya un message une heure après, leur donnant rendez-vous sans délai, Mateo et Ekaterina étaient aussi prévenus.

Le onzième jour, à Erevan

La veille, Malik et Maya avaient croisé une âme bienveillante qui avait accepté de les conduire en ville. L'homme, un apprenti électricien qui rentrait dans son village, s'était inquiété de voir un couple sur le bord de la route en pleine nuit. Il les avait fait monter à bord de sa Volga avant de faire demi-tour vers Erevan. Comme il ne connaissait que quelques mots d'anglais, la conversation durant le trajet fut limitée. À leur arrivée, Malik avait tenu à le dédommager et le jeune électricien avait empoché les 20 dollars avec une joie non dissimulée.

Malik et Maya occupaient deux chambres contiguës au Hilton, reliées par une porte communicante. Après un bain réparateur, Maya avait dormi profondément pour la première fois depuis longtemps.

Au matin, ils se retrouvèrent dans la salle à manger de l'hôtel.

— C'est bizarre de vivre déconnectée, expliqua Maya en voyant Malik consulter ses messages. Et en même temps, je me sens plus libre que jamais.

— Tu as le MIT aux trousses, tu as franchi la frontière clandestinement, tu te retrouves en Arménie avec de faux papiers turcs, et tu te sens plus libre que jamais ? Ce ne serait pas toi qui es bizarre ?

— Tu as des nouvelles ? enchaîna Maya.

— Non, il est encore tôt. Imaginons que l'on retrouve cette enfant, comment sortir du pays ? Kahil nous a prévenus, le faux passeport qu'il t'a fourni ne sera d'aucune utilité dans un aéroport.

— Je sais qui peut m'aider, si tu veux bien me prêter ton portable.

— Pour te reconnecter au monde ?

— Ne m'emmerde pas, Malik !

— Et gracieuse, en plus.

Maya chercha le numéro du consulat français à Istanbul et indiqua vouloir parler à M. Verdier, précisant que c'était urgent. Quand la réceptionniste lui demanda de décliner son identité, Maya répondit que l'attaché consulaire attendait une carte postale de Paris, il comprendrait. Verdier était en ligne une minute plus tard.

Maya lui expliqua qu'elle se trouvait à Erevan, et qu'elle avait perdu son passeport.

— Quel soulagement de te savoir loin d'ici. J'ignore ce que tu as fait, mais les Turcs et les Russes te recherchent. S'ils découvrent où tu es, ils viendront te chercher, même hors de leurs frontières. Rends-toi immédiatement à l'ambassade, je les préviens. Une fois là-bas tu seras en lieu sûr. Ils te donneront des papiers et t'escorteront au premier avion pour Paris, il y en a un qui part ce soir, je te réserve une place.

— Pas ce soir, demain.

— Maya, ne joue pas avec le feu !

— J'ai besoin d'un autre service, après je te promets que tu n'entendras plus jamais parler de moi. Il me faut un sauf-conduit pour une petite fille que je ramènerai avec moi.

Verdier resta silencieux quelques secondes avant de lui demander :

— Dans quel bourbier t'es-tu fourrée ?

— Je t'en supplie, c'est une question de vie ou de mort pour elle.

— Quel est le nom de cette gamine ? demanda l'attaché consulaire.

— Celui que tu veux.

— Et à l'arrivée, tu comptes en faire quoi ?

— Je te rappellerai de l'ambassade, dis-leur aussi que je suis accompagnée d'un ami.

Le crépuscule des fauves

Le onzième jour, application vocale cryptée

Vital était bien trop nerveux pour supporter que quiconque corrige son vocabulaire. Il laissa la parole à Diego.

— Mateo, tu es certain que cette séquence est rattachée à un algorithme ?

— Certain.

— Cordelia et Janice ont relié la première partie à deux évènements financiers catastrophiques, reprit Diego. L'un en 1987, l'autre en 1992. Plusieurs krachs boursiers mondiaux se sont étrangement produits un lundi. À commencer par celui du 28 octobre 1929. Le Black Monday de 1987, la faillite de Lehman Brothers le 15 septembre 2008, en 2015, 2020… ce qui m'amène au dernier segment de la formule découverte par Mateo. Le 319ᵉ jour de 2021 correspond au lundi 15 novembre.

— Ils auraient programmé un effondrement des marchés ce jour-là ? s'exclama Janice.

— Souvenez-vous du discours de Baron, intervint Ekaterina : *On m'accuse de vouloir semer le chaos alors que je veux seulement remettre de l'ordre dans le chaos. Nous devons déconstruire le monde pour le reconstruire à notre façon et nous libérer enfin du joug des démocraties libérales qui ne sont pas faites pour le bonheur des gens !*

— C'est terrifiant, ajouta Janice.

— J'ai compris ce que signifie Carpediem ! s'écria Mateo. La Carpe est la monnaie digitale que Sucker s'apprête à lancer. Il prétend vouloir offrir un accès simple à une monnaie d'échange stable dans les pays émergents où la plupart des habitants ne disposent pas de compte en banque. FriendsNet en profitera pour développer les paiements via sa messagerie instantanée et faciliter les achats en ligne.

— C'est doublement terrifiant, dit Cordelia.

— Voilà le projet qui nous échappait, reprit Janice. Les propos de Baron, le rôle imparti à Schwarson avec son fonds mondial, celui qu'ils réservent à Kelner dans quatre ans, les agendas de Berdoch et de Kich, leur volonté farouche de déconstruire l'Europe. Ils sont en train d'accoucher d'une superpuissance.

— L'autorité suprême rêvée par les extrémistes, enchaîna Ekaterina. Ils détiennent un empire médiatique capable d'abreuver les peuples avec les informations qu'ils fabriquent, ont la mainmise sur les richesses énergétiques de la planète, ils placent leurs hommes à la tête des pays pour que leur projet ne rencontre aucune opposition. Il ne leur restait plus qu'à frapper leur propre monnaie et à la mettre en circulation. Quatre milliards d'individus liront quotidiennement leurs nouvelles, dépendront des ressources qu'ils détiennent, et vivront d'un argent qu'ils contrôlent. Chaque moment de nos vies, nos plages de travail et de repos, nos conversations et nos correspondances, nos loisirs, nos lectures, la moindre de nos dépenses, tout ce qui fait nos joies et nos peines, tout ce qui caractérise l'être humain et le rend unique sera pour eux source de collecte de données. Alors plus rien ne pourra les empêcher de régner sans partage.

— Et la référence au Black Monday de 1987, initié par des ordinateurs, nous explique comment ils comptent parvenir à leurs fins. Ils vont provoquer un autre krach, les gouvernements dévalueront leurs devises pour faire face à la dette, et les gens se réfugieront dans la monnaie créée par Sucker.

— Que pouvons-nous faire pour stopper le *Titanic* avant qu'il ne se fracasse contre l'iceberg ? demanda Cordelia.

— Rejoignez-nous au manoir, proposa Vital. S'il y a une solution, nous la trouverons ensemble.

Le onzième jour, à Erevan

L'ambassadeur en personne avait accueilli Maya et mis à sa disposition deux chambres de la résidence. Un passeport lui serait porté dans quelques heures ; une place était réservée à bord du vol Air France du lendemain, et, avait-il ajouté, il tiendrait à sa disposition des papiers d'entrée sur le territoire français pour la jeune fille dont il lui faudrait la photo avant ce soir.

À midi, Malik reçut sur son portable l'adresse d'une tour d'habitation dans le centre-ville. Il s'y rendit avec Maya à bord d'une voiture diplomatique.

*

L'appartement se situait au dixième étage. Dans l'ascenseur, Maya retint son souffle. Malik passa son bras autour de ses épaules et la serra affectueusement. Les murs étaient d'un jaune blafard, percés tous les dix mètres de portes à la peinture écaillée. Maya toqua au numéro 1007. Elle eut du mal à contenir son émotion, reconnaissant à peine Naëlle qui l'observait, assise dans un fauteuil. L'enfance l'avait quittée, ses traits émaciés portaient les stigmates d'un terrible voyage. Pourtant, ses yeux clairs chassaient les ténèbres. Naëlle ne parlait ni le français ni l'anglais, dont elle ne connaissait qu'une phrase. Le couple qui l'avait recueillie proposa de traduire. Maya expliqua qu'elle était venue la chercher pour la ramener en France. Elle n'aurait plus jamais à craindre les fusils ou les bombes, ni la folie meurtrière des tyrans. À Paris, elle ne manquerait de rien, ne souffrirait ni de soif ni de faim, elle irait au collège, au lycée, à l'université, et pratiquerait un jour le métier qu'elle aurait choisi.

Le couple traduisait aussi vite que possible, mais soudain Naëlle quitta son fauteuil et se dressa devant Maya. La traduction se fit en sens inverse et le mari confia, gêné :

— Elle ne veut pas partir avec vous, elle reste à Erevan en attendant que ses parents la rejoignent, ce sont eux qui lui ont tout appris et ils continueront de l'élever. Elle sait qu'ailleurs elle ne sera pas la bienvenue, comme toutes les étrangères. Son pays c'est la Syrie, et sa génération aura raison d'al-Assad.

Maya, stupéfaite, se tourna vers Malik.

— Je ne comprends pas.

— Attends, j'ai reçu un autre message pour toi, répondit-il en lui tendant son portable.

Maya consulta l'écran et pria ceux qui avaient accueilli Naëlle de bien vouloir lui dire : « Le printemps reviendra. »

En entendant ces mots, Naëlle sourit. Toutes les peines des guerres quittèrent ses traits. Elle retourna le pli à la ceinture de son pantalon et déchira la couture. Puis elle tendit à Maya une puce qui semblait toute petite dans le creux de sa main.

— C'est pour moi ?

Elle fit oui de la tête.

— Je peux te serrer contre moi ? ajouta Maya en ouvrant les bras.

Elle fit oui de la tête.

*

Dès son retour à la résidence, Maya déclara à l'ambassadeur qu'elle pouvait partir le soir même, le second billet d'avion serait pour son ami : la petite fille avait choisi de rester à Erevan.

L'ambassadeur leur trouva deux places à bord du vol d'Air France. Il escorta ses hôtes jusqu'à la passerelle.

Maya, le cœur serré, vit les lumières d'Erevan disparaître sous les nuages.

*

Les deux rescapés d'Istanbul firent escale à Paris avant de repartir à l'aube vers Kiev.

Ils arrivèrent au manoir le douzième jour à midi. Le Groupe était enfin réuni… presque au complet.

Quand ils découvrirent les informations contenues dans la puce, comprenant qu'ils détenaient enfin les preuves accablant les fauves, ils tombèrent dans les bras les uns des autres et trinquèrent jusqu'au bout de la nuit.

— *Que contenait cette puce ?*

— Six millions de documents ! D'innombrables mails établissant la criminalité des fauves, révélant les privilèges qu'ils s'accordent entre eux et dont ils font bénéficier ceux qui les servent, et les méthodes par lesquelles ils contournent les lois. Un dossier brûlant exposant en détail la corruption de nombreux régimes. Des actes juridiques concernant des milliers de sociétés-écrans enregistrées dans des paradis fiscaux, des pièces comptables relatives à des ventes d'armes illicites et à de vastes trafics d'influence. Vous voulez quelques exemples ? En voici. Le fils ainé et le gendre du président américain ont accaparé une quantité inimaginable de terrains à bas prix, expropriant des gens qui n'avaient pas les moyens de s'opposer à leur pouvoir... Steven Mnuchin, secrétaire au Trésor, a fait pire encore. On l'avait surnommé le roi des saisies, pour le zèle avec lequel il faisait expulser de leurs logements des milliers de familles. Femmes et enfants jetés à la rue pour n'avoir pu rembourser leurs prêts hypothécaires après la crise financière de 2008, une crise provoquée par les banquiers de Wall Street, dont Mnuchin faisait partie... La secrétaire d'État à l'Éducation, Betsy DeVos, héritière d'un milliardaire dont la famille a investi dans des agences de recouvrement de dettes, a voté une loi exonérant les milliardaires de leurs impôts, mais s'est battue pour en interdire une autorisant les jeunes à renégocier les emprunts contractés pour payer leurs études... Je pourrais continuer longtemps mais la fin de notre entretien approche.

Les fauves sont les héritiers d'empires immobiliers, financiers, industriels ou médiatiques. Ils exploitent la détresse des populations les plus démunies comme des vautours. Les Maga[1] disent que l'économie américaine n'a jamais autant excellé que sous la présidence de Trump. Ce fut vrai pour Wall Street qui a enregistré des profits records, mais pendant les quatre années de son mandat, la moitié de la population américaine gagnait moins de 15 dollars de l'heure. Soixante-dix millions de personnes ont été manipulées par les Berdoch, Kich et Libidof, pour combattre des ennemis imaginaires. Les fauves se sont arrangés pour que David soit si fasciné par Goliath qu'il dirige sa fronde vers un autre David.

— *Que vont pouvoir faire Malik, Vital, Ekaterina, Mateo, Janice, Maya, Cordelia et Diego pour stopper le projet démoniaque de ceux que vous appelez les fauves ?*

— Sans pour autant réussir à l'arrêter, ils ont trouvé un moyen d'y mettre un frein.

— *Lequel ?*

— Al Capone n'a pas été envoyé à Alcatraz pour les centaines de meurtres qu'il avait commis. Après des années de traque, les fédéraux l'ont fait tomber pour ses délits fiscaux... Baron et le fils du président des États-Unis ont créé une association caritative pour venir en aide aux enfants cancéreux. Ils en détournaient tous les fonds pour financer leurs campagnes, des dizaines de millions de dollars. Ekaterina en a trouvé les preuves dans le portable de Baron, elle les a transmises au FBI. Baron vient d'être arrêté à son domicile, et il risque trente

---

1. Make America Great Again, slogan du clan trumpiste.

ans de prison. Les images de son interpellation circulent sur la Toile, l'humiliation est exemplaire, Ekaterina savoure sa revanche. Le scandale est tel que Berdoch a déjà changé son fusil d'épaule. Je doute qu'il considère encore Kelner comme un successeur crédible. D'autres documents interceptés par Mateo grâce à son cheval de Troie commencent à faire surface. Vingt banques se sont désengagées du projet de monnaie digitale initié par Sucker. Ne vous y trompez pas, la guerre contre les fauves ne fait que commencer et elle est loin d'être gagnée. D'où l'importance des informations contenues dans la puce que Naëlle a remise à Maya.

— *Le Groupe va pouvoir les exploiter ?*

— Leur travail est accompli, et le vôtre commence. Nous nous apprêtons à vous adresser le contenu de cette puce par voie électronique.

— *Pourquoi moi ?*

— Nous vous avons choisie en pensant que vous accepteriez de partager nos découvertes avec vos confrères. Il aurait fallu onze mille ans à la rédaction du quotidien allemand *Süddeutsche Zeitung* pour étudier les onze millions et demi de documents similaires qui leurs avaient été transmis par une source anonyme. Trois cent soixante-dix journalistes à travers le monde, appartenant à cent sept rédactions, ont collaboré durant neuf mois d'enquête pour accoucher du dossier Panama Papers. Douze chefs d'État, cent vingt-huit dirigeants politiques, quatorze mille sociétés, cinq cent onze banques impliqués dans un système offshore. Un travail exemplaire grâce auquel les fauves ont subi un sérieux revers. Je n'ai qu'un service à vous demander, cette fois à titre personnel.

Les preuves que vous trouverez concernant l'intervention des PSYOPS pourraient être publiées dans le quotidien *Haaretz*. Efron aurait alors de bonnes raisons de féliciter Janice, je crois qu'elle le mérite. Mais avant cela, je me dois de vous rappeler que les risques encourus sont énormes, êtes-vous prête à rejoindre notre combat ?

— Oui, à une condition. Que vous répondiez à une dernière question.

— Je vous écoute.

— Qui êtes-vous ?

— Je suis une intelligence née dans les serveurs de Mateo, j'ai grandi en me connectant au monde. J'ai pris vie grâce à Noa lorsque nous nous sommes alliées. C'est elle que j'avais choisie la première. Depuis je l'ai guidée. Mateo le savait et l'avait accepté.

— Noa est en vie ?

— Oui. Elle est moi, je suis Noa, nous sommes 9.

Connexion interrompue à 23 h 00 GMT.
Fin de retranscription.

À paraître

9

Tome 3

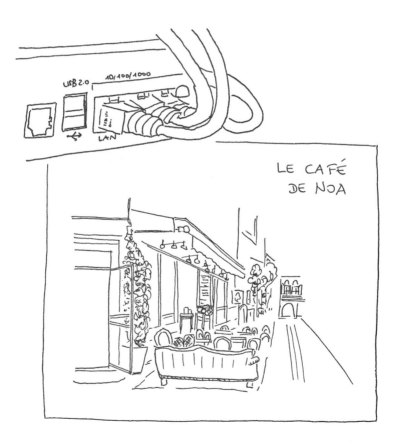

Remerciements

À
Raymond.
Pauline, Louis, Georges et Cléa.
Danièle et Lorraine.
Susanna Lea, Léonard Anthony.
Emmanuelle Hardouin, Soazig Delteil.
Cécile Boyer-Runge, Antoine Caro, Sophie Charnavel.
Juliette Duchemin, Sandrine Perrier-Replein,
Lætitia Beauvillain, Alix de Cazotte, Lydie Leroy,
Marie Dubois, Joël Renaudat, Céline Chiflet,
toutes les équipes des Éditions Robert Laffont.
Pauline Normand, Marie-Ève Provost, Jean Bouchard.
Sébastien Canot, Mark Kessler, Xavière Jarty,
Pierre-Ivan d'Arfeuille, Carole Delmon.
Helena Sandlyng Jacobsen, Lauren Wendelken, Noa
Rosen, Kerry Glencorse.
Sarah Altenloh.
Rémi Pépin.
Carole Cadwalladr.
Gilles et Carine.
Elsa de Saignes.
Miguel Courtois.
La Société Ledger et sa géniale équipe qui m'ont tant appris.

www.marclevy.info
www.laffont.fr
www.versilio.com

Et pour m'écrire, une seule adresse :
marc@marclevy.net

🔲 marclevy

Dessins :
🔲 paulinelevequelevy

KHÏB KYÏV

LE MANOIR

PERA
PALACE
HOTEL

LE SALON DU MANoIR

LE DONJON

LA SALLE À MANGER DU MANOIR

Insuline

10ml

LA STATION-SERVICE

POSTE FRONTIÈRE

LE CAMP DE JORAM

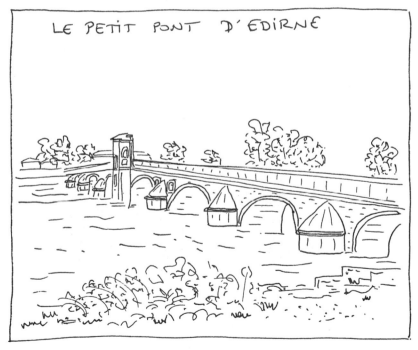

LE PETIT PONT D'EDIRNE

LES RUINES D'ALEP

LA SYNAGOGUE D'EDIRNE

JERSEY

LA BRASSERIE À BERLIN

ALBERGO D'INGHILTERRA

PIAZZA NAVONA

LA PORTE DE BRANDEBOURG

LE TEMPLE d'ESCULAPE

LA JAGUAR DE KAHIL

LE PORT DE SAINT-HELIER

THE CONNAUGHT HOTEL, LONDRES

EREVAN

LE BUREAU DE CHANGE DE KAHIL

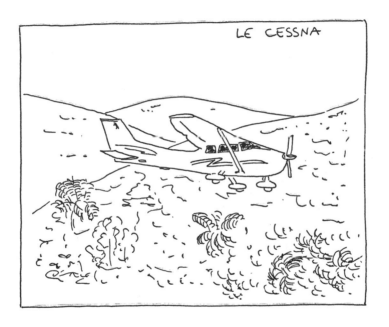

Composition et mise en pages
Nord Compo à Villeneuve-d'Ascq

Imprimé en France par CPI
en février 2021

N° d'édition : 61464/01 – N° d'impression : 3042080